アイルランドの州と主な都市・本書に登場する地名

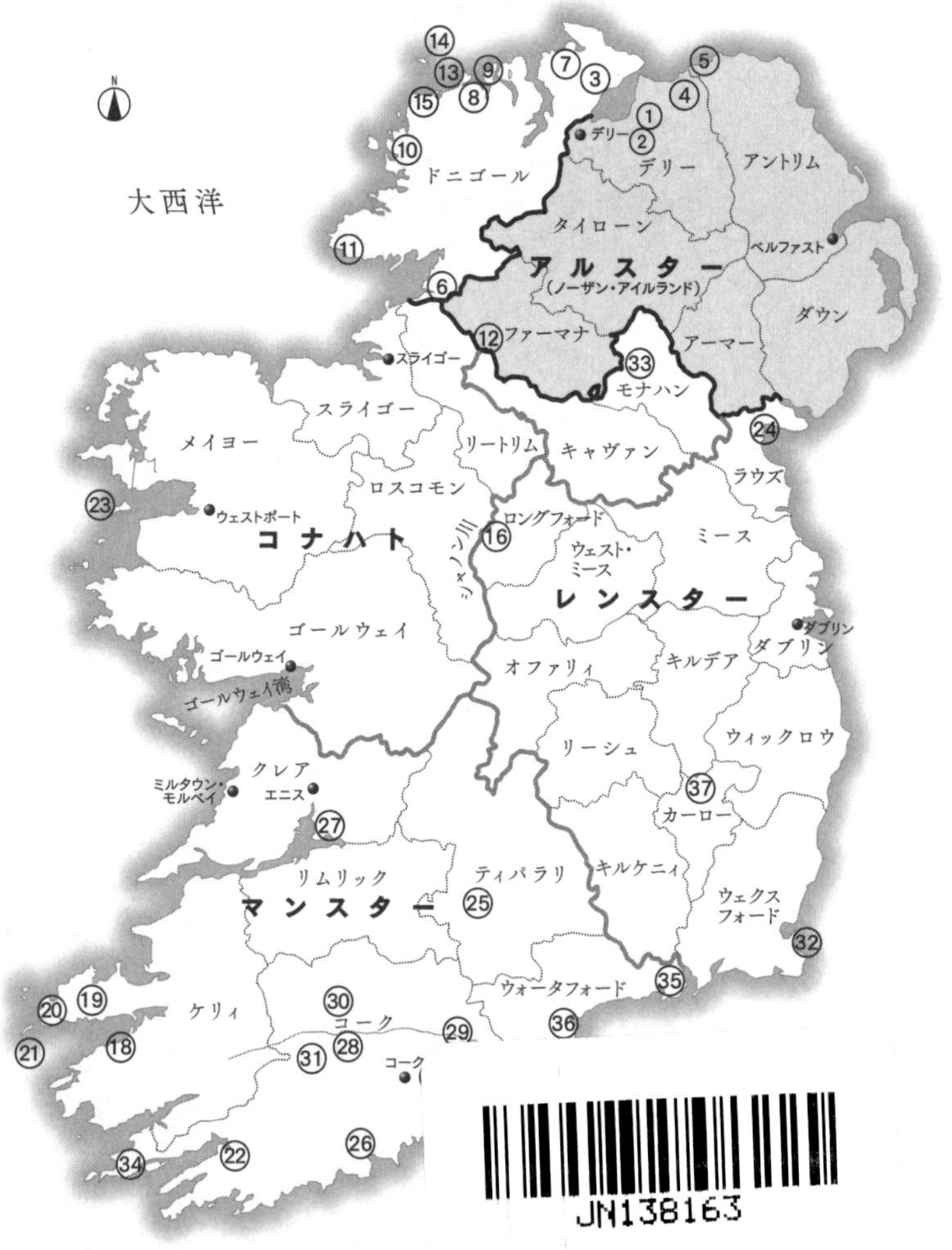

※以下の地名・番号は本書に登場する順番

①ドラムサーン
②ダンギヴン
③イニショーウェン
④コールレーン
⑤ポートラッシュ
⑥バリシャノン
⑦クロンマニー
⑧ラナファスト
⑨ロスギル
⑩グイフィドーア
⑪ティーリン
⑫エニスキレン
⑬イニシュボーフィン島
⑭トーリー島
⑮マフリー・ラワティ
⑯ロングホォード
⑰グランマイア
⑱ケリー
⑲ディングル半島
⑳ダンキン
㉑グレートブラスケット島
㉒トラリベイン
㉓クレア島
㉔ダンドーク
㉕キャッシェル
㉖クロナキルティ
㉗シャノン
㉘マロー
㉙ブラックウォーター川
㉚チャールビル
㉛クーレイ（クーリー）
㉜ロスレア
㉝アナマー・ケリグ
㉞ベラ半島
㉟ウォーターホォード
㊱ダンガーバン
㊲カーロー

風よ吹け、西の国から

Tomás Ó Canainn

トマース・オ・カネン回想録

大井佐代子 訳

風媒社

日本で（2003年3月、愛知県岡崎市の語学学校在籍中）

コーク大学のスタッフルームで（2004年頃・UCC提供）

クイーンズ大学の卒業式
（1953年）

北アイルランド、デリーのボグサイド(カトリック住民の住宅地)、紛争の歴史を物語る壁画が見える(2009年夏。写真・訳者)

ヌアラのフィドルに合わせて歌う
(2011年夏、コーク市郊外のグランマイアのヘロンズ・パーチ・パブで。写真・訳者)

コークの町。奥の教会はセント・フィンバーズ教会
(2011年夏。写真・訳者)

コーク市内を流れるリー川。「シャンドンの鐘」として知られる鐘楼（聖アン教会）が見える
(2016年10月。写真・訳者)

コーク大学の横を流れるリー川
(2016年10月。写真・訳者)

自宅でイーリアンパイプスを演奏中
(2006年夏。写真・訳者)

レンと訳者、自宅の前で
2006年夏。プレゼントされた聖ブリジッド
シンボルを手に。写真・訳者）

著者と訳者。フランク・オコナーの元住居のある
ハーリング・スクエアを案内してもらう（2006年夏。
写真・訳者）

島・長崎の原爆犠牲者を悼むメモーリアル
コークの街角で、2011年夏。写真・訳者）

現在のリヴァプール・アイリッシュセンター
（2016年10月。写真・訳者）

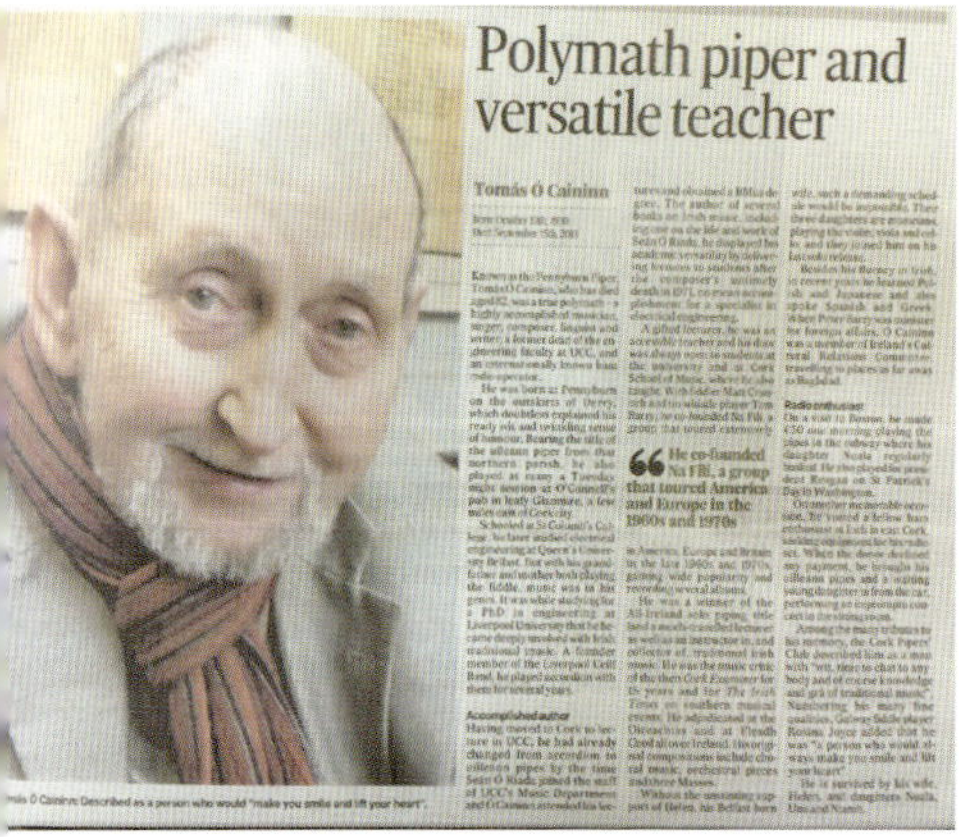

上）トマースの死亡を伝える新聞記事（「アイリッシュタイ
ムズ」2013年9月21日）
右）トマースを記念する椅子（グランマイアを流れるグラ
シャボーイ川の畔、2016年10月。写真・訳者）

はじめに

訳者　大井佐代子

二〇〇六年の夏、アイルランドに旅立つ前のある夕方、国際電話がかかった。「ハロー、さよこ」と言う男性の声に続き、「うさぎ　おーいし　かのやま～　こぶな　つーりし　かのかわ～」と歌う声が耳に飛び込んできた。初めて聞くトマース・オ・カネンの声だった。八月十二日、コークのホテルのロビーで、約束の時間に遅れて不安な気持ちで駆け込んだ夫と私を迎えてくれたのは背中が曲がり気味の優しそうなおじいちゃんだった（当時七十五歳）。一緒に街を歩きだすと、ふと足を止めて、「あしもとに　きをつけて　ください」と、またまた、スムーズな日本語が飛び出してくるので驚いて尋ねると、三年前に日本の語学学校で学んだとのこと。天真爛漫で人懐っこくて、ひょうきんな……それがトマースとの初対面の第一印象だった。

愛知淑徳大学大学院時代、私が研究対象にしていたフランク・オコナー[1]のフィールドワークを目的に、彼の出身地コークに出かけることを耳にされた指導教授の大野光子先生がトマース・オ・カネンを紹介してくださったのだった。大野先生と彼との出会いは二〇〇三年の三月。アイルランド大使公邸での聖パトリックス・デーのレセプションでイーリアンパイプスを演奏したのが彼だった。その時、彼は愛知県岡崎市のＹＡＭＡＳＡ言語文化学院に在籍中だったのだ。

その三年後の四月、大野先生が英訳された高橋睦郎詩集『On Two Shores（二つの岸辺）』[2]刊行記念の朗読ツアーにアイルランドに出かけられた時のこと。コークで開かれたポエトリ・アイルランド主催の出発朗読会[3]で、トマースが英訳詩の朗読、かつパイプス演奏によって会を盛り上げてくれたのだそうだ。朗読ツアーのメンバーの一人、四元康祐氏がこの時のトマースを「山羊のような老人」と記している（『現代詩手帖』二〇〇六年八月号「アイルランド春宵感懐」）。当たらずとも遠からず、と思わず微笑んでしまう。

トマースは私たちがコークに行く前に、オコナーゆかりの場所——出生地、かつての住み処、洗礼を受けた教会、通っていた小学校など——を自らフィールドワークして、それぞれの写真を送ってくれていた。出会った日には、その場所に車で連れ歩いてくれた。そしてオコナーに関する文献を何冊分もコピーして、ドッサリ鞄に収めて準備してくれていた。貴重なオコナーの伝記までプレゼントしてくれた。その日は自宅でイーリアンパイプスの演奏で歓迎され、奥さんのヘレンの心づくしの夕食までいただいた。この時、お互いに何を話したか定かではないが、とにかく暖かーい空気に包まれたのを覚えている。振り返って、あの時以来受けた真心に、一体自分は応えてきたのだろうか？　ふと自問することがある。

実はこの時、もう一つプレゼントされたのが自著、*A Lifetime of Notes —— The Memoirs of Tomás Ó Canainn* だった。彼がここまで多才で、多方面で活躍してきた大物だったとは！　予備知識があったら、きっと畏れおおくてあんなふうに馴れ馴れしく接することはできなかっただろう。翻訳の約束が彼の生前に果たせなかったことが残念でならない。本書をお読みいただければ、彼の音楽グループ「ナ・フィリー」が、日本でもお馴染みの「ザ・チーフテンズ」、「プランクスティ」と並べて高く評価されているにもかかわらず、全く知られていないことに首を傾げられることと思う。せめて、この拙訳を通して、現地で「レジェンド」とまで評されている彼の存在が少しでも伝わることを願うばかりである。

口絵と本文内で使用した写真のうち特に記載のないものは、すべてトマースのご遺族に提供していただいた。また本文内の「註」で特に記載のないものは、すべて訳者が附したものである。

註

1　フランク・オコナー（一九〇三―一九六六）アイルランドを代表する短篇作家。

2　日本の現代詩がアイルランドで初めて the Dedalus Press によって出版された。日本語による原詩と英訳詩がともに掲載されている。

3　朗読会の場所は本書にもたびたび登場するドゥーン・リー。

A LIFETIME OF NOTES : The Memoirs of Tomás Ó Canainn
by Tomás Ó Canainn
Published by The Collins Press, Carey's Lane, The Huguenot Quarter, Cork 1996

1. デリーでの家族

僕が青年時代を過ごしたデリーは素晴らしい所だった。若者にとって永遠に忘れられない都市。僕にとって今までそうであったし、これからもそうであるように。もちろん、豊かではなかった。しかしそこには大いなる魂があった。僕はデリー市の郊外にあるペニーバーン、すなわちカトリックとプロテスタントが交じり合った共同体の中で育った。しかし、宗教に関する苦い経験は全く記憶にない。それは双方で会話を避ける話題だった。当時、宗教に関する配慮は誰の気質の中にも普通にあった。僕がよく覚えているのは、我々カトリック教徒が抱いていた強いアイリッシュネスを求める感情だ。僕にとって、それは宗派による分断に起因する夢だった。すなわち、北アイルランド体制の外には何かが、つまりもっと大きな共同体の中で個人的充足感、自負心を見いだせるだろう場所、環境があるに違いないと期待する感情に繋がるものだった。

こういう解釈は、今、僕がその時抱いていた気持ち全体を表現している言葉である。当時ならもっと違った風に言っていただろう。将来何が起こりうるか、想像できるかさえわからなかったのだから。今話しているこの感情を僕は心の箱の中に収めた。どこか外で僕を待っている何か素晴らしいこと、驚くべき出来事を求める、言葉では表現し切れない願いがしまってあるのと同じ心の箱の中に。覚えている限り、それを体験したいという強い願望がそこにはある。他の人々の心の中には容易にはもぐり込めないので、これが誰にも共通のものかどうかはわからない。それは常に自分と共存するもの、コンピューターのデモ画面のようなものであり、機械の主機能を妨害し過ぎない程度に存続できるものだとわかっているだけだ。

おそらく、それは僕が幼い時に父を失ったことに関係があるのだろう。あるいはそうでないかもしれない。父はヒュー・キャニング。デリー州のドラムサーン近くのキルホイル出身だった。彼はダンギヴンの反対側から先三マイル向こうのカーナンバン出身の僕の母親ブライディ・マーフィーと結婚した。キルホイルは山の斜面にあるので、カーナンバンから八マイルぐらい離れていてもはっきり見える。ダンギヴンの平地の向こう側から恋人の住む遠い山の家の方を眺めていた若かりし頃の母に思いを馳せることが時々ある。

どちらの家族も農民だった。もっともキルホイルでは山で牧羊業を営む農民が多く、一方、カーナンバンでは、土地を耕しながら牛を飼っていたが。家族の言い伝えによれば、母の家系は大昔に南（現在のアイルランド共和国）からやって来たそうだ。しかし僕の弟は、系図学に詳しいのだが、このことを疑っている。僕が思うに、ウェックスフォード（アイルランド南西部）のマーフィー家との関わりを主張するのはナショナリスト（イギリスからの独立を主張する人々）の家族の単なる願望だったのかもしれない。しかしながら、父方の先祖が元々ドニゴール州のイニショーウェン出身であるという明確な証拠はある。

母親の父はフランシー・マーフィー。彼は地元のフィドル奏者で歌も歌えた。もう一人のマーフィー家の親類がストゥローンという丘のてっぺんに住んでいた。彼の名前はジョン・マーフィーだったが、いつもストゥローン・ジョンで通っていた。誰に聞いても、彼ら二人は幸せな男で、カーナンバンの母の家でしばしば音楽会を開いた。ストゥローン・ジョンは優れた歌い手で、とても歓迎される客だった。

僕はこの人達のどちらにも会ったことはなかった。しかし、母の話を通してよく知っている気がしている。母は二人の崇拝者だった。母も彼女の姉妹も皆かなり上手にフィドルを演奏できたにもかかわらず、地元でフィドラーとして認められていたのは唯一の兄のパトリック伯父だけだったということが面白いと思う。当時は、女性がそのような活動をすることが適切でないと考えられていたのだ。男の時代だったのだ、間違いなく。

僕が後に二つの人生を送るようになってからでも、休日にカーナンバンに通っていた時、依然として「殿方」に対する特別扱いは変わらなかった。パトリック伯父や従兄弟達が畑仕事を終えて家に入って来ると、そういう扱いをされた。従姉妹や伯母は皆奥の台所に退き、「男たち」に優越感を感じられる場所を譲ったものだ。「殿方」は僕も含む称号で、僕は十四歳ぐらいから彼らに交じって、畑に出てカラスムギや干し草、亜麻を扱う骨折り仕事をしたものだった。夕食後、パトリック伯父は時々暖炉のフックからフィドルをはずして二、三曲弾いたものだ。一方、ハーモニカを演奏する従兄弟もいた。ロザリオの祈りをする時間になるとケイト伯母が合図をした。すると皆、椅子に肘をかけてひざまずき、口をもぐもぐさせて唱和したものだ。この時僕達は伯母や、伯父、他の年上のいとこ達には知られないように、お互いにつねったり蹴ったりするゲームを続けた。

フランシー・マーフィーは、母の話からわかっているが、立派な人だった。しかし、彼は時に、祖母がいらいらしながら耐えなくてはならないところもある人だったに違いない。なぜなら、彼は畑仕事に出るよりフィドルを弾くほうが好きだったから。何年か前の晩、彼の夢を見た。それは僕が彼のことを詩に書く出発点になった。その夢はある点で、パトリック伯父とその妹達の夢でもあった。僕はその詩に「祖父フランシー・マーフィーに」という題名を付けた。ある人がこの詩を『アイリッシュタイムズ』に送るように勧めてくれた。それは間もなく掲載された。おかげで、詩人になるのは簡単だと思うようになった。『アイリッシュタイムズ』が僕の最新の大部分の労作を待ちわびてくれるほどの詩人になるのはたやすいことだと信じる羽目に陥ってしまった。そうは問屋が卸さない！　とにかく、ここに紹介しよう。

昨晩眠っている時にあなたのパトリックに会った。
手にフィドルを持たず、
やつれ、開いたお墓に向かってよろよろ歩いていた。
そこにはきらきらした金色で彼の名前が彫ってあった
あなたの名前、フランシーのすぐ下の、風化した石に。
下には他の人達のために広い空間が開けてある。
皆、動く地面の上を僕の方に向かって進んでいる――
ケイトとマギーとローズが地面の中に入って行く。

でも僕は立ち止まりも振り向きもしないで、歩いた動く地面に逆らって。
すると僕の中にいるあなたであるあの小さな音を
よく聞いた場所に再びたどりついた。
その音はこの二十年間脈打っている。
あの叫ぶような囁き声と、
その時にはもう土の中で人生を送っていたあなたを初めて知って以来、
すべての人の声で長い時間呼んでいる。
その声は自らの人生を語るが誰も耳を傾けない――
誰の声も調子が合っていない、僕以外には。
僕は昔のすべての話を収録した
あなたの娘である僕の母が語ってくれた話の中で。

それは彼女が奏でたあなたの調べとあなたの笑い声。
あなたの声が鳴らすベルとあなたの歌が描く夢。
あなたが他の人達と同じ様でなければならなかった時にも、
あなたは風の強い丘に出てカブを摘まなかった。

松脂が塗られたあなたの弓が弦の上で陽気なリールを奏でる時

僕の母の母はあなたを大声で呼んだ。
あのいまいましいフィドルを置いて代わりに大鎌を持って
マックファーランドの畑で待っているカラスムギの所に行くようにと。

母はストゥローン・ジョンがストゥローンから丘を下りてケイリーにやって来ることについていつも話したものだった。彼らはその訪問をそう呼んだ。言い換えれば夕方の訪問のことだ。母は彼が歌を歌うときに帽子を頭の側に持ち上げる癖について話してくれたものだ。彼の一番知られた歌は「スクリーンの緑なす山麓」(スクリーンはデリー州の地名)だった。僕が彼を思い出しては今に至る何年間も歌い続けてきている歌だ。

母はカーナンバンの皆と一緒だったので、可哀相にストゥローン・ジョンが死んだときに起きたことにショックを受けた。彼は、正式には遠くにあるバナハーの教区民にもかかわらず、いつもダンギヴン教会のミサに出ていた。それなのに、ダンギヴンの神父はストゥローン・ジョンをダンギヴン墓地の聖地に埋めさせることを拒否したのだ。理由は、彼がその教区に属していなくて、バナハーで税を払っていたからだった。その結果、彼は溝の傍に埋められた。そこは神に捧げられた区画と見なされた場所の外であった。何年も経ってからのことだが、墓地が拡張されるにあたって、新しい取り決めの中でジョンの墓が重要な役割を持つようになったことを嬉しく思う。僕は何年か前に書いた「ストゥローン・ジョンのバラッド」という詩の中で、そのことについての否定的感情を頭から追い出そうとした。それは最後の連でジョンの歌、「スクリーンの緑なす山麓」から何行かを、わずかに変えながら引用している。語らなくてはならない物語に適うために。

彼は曲線を描きながら小川を渡った
乾いた石をさがしてはジャンプして
一人の老人がケイリーにやって来た
ストゥローンから歌をたずさえて。

さあ、草の上にすわって、と彼は言った。
露で濡れた緑濃き草の上に
愛するあなたがここにいるので
小鳥がみなやって来たけれども行ってしまったから、と彼は言った、
愛するあなたがここにいるので。

彼の口にのぼる歌はその男に似ていた
——男は別の潮が運んできた漂流者、
すべての調べにシラブルを浮かばせて
彼は山を歌った詩を羽毛でおおった
スクリーンの緑なす山麓全体に

そこでは小鳥たちがみな飛び去ってしまい
彼がストゥローンから運んできた千の調べで愛が満たされていた。

歌い手は逝ってしまったが彼の歌は鐘を鳴らす
聖人に意地悪するために
聖人は手入れのいき届いた芝土の下に
友人と共に眠る場所を彼に拒絶した
だから彼は神聖でない土に埋められた
聞く耳を持たない神父によって、
ダンギヴン教会の溝の傍に犬のごとく
彼の税金がどこか他に払われているからといって。

ああ、私を草の下に眠らせておくれ、
緑濃き草の下に
なぜなら小鳥たちがみなやって来たけれども行ってしまったから
あなたと私がずっとここにいるのだから、と彼は言った、
あなたと私がここにいるのだから。

両親が結婚した時には、父はグラスゴーの沖を航海する貨物船のエンジニアになっていた。母はもちろん、グラスゴーに住んでいた。でも出産のためにアイルランドに戻ってデリーの姉のキャスリーンの所に身を寄せた。だから、僕が生まれたのはデリーだった。僕は姉ブライディに続く二番目の子どもだった。でも僕は人生の最初の六ヶ月はグラスゴーで暮らした。父がコールレーン（北アイルランドの北部）の沖で船の仕事についたとき、僕たちはそこに移って暮らした。四才のとき、父は海上で病気になったので、船長は治療を受けられるように彼をベルファストに上陸させたかった。しかし、父は家族がいるコールレーンに戻りたいと言い張った。この時、我が家族には四人の子どもがいた。ジョージーとヒューが、ブライディと僕自身の後に生まれていたのだ！　その時母は妊娠三ヶ月だった。

船長は父に苦痛を和らげるためにウィスキーを飲ませた。しかし、父は虫垂炎にかかっており、ウィスキーはその状況では適切な選択肢ではないことがわかっていなかった。ポートラッシュ（北アイルランド北部の港町）で父を上陸させるために救命ボートを出すように警笛が鳴らされた時には、明らかに手遅れだった。その結果、父は病院で虫垂破裂のためその週の内に死んでしまった。母にとっては胸を引き裂かれるような時だったに違いない。それが家族の伝統だったのだが、父は精神錯乱状態にあっても長時間大好きな歌を歌って過ごした。父は素晴らしい歌い手だったから。その中から二つあげると、「島々への道」と「懐かしのボグロード」だった。

葬儀のしばらく後、残された家族はデリーのバリーストリートにある家に引っ越した。メドウバンク通りの伯父、伯母の近くで暮らすために。奇跡的なことに、母はどうにかして僕たち五人の子どもを育てあげた（著者註　父が死んだ六ヶ月後に、マーガレットが生まれた）。伯母のキャスリーンと伯父のマニーはもちろん、頼りになる人達だった。しかし、母は長くきつい道を歩き続け、ほんの数年前にその終着点にたどりついた。九十二歳だった。母はいつも僕たちに、「自慢することは罪なのよ」（キリスト教、特にカトリック教会では、「自慢」は七つの大罪の一つとされる）と言っていた。でも、僕は母を誇りに思うのを罪だとは思わなかった。母が亡くなる数年前に、僕は「不在」という詩の中で彼女についてあることを言おうとした。

この切れ目の時間に、カーナンバンの最後のマーフィーが
狭いドアを引き、彼女の五人の姉妹やパトリックと再会する前に
（あれから十五年になるのだろうか？
死の床にあるお兄さんが目を開けて、
こう言ってあなたを驚かして以来。ブライディ、おまえが消すかも知れない
蝋燭の灯を――僕はまだ死んでいないだろう？）僕は告白する
ベルファストの家からあなたがいなくなるなんて想像できない
そんな想像をするのが怖い
息子達、娘達の小さな成功を手にした所から、（ことに息子達の！）
彼らはあなたが逝ってしまう前に悲しみ始めた。

母がこの詩を読んだのかどうかはわからない——僕はそんな類の物を母に見せることには慎重だった。故郷の町での初期の人生を基に書いた自伝的小説『故郷デリー（Home to Derry 1986）』が初めて出版された時、それを母に渡したこと、そして、彼女が読むまで気がかりだったことを覚えている。母が人に語られるのを嫌がるだろうと心配していたデリーでの僕達の生活が書いてあったからだ。次に僕がベルファストに行った時には、家族は当時そこに住んでいたのだが、母は読み終わっていた（彼女はそう言った）。「で、その本、どう思った」と僕は何げなく尋ねてみた。「ああ、良かったよ」、「とても面白かったわ」と彼女は言った。僕は待った。本当は、母は読み終わっていない気がしたから。「でも、実際の生活より少しでも豊かだったようには書いてくれなかったんだね」と彼女は言った。

母が亡くなって三年たった頃、気づくとベルファストの電話番号を回していた、ちょっとしたお喋りをするために。そのしばらく後のこと、コークでクリスマスの礼拝の時に、幼い時に明らかに母から学んだに違いないことのすべてを思い出し始めた。僕はそのことを後で詩に書いた。そして、クリスマス賛歌を通して母から学んだことが僕の一連の思考力を育んでくれた、という思いにちなんで、「きよしこの夜」と題名をつけた。それはデリーでの幼き日々を思い起こさせてくれた。

きよしこの夜
僕は覚えていない

あの歌を知らない時期があったことを。
教わったのだろうか
はるか昔にあなたから

僕は覚えていないのかな。

僕は昨晩そのことを思い出した。
セント・メアリー教会で僕は歌った。
なのに、突然びくっとした歌詞が
喉の中で立ち往生してしまった。
「眠りたもう……」は大丈夫だった
でも、「天国のように安らかに」は全く出てこなかった、
浮かぶのは万華鏡のような日々だけだった

僕は覚えていない。

デリーの日々とペニーバーン教会の最前列から七番目の席、
左側に、もちろん、五人が

あなたに整列させられた、
僕たちがひざまずき
後ろにもたれずに背筋を伸ばしているのをあなたは確かめた、
そうしないと軽い罪になったのだろうか

僕は覚えていない。

万華鏡のように混沌とした年月、
信心会[1]、告解、十字架の道行き[2]
四十時間祈祷と聖時間の祈り
十月の祈祷式、黙想会
「覚えていてください、おお、最も慈悲深き
決して……ないマリア様……」

僕は覚えていない。

ブランチ通りの周辺を歩き、
そしてグレンやダンクレガンの傍の家に戻る日曜日の散歩、

またグリーンホールやカルモアの外を、
プロテスタントの立派な地位を目指して歩く。
黄金の弦を張ったハープが形どられたグリーンペーパー[3]と、
濡れたシャムロックを
新しいシャツにピンで留めて、
十二のぎざぎざがある三ペンス銀貨の奇跡をしっかりと
初めての聖体拝領の日に握りしめて、
六月九日の聖コルンバ[4]の休みの日に、「汝の子ども達を助けたまえ
ここデリーで、汝よ
聖なる教会の鳩よ」と歌った。
あなたはあの長い塔のある教会にいましたか
僕たちが聖歌隊と共にその歌を歌ったときに。

僕は覚えていない。

芸術祭の通しきっぷのために貯金し、ギルドホールの門が
やっと開けられた。僕たちは走った。
一番良い席を目指して、プログラムを手に

そしてきれいなラウントリー・フルーツガム一袋も。
また僕たちは歌う干し草刈りだった。
クリスチャン・ブラザーズのアクション・ソング（遊び歌）の中の
——何という歌だったのかな

僕は覚えていない。

あなたはいつもそれを観に来ていた
木曜日の夜に、そして僕に言ったものだ
素晴らしかったね、と。それから一緒に
真夜中に家に歩いて帰ったものだ
ストランド通りを通って。なぜ僕は
その時、その通りが自分たちのものだと思ったのだろうか。

僕は覚えていない。

そんなおしゃべりの時間は、あなたと同様に、
もう持てない。なのに今でも、

受話器を手に持って僕は耳を傾ける。
あなたの停止した、途中まで回した番号の
長い沈黙に。
僕は探索し続ける子ども
六十代で漂流し続けている。「眠りたもう
天国のように安らかに」僕はそれを教わったのだろうか
はるか昔にあなたから。

僕は覚えていない。

註
1 心信会　信者による互助・社会事業を目的とした団体
2 十字架の道行き　キリストの受難を主題とした黙想や祈りからなる信心業の一種
3 グリーンペーパー　聖パトリックの祝日にスーツにつける記章
4 聖コルンバ　アイルランド出身の修道僧（五二一―五九七　祝日は六月九日）。アイルランド語でコルム・キル（教会の鳩を意味する）

僕が父について知っていることはほとんどすべて母から聞いたものだった。父が死んでほぼ六十年たっても、母はなお父を愛していた気がする。父についてはたった二つだけ個人的な記憶がある。これらのことを今実際に思い出しているのか、あるいは子どもの頃の思い出の記憶にすぎないのか、現段階においては確かではないが。

僕は想像したのだろうか
父の無精髭の生えた顎が僕の頬にあたるのを
父が膝の上で僕を上下に揺する時に、
僕の叫び声が台所に響くのを
父が僕を落っことすふりをした時に、
あの袖の生地が突然、僕の手にあたるざらざらした感触を。

また別の時
僕は父の傍めざして波止場を走って行った
父の寝台のロッカーの中をひっかきまわすために
船体の壁の錆びたボルトで

何年も僕は磨いてきた
二つの思い出を、
父のイメージが失われてしまうのを恐れて。

2.「ちいちゃな修道女達」という名の学校へ

思い出せる限り、歌を歌うことは我が家ではいつも大切なことだった。母も歌ったし、家族の皆が歌の才能があった——みんな僕より上手だった！　僕は彼女達が（上り坂になっている）フランシス通りの高い方にある学校で、慈悲深き修道女達から習ってきた歌を歌っているのを聞いてたくさん覚えた。学校は大聖堂のそばにあった。実のところ、そこには学校が二つあった。通りの低い方にある「ちいちゃな修道女達」と呼んでいる学校と、向かい側にあるもっと大きな学校。それは「大きな修道女達」として知られていた。一つの建物の修道女達がもう一方の修道女達より大きいということではなく、低い方にある学校は幼児だけを対象としていた。けれども、もう一方は女子校で、学校を終える年齢——当時は十四歳——までの生徒が対象だった。

僕は「ちいちゃな修道女達」に四歳で入学し、一年生まで通った。男の子達は幼児教育が終わると、「ちいちゃな修道女達」を出て別の学校を見つけなくてはならなかった。女の子達は道路を横切って「大きな修道女達」に入ることができた。僕の姉妹皆がそうだったように。

「ちいちゃな修道女達」にはシスター・ローレンスという先生がいた。大柄で優しい人だった。彼女は高い戸棚の最上段に子ども達に相応しいドラム、笛、基礎的な楽器を保管していた。僕達が良い子にしている時には、特別な好意としてその楽器を下ろして演奏させてくれた。他に、マッケイブ先生は、ＲＴＥ（アイルランド放送協会）の音楽部門のディレクター、キャサル・マッケイブのお母さんであることをかなり最近になって知ったのだが、同僚であるミス・ダーニンと同様、意欲を引き出してくれる先生だった。僕達は幸運な生徒だった。というのは、何も運任せにされていなかったからだ。シスター・ローレンスがパンプ通りの彼女の修道院から聖別（キリストの体とされるパンを神に捧げること）されていないホスチア（小麦粉で作られる種なしパン）を持って来てくれたのを覚えている――ホスチアはそこで作られていたのだ。大聖堂でのファースト・コミュニオン（初聖体：生後の洗礼の後の最初の、理性を働かせられるようになった七歳頃に、改めて自覚的にカトリック教徒であることを誓う儀式）の日に本物が舌の上でどんなふうに感じられるのかちゃんとわかるように。僕達はそのことを学校の外で漏らさないように厳しく注意された。誤解を招いたり、スキャンダルを生じないように。しまった！　遂にうっかり秘密をばらしてしまった。でもシスター・ローレンスが――彼女に幸あれ――許す気分になっていてくれますように！

あの第二回ヴァチカン公会議（一九六二―六五　カトリック教会の教義規則がより緩められた）より前の時代にホスチアを舌の上から床に落としてしまうのは、国際事件を引き起こすに十分なことであった！　僕はそれを認めるのがちょっと恥ずかしい。でも初聖体の大きな思い出は――あるいは堅信式（カトリック教会で定められた神の恩恵を受ける儀式の一つ）の日だっただろうか、覚えていないが――プレゼントとして新しいきらきら光る十二のギザギザのついた三ペンス硬貨をもらったことだった。当時、それは大きな物で、その硬貨はまだ余り知られていなかったが、手に握りしめると固くて気持ちの良い感触がした。僕はそれを新しいヴェルヴェットのスーツのズボンのポケットの奥深くに押し込んだ。

小学生のトマース（クリスチャン・ブラザーズ・スクール　前列の左端）

七歳で「小さな修道女達」を出て、レッキー・ロードにあるクリスチャン・ブラザーズ・スクールに行った。それは「丘の上」として知られており、優れた教育としっかりした躾で評判だった。僕の従兄弟は皆、もっと近くにあるローズマウント・スクールに通っていたので、クリスチャン・ブラザーズに行くことは大きな決意を要した。でも、母が僕はCBS（クリスチャン・ブラザーズ・スクール）の環境の方がうまくやっていけると思ったのだった。丘の上に行くには、グレートジェイムズ通りまでストランド通りバスにハーフペニーを払って乗り、ロッスヴィル通りとレッキー・ロードを一マイル弱歩かなくてはならなかった。そこはバリー通り、メドウバンク、リッチモンド・クレッセントの先まで冒険したことがなかった者には新しい領域だった。僕は「上」——僕達はそう呼んでいた——でうまくやった。そして、そこで最初の教師としてバーニー・ドハティーに出会えたことは幸運だった。バーニーは人気者の先生で、皆に愛されるデリーマンだった。彼はプラスフォーズをはいていた。ご存じない読者がおられるだろうから説明を加えると、だぶだぶのズボンで、靴下の中にたくしこんで、今でもゴルファーが時々はくズボンだ。彼が結婚する時に、母がプレゼントとして渡すようにと新しいネクタイを僕にあつらえてくれたのを覚えている。今でも彼が初めて教えてくれた詩を覚えている。それは宝石ではないが、彼の教育へのアプローチを言い得ており、教える楽しみを表現していた。当時に遡って考えてみよう。さあ、長きにわたって記憶される傑作をどうぞ。

雄牛のルーファが二シリングと六ペンス持っていた
全部自分の物を買うためだ。
彼はトフィースティック（砂糖、バターなどを煮固めた棒状の菓子）が嫌いだった、
バターを塗ったスコーンも嫌いだった。
そこで彼は魚とり網を買った
しっぽが濡れないように！

僕はCBSの競い合う雰囲気の中でうまくやれた。クリスマスと夏には試験があった。この試験で良い成績を収めては先生達それぞれから優秀賞を手にした。僕はいつも学ぶこと自体に興味をもってきたと断言する。でも、たぶん、例えば三年生のクラスでブラザー・マックファーランド（「ブラザー」は修道士の名前につける敬称）からもらったポケット時計のような賞品は本当にやる気をおこさせてくれる物だった！

多くの点で、あの学校は僕の音楽の見習い期間の主要な部分を占めた。特に三人の先生が音楽教育に責任を持っていた。ブラザー・ピアース・マックファーランド。彼はベルファストから新しく

来た人で、教育と音楽に情熱を持っていた。パディー・カーリン。彼はデリーの音楽家でピアノが弾け、歌うことができ、聖歌隊の指揮者だった。トミー・カー。彼は授業中、多くの歌を教えてくれた。この三人の教師が一緒になって、毎年開かれるデリー芸術祭の多くの音楽競技に備えて練習させてくれた。この芸術祭はイースターの週にデリー・ギルドホール（もとギルドの集会場であった市役所）で行われた。特に聖歌隊とソロに力が入れられ、この芸術祭で優勝することは教師達の指導力の評価と見なされたし、僕もそうだったと確信している。僕達は練習のために放課後と週末に学校へ戻ったものだ。僕達の献身ぶりは教師達の熱心さに釣り合っていたし、誰もがCBSの聖歌隊に選ばれること自体が勝利だと認識していた。ブラザー・マックファーランドはどちらかというと、少人数の精選されたグレゴーリアン聖歌隊の教育に専念しており、彼から歌の技法について多くを学んだ。とはいうものの、彼の方法は、最初約五十人から構成されていた聖歌隊から才能が劣っている歌い手を抜き取り続けることだった、と言わねばならない。その結果、コンテストのルールに基づいて、イースターの週にはおそらく、十五人か二十五人にしぼられていたと思う。その最終的な聖歌隊はいかなる角度から評価しても素晴らしかった。でもメンバーが排除されていく過程で問われる人間性という側面が僕達の多くに一時的に傷跡を残した。

僕は当時、多くのアクション・ソングに夢中になった。それを指導したクリスチャン・ブラザーは職業学校から来たブラザー・ロウだった。彼はいわゆる「テク」（職業学校のこと）では手ごわいことで上級生の間で評判だった。でも、僕達にアクション・ソングのコンクールに向けて練習させる時は、想像できないほど優しい人だった。僕達はそもそもクリスチャン・ブラザーズ入学生であることから、コンクールで優勝するのはわざわざ言うまでもなく当然のことだった。それはこういう次第だった――クリスチャン・ブラザーズの生徒はそもそも勝利者であり、勝利に向けての頑張り方がわかっていたのだ。僕はその教訓を彼らから学んだのだと思う。

僕達は毎年行われる北ドニゴールへのバス遠足のために多くの「ナショナリスト・ソング」を覚えた。バスはデリー郊外を運行しているスウィリー湖バス会社から私的に借りられた。案の定、先生達はルートだけではなく、様々な訪問地について細かいことまで興味深く書かれている折りたたみ式の地図を作成してもらっていた。ルート上の最初の停車地で、いわゆるバナナレモネードが作られていたのをよく覚えている。遠足で歌う歌はまた、問題がなければ、聖コルンバズホールでオーケストラ伴奏で上演される一連の公開ショーに組み込まれた。僕はそのようなショーの一つとして上演された演劇で、泣く赤ん坊の母親役をやったことを覚えている。赤ん坊は大きな人形で、リハーサルに持っていかなくてはならないことがとても恥ずかしかった。

ブラザー・マックファーランドがある日の授業中に、誰かオールター・ボーイ（教会の侍者）になる者がいないか尋ねた。ダニー・ゴーマンと僕が手を挙げた。先生は僕達にクラスの他の生徒達を相手にミサで使われるラテン語の応唱のいくつかを言うように指示した。先生は、ペニーバーン教会で侍者を勤めるときに決まって使われる早口で訳のわからないおしゃべりのようなものを聞くと発作を起こしそうだった。オールター・ボーイの勤めを指導する先生はエイダン・バレットだった。彼は順番に当たって、年上のオールター・ボーイからラテン語を習ったのだが、その人は別の人にいくらか略式に教わったのだった。そのしきたりは僕の従兄弟のパトリック・コイルの昔まで遡るのではないかと思う。彼は、ペニーバーン教会が最初に建てられた一九三〇年代半ばに聖堂でオールター・ボーイを勤めた人だったのだ。彼は新しい教会の最初のオールター・ボーイの一人だった。ペニーバーンの担当神父だったオロッフリン神父は優しくて、寛大な人で、ラテン語の発音を気にしないようだった。でも、ブラザー・マックファーランドは弊害をなくす決意をしていたのだ！

当時、ペニーバーンのオールター・ボーイにとって重要な仕事は、サープリス（聖職者が着る短い白衣）を清潔にし、規則正しく洗濯しておくことだった。母は時々祭壇での僕達の悪ふざけを理由に悪口を言われた。でも神父は、僕達が蝋燭に灯をともし、脇祭壇にある聖母マリアの礼拝堂の蝋燭箱をいっぱいにしておけばあまり気にしなかった。蝋燭箱を補充しておけば、教区民は亡き親族への愛情を示す蝋製のシンボルを買って灯をともすために脇祭壇にある投入口にお金を入れ続けることができた。僕はそんな一人の教区民が毎日曜日の朝のミサの後にやって来て蝋燭に灯をともしていたのを覚えている。箱を補充することになっている者が誰であろうと、予想された人々が通路を歩いて来るのを見守っていたものだ。彼らの姿が見えるとすぐ、僕達オールター・ボーイの一人は参拝者と同時にその場所にいるために箱の所に到着すべき時間を定めたものだ。参拝者はポケットに手を入れて決まって、お駄賃としての銀貨を取り出した。それはサッカー賭博か宝くじに勝つようなものだった。念のために言っておくけれど、結婚式にはオールター・ボーイであるお陰でお金をより多く手に入れることができた。だから年長の少年達は自分達のために続けたがる仕事だった。僕が年長のオールター・ボーイの魔法の年令——十三歳頃だと思う——に近づきつつあった時、新しい神父、マッコーリ神父がオロッフリン神父に代わり、僕達十三歳の子ども達を一掃してしまい、自分で選んだ年下のよく訓練された子ども達と入れ換えてしまったのだ。結婚式で金持ちになるという僕の夢はついえてしまったことになるわけだ。マッコーリ神父の清廉な若い新入生達は美徳と良き行いの模範生であるという世間一般の認識があったのだと言わざるをえない。彼らは聖具室で決してスリッパ喧嘩をしなかったし、仲間のサープリスを煤だらけの煙突に詰めるという罪なことはしなかったに違いない！　楽しい時代だった。

ブラザー・マックファーランドはいつも決まったように授業で歌を教えてくれた。それは彼がコンサートや芸術祭で引き受けるものではなかった。ある授業を思い出す。本来の歌を始める前に、僕達に音楽の軽い予備練習をやらせていた時のことだ。彼がある旋律を課したので、僕達は指示されたシラブルに合わせてアルペッジョを高くしたり、下げたりして歌った。彼はその時音程を上げた。すると僕達も同じことをした。それはとても面白かったので、あまり考えずにできた。僕はこの合同授業では最後列にいたので、ブラザー・マックファーランドのテーマに乗ってわずかにジャズ風のバリエーションを加え始めた。友人達はそれをおおいに楽しんだのだ。彼らの反応に元気づいてどんどん元の調子からはずれていったところ、彼らが突然笑うのを止めて指示されたアルペッジョを忠実に歌っているのに気づかなかった。突然、僕の世界はかつて被ったことのない大きな耳の衝撃で粉々にされてしまった。頭と耳にひどい衝撃音が響き、通路に倒れてしまった。自分では気づかなかったのだが、鋭い耳の持ち主のブラザー・マックファーランドがクラスの前列を離れ、静かに僕達の真後ろに歩いてきて犯人を発見していたのだ。彼は体育の教師でもあり、ベルファスト時代には元ハーリング（アイルランド式ホッケー）の選手でとても強い腕の持ち主でもあったと言っておこう。彼は僕が彼のテーマに乗って最終バリエーションをしかけている間、殴り方に慎重に手心を加えていたのだと思う。

僕は今でも、「山の上」のクリスチャン・ブラザーズ小学校は当時のデリーにおける最高の音楽学校だったと思っている。それはもっともなことなのだ。というのは、歌うことはその時代、メイドゥン・シティ（一度も占拠されたことがない都市デリーのこと）のすべての学校でとても重要な部分を占めていたからだ。実際、歌はデリー生活の標準的な一部を占めていた。この点で、僕がデリーの特性に匹敵することを体験したのは、何年もたってからコークに来て初めてであった。

僕が十二歳で聖コルンバズ・カレッジの入学試験を受験し、奨学金を獲得した時、クリスチャン・ブラザー達にはあまり喜ばれなかった。彼らは、優秀な生徒達が六年生終了後に小学校を出た時に彼ら自身の「テク」（職業学校）で勉強を続けることを期待したからだ。僕が聖コルンバズ・カレッジに進む理由の一つは、それが少なからず監督司教の神学校と見なされており、デリー教区の神父になりたければ聖コルンバズに行ってラテン語とギリシャ語を主言語として選択するのが義務だったからだ。とにかくラテン語はアイルランド語と同じく、すべての実用的な目的のために強制されていた。

僕は何年間も、大きくなったら何になるつもりかと問われると、神父になるのだと答えたものだ。しかしながら、もっと小さい時しばらくは、郵便局所属の電報配達少年になるものと思われていた。その大きな理由は、地元の推薦など関係なく、カトリックもプロテスタントと平等に郵便局に入れたからだ。ギルドホール、すなわち地方行政機関では、ほとんどの仕事はプロテスタントで占められていた。電報配達少年の仕事のもう一つの大きな利点は、ゆくゆくは主たるデリー郵便局におけるオフィスの仕事に道が開かれていることだった。でも、聖コルンバズへの奨学金を獲得する時には、電報配達少年になる考えはすっかり消え、自分は聖職者への道を目指しているという気がしていた。やがて工学を選んだ時には、聖ローマカトリック教会の方が奇跡的に自ら身を引いていたのだ。きっと、それはもともと、神自身の館を世話する神の保護の手の合図に違いない！

たとえ聖コルンバズで正式に音楽を学ばなかったとしても、僕は少なくとも、幼少時ではないが、ジョン・モールトセッドが指揮する聖歌隊に所属していた。この聖歌隊は全ての荘厳ミサや叙階式で歌った。モールトセッド先生は地理学も教えてくれた。何年も経ってから、彼が音楽鑑賞を教える夜の授業を始めたのを覚えている。彼は二階の学長室にいて、シューベルト、ベートーヴェンのレコードをかけながら、マイクを通して僕達にいろいろ説明してくれた。僕達は真下の上級生の勉強部屋にすわっていた。彼はまた、毎年六月九日、聖コルンバの祭礼のためにザ・ロング・タワー教会（聖コルンバズ教会の別称）の敷地で演奏するブラス・リードバンドの正規指揮者でもあった。「丘の上」に通っていた頃、その日は生徒達には自由な日だったのに、聖コルンバズ・カレッジでは、聖コルンバの祝祭日に勉強しなくてはならないことに絶えず驚いていた。ザ・ロング・タワー教会の儀式には、ラペル（襟の折り返しの部分）にオークの葉をつけて聖コルンバの賛歌を歌うことによって出席してはいたが。

聖コルンバズの最終学年になった時には、教会が自分の目標ではないと考えていた。ただ一つ、それに代わるものは教師になることだった。そのコースは上級認定試験に基づいてとてもヘルシーな（多額の）奨学金を提供し始めたばかりだった。僕が「ヘルシー」と言う時には、当時、一年あたり一五〇ポンドという大金を考えていたことを意味している。この額はしまり屋であれば、ベルファストでは聖メアリズ教員養成大学に通う間、授業料と下宿代をまかなえる額だった。

明白なことだが、大学は一定の人々にとっては、実現可能な選択肢だということはわかっていた。ただし、個人的資金を入手できさえすればのことだが。一般的に言えば、そんなことは一部の裕福なカトリックにしかできなかった。彼らはＵＣＤ（ユニヴァーシティ・カレッジ・ダブリン）に子ども達を送ることができた。デリーの二つの大学奨学金制度は何年間も一人わずか三〇ポンドの価値しかなかった。それでは我々には役に立たなかった。しかし、一九四八年に、地方の教育機関から増額されるという情報が流れた。僕は大変幸運なことに、大学の奨学金と教員養成大学への「コール（招待）」として知られるものの両方を受けることができたのだ。地方の大学の奨学金の額が一五〇ポンドに増額されたと聞いた時の驚きを想像してくれたまえ。僕の前に人生が大きく開かれていた。しかし、実際には選択の余地はなかった——教員養成大学ではなく、大学でなければならなかった。クリスチャン・ブラザーズと聖コルンバズの神父でさえ、デリー出身の学生はいささか退廃的なＵＣＤのかなり「レッセ・フェール（自由放任主義）」と考えられている環境より、クウィーンズ・ユニヴァーシティの雰囲気の方がうまくやっていけるだろうという見解に達しつつあった。これは国立大学びいきにとっては驚きをもって受けとめられるかもしれない！

僕は第二位の奨学金を獲得していたクラスメイト、イーモンと一緒にクイーンズ大学へ登録しに行った。まさに初めての遠距離旅行だった。二人ともどうすべきか全くわからなかった。が、結局、両方とも工学に登録した。理由の一つには、イーモンのお兄さんがすでに広い世界に出て活躍している技師だったこと、そして順調にやっているように見えたからだ。でも、僕が工学を選択した本当の理由は、たぶん、当時の趣味の一つとして、ラジオを組み立てること、そして、全く別のことだが、ナトリウム塩素酸塩と硫黄から爆竹を作ることを楽しんでいたからだろう。僕達はよく、地元の防空壕の中で爆竹を爆破させていた。そこでは、想像できる限り申し分のない爆破音を出したものだ。僕達の地域では、どの通りにもまだ防空壕があった。戦争が皆にとって単なる思い出になってしまってから随分経っていたのに。

母は僕達の実験を何か恐ろしいもののように見ていた。本当に。母の大きな恐怖は、僕達が若い時には、共和主義運動に加わるのではないかということだった。当時、それが何を意味するのか、僕達は本当には何も知らなかったのに。母自身は強力なナショナリストだった。でも、息子のアイルランド特有の事物に関する関心を二通りに見ていた。彼女の立ち位置の一方はアイルランド人側だった。でももう一方は――これは母親としての見方だが――その逆だった。「あの古くさいアイルランド語」、「あんなのは田舎の男達だけのものよ」と彼女は言ったものだ。母はダンギヴンより高地のベネディ・ヒルズのデリー州特有のアイルランド語を話す最後の人々を見てきていた。彼女自身の両親とその近所の人々は、ドニゴール州のゲールタハト（日常の会話にアイルランド語が話される地域）から地元の農場で働くアイルランド語の話し手を連れてきた。彼らは「男使用人《サーバント・ボーイズ》」、「女使用人《サーバント・ガールズ》」と呼ばれた。

クイーンズ大学工学部の研究助言者、Ｔ・Ｐ・アレン――立派で助けになる人物――と話した結果、僕は電気工学に登録した。大都市への日帰り旅行からデリーに帰ると、そのことで驚いた人たちがいた。僕はその日、Ｔ・Ｐ・アレンの話から、彼が自分自身の通信機で世界中の人々と会話する現役のアマチュア無線家であることを知った。僕はその情報をいつか役立てようと頭の中に大切に保存したにちがいない。というのは、何年もたってから結局、自分自身が免許を持ったアマチュア無線家になったのだから。

イーモンと僕はデリーでの学友だったが、ベルファストでは下宿を共有しなかった。そこでの僕の仲間はウィリー・ゴーマンとトミー・ケリガンだった。ウィリーは将来薬剤師になる男だが、彼の母親と僕の母親がロイヤル・ヴィクトリア病院近くのセント・ポールズ教区に下宿を確保してくれたのだ。トミーは教師になる勉強をしていた。イーモンは工学を放棄する直前に、下宿代に窮している時、一、二度僕達の所に泊まったことがあった。正直に言うと、彼はホースレースやドッグレースの方にはるかに関心があった。成功率は全く良くなかったが。彼は工学を志願すべきではなかったのだ。彼の才能のすべては――彼はとても有能だったが――文学に向いていた。彼の学校でのエッセイは後輩学生の向学のために、英語の教師フランク・マコーリーが引きはがして机の中にしまってしまう類のものだった。

トミーと僕は間もなく、二人の母親が僕達に知らせずに、下宿屋の女主人と――彼女は極めて厳しい女性だったが――夜十時前には帰宅すべきだと取り決めてしまったことを知った。だから僕達は毎晩、フォールズ道路を駆け上がって、頑張ったあげくに喘ぎながら十時一分前に下宿の玄関にすべりこんだものだ。ウィリーは到着すると、そのすべてを変えることに取りかかった。彼はトミーや僕と違って、下宿ゲームではベテランだった。

十時十五分前に僕達がフォールズ・バス（フォールズ道路にある水泳・入浴施設）を通り過ぎる時に足を速めると、「君たち、何を急いでいるんだい」と彼は訊ねた。トミーが「遅れたら彼女に殺されるよ」と心配そうに言った。「急がなくてもいいよ」とウィリーは僕達に歩を緩めさせながら言った。結局、僕達は十時五分過ぎに帰り、冷たい歓迎を受けたのだ。夕食は僕達の前に出されたが、女主人は一言も口を利かなかった。次の二晩は十時十五分を過ぎており、その週の残りは三十分過ぎまで延ばした。すべてウィリーの熟練した計画の一部だった。

時計が真夜中の十二時を打つのが聞こえても、まだグローブナー通りをほんの半分しか歩いていなかった夜、「ゲームセット」だと僕達は悟った。気の毒に女主人はその後、不公平な闘いを諦めた。彼女が預かっている三人の田舎者は世慣れた都会人と化していたのである。

3．二重生活

僕はいつも科学と人文科学の両方に興味を抱いていた。僕が通っていたデリーの学校の教育は幅広い分野に基礎を置いていたので、関心が広範囲に及ぶのは正常で健全なことと当然視されていた。やがて三年生で実際にどちらかを選択しなくてはならなかったのだが、それによって、進路をたった一つに狭めねばならないとは誰も感じていなかった。僕はクイーンズ大学で工学を学ぶ学生だったが、一方でクリンブルズ・ミュージックショップでピアノのある部屋を借りるのは正常なことと思われていた。お陰で鍵盤楽器の技術を向上させることができた。同様に、アマチュア無線電信に対する興味から、ベルファストのＹＭＣＡに加わってみようという気にもなった。そこには活動的な無線電信クラブがあったからだ。学友の一人で復員したばかりの兵士がそのことを僕に話し、メンバーになるためにＹＭＣＡの秘書と話してみるように勧めてくれた。それは、僕が当時の北の生活の厳しい現実の一つに直面した時のことだった。一旦、必要な用紙に記入すると、秘書は僕をオフィスに連れて行き、しばらく時間をとってこの上ない好意的な態度で、僕がカトリックの組織に加入すべきだと説くのだった。興味があるのはＹＭＣＡの無線電信クラブなのだとどんなに伝えようとしても、彼は僕のような者にとってのカトリッククラブの利点を主張し続けたのだ。僕は最終的に彼の趣旨を理解して立ち去った。仲間の学生に事の顚末を話すと、彼はひどく怒った。彼は最近、英国軍の現役の勤務から復員したばかりで、そのような意見が依然としてあり得るとは信じられなかったのだ。彼は急いで秘書に話しに行ってくれた。戻って来ると、申し訳ない気持ちでいっぱいで、明らかに深く落胆していた。状況には何の変化もなかった。僕は相変わらずアウトサイダーだった。

『ベルファストの労働者教育協会は当時、さまざまな科目のクラスを開講していた。僕は『ベルファスト通信』の音楽評論家が開いている音楽鑑賞のクラスに通った。思うに、それは後にコークで音楽批評の大変危険な領域に入っていくことに何らかの影響を与えたのかもしれない！　それはともかく、講師によるクレメンティのソナチネの感受性豊かな演奏とその後のクリンブルの二階の貸部屋での三十分の、あの無害で美しい曲から受けた苦しみを思い出す。クリンブルの部屋を借りる余裕がない時は――デリー協会からの奨学金送付が時々遅れたため、そんなことは頻繁にあったが――、背中が丸く膨らんでいるマンドリンを下宿で練習するのを楽しんだ。マンドリンはスミスフィールドで安く買ったものだった。

　レジナルド・ジャック（Thomas Reginald Jacques 一八九四―一九六九　一九三六年にオーケストラを設立）オーケストラを聴きに行った時のことを思い出すと恥ずかしくなる。ベルファストでの演奏はイギリスツアーの一環だった。そこで、何人かのデリー時代の学友達に会ったのだが、その一人がコンサート後に、オーケストラが演奏したばかりのモーツァルトの「アイネ・クライネ・ナハトムジーク」についてとても熱心に語ったのだ。僕や他の連中が、同じバックグラウンドの普通の子がモーツァルトのような作曲家についてそんなに知り得るなんて信じられないと思うのは、僕達の閉鎖的な心をおし測るものだった！　彼は誇示して空威張りしていたに違いない、と僕達は後で納得し合ったものだ。あの妬みを今日なお僕は恥ずかしく思う。

　しかしながら、しばらく後に卒業研修でマンチェスターに行った時、科学と人文科学の両方に浸る機会がたっぷりあった。科学は時々、メトロヴィック鋳物工場で夜勤の仕事をする時にくべ続けなくてはならない炉に使うコークスを手押し車に何杯も運ぶことと混じり合っていた。卒業研修では、さまざまな部門を廻らされた――時には肉体労働をしたり、時には最上等の衣服に身を包んで工学オフィスや研究所の一つで仕事をしたり、と。マンチェスターのメトロポリタン・ヴィッカース（著者註　短縮してメトロヴィック）で卒業研修の申し出を受けることは、今日製造業の監督《キャプテン・オブ・インダストリー》と呼ばれるものになる最初のステップとみなされた。当時、イギリス電機産業のトップの仕事は、メトロヴィックかラグビーに根拠地を置く他の大会社、ブリティッシュ・トムソン—ヒューストン（ＢＴＨ）で卒業研修を済ませた大卒者でいっぱいだった。イギリスの国営電力会社によって使われる大半の電力発生装置はマンチェスターかラグビーで作られていた。そして、このアイリッシュマンは交流発電機か変圧器の試験で、あるいは鋳造工場の基本段階でさえ微力を尽くしていたのだ。僕は今でも覚えている。会社の幹部の一人が、我々が三十歳になるまでに年俸が目眩がするような一〇〇〇ポンドの高額になると約束したのを。この見込みは我々の週六ポンド四シリング六ペンスの視点から見ると大変魅力的だった！　我々がやがて魔法の一〇〇〇ポンドに達したことは他の何よりもインフレーションに関係があった。ところが一方、一九五〇年代の国際競争の苦い風がメトロヴィックとＢＴＨを吹き飛ばしたのだが。

鋳造工場での僕の仕事のある段階で、急いでシャベルですくって手押し車を空にすれば、夜通し十五分ごとに五分は暇ができることがわかった。その時間をマンチェスターでその時上演されているオペラシリーズについての本を読むのに当てた。翌日の晩には、事前に読んでいたオペラを観に劇場のドアの前で列に並んだものだ。それは悪い音楽教育ではなかった。オペラシーズンが終わると、僕の生活はそれほど多忙ではなくなった。依然として週二回、ジョン・バルビローリ（John Barbirolli 一八九九—一九七〇）指揮下の素晴らしいハレ管弦楽団の演奏を聴きにフリー・トレード・ホールに出かける準備として、シンフォニーやコンサートについてのラルフ・ヒルの本を読まねばならなかったが。

僕もそこでは唯一の労働者ではなかった。赤ら顔の男のそばでベートーヴェンの第七交響曲を聴いていたことを覚えているのだが、彼は素敵なゆっくりしたテンポの演奏中でさえサンドイッチを食べるのを止めなかった。最後の調べが響きわたるとその男は飛び上がった。席について、「すごい。素晴らしかった」と、強いランカシャーなまりで情熱的に言った。僕達は休憩時間に話した。そして、彼はフリー・トレード・ホールからすぐ近くの中央駅に自分の蒸気機関を運び込んだばかりの機関手であることを知った。コンサートが終わると、次のコンサートでもお互いに会えることを願って別れた。僕は、彼が作業着が半分しか隠れないオーバーコートを着て歩き去るのを見送った。そしてトラフォード公園への帰途についた。メトロヴィックに到着すると、自分用のオーバーオールを着て、金曜日の夕方にいつもの賃金をもたらしてくれる長い夜勤についた。その時には、我々二万人の労働者がイギリスで最大の会社の一つからあふれ出てきたものだ。

フリー・トレード・ホールでは、クラリネットが奏でることができる美しい音楽を新鮮な気分で鑑賞した。たぶん、クラリネット部門のリーダーがライアンという名前のアイリッシュマンだったことから影響されたのだろう、僕はオックスフォード道路にある北音楽学校でのクラリネットのレッスンに届け出をした。そして、ライトという名前のハレ管弦楽団の代表者の一人に教わることになった。すぐに簡単な練習曲を演奏し、やがてモーツァルトの有名なクラリネットコンチェルトのゆっくりした楽章に挑戦もした。そのお陰で、何よりも、楽器を手にする意欲が湧いた。メトロヴィックもすべてが工学技術に彩られているわけではなかった。そこには定期的に集まるマドリガル・グループがあり、僕も「四月は愛人の顔に」（*April is in my Mistress' Face*: Thomas Morley 一五五七—

一六〇二　作曲の最も有名で最も短いイングリッシュ・マドリガルの一つ）を一緒に歌った。僕は当時、テナー歌手と自称していた。

下宿仲間の一人、ジョン・ヘリングはホームグラウンドが我々の下宿からほんの数マイルの所であるセイル・プレスビテリアンという名のチームでサッカーをしていた。彼に仲間入りするように説得され、結局はハーフバックのポジションになり、チームトレーナーのジョックに仕込まれた。彼はスコットランド人で国際競技出場者だったのだ。僕達はオールトリンガム・アマチュアリーグで毎土曜日に試合をした。次のシーズンには、メトロヴィックに自分達のチームを作り、ランカシャー・アマチュアリーグに受け入れられた。これはオールトリンガム・リーグよりわずかにレベルが高かった。僕達は優勝カップを目指して勝ち続けた。そして、準決勝戦に進んだ。これはそれ自体において驚くべきことだった。が、さらに不死身を想わせるようなこと、すなわち、オールドトラフォード（マンチェスターにあるサッカースタジアム・クリケット場）での決勝戦出場までも予兆させることだった。できればそのことについて書きたい。しかし、できない。重大な準決勝戦で負けたから。「こうして世の栄光は移りゆく」（著者はラテン語を用いている：*Sic transit!*）（**gloria mundi ! ＝ Thus passes the glory of the world !**）

まだメトロヴィックにいる間のことだが、休暇の許可を取って、アイルランドでバリシャノンのカスリーンの滝水力発電所で仕事をした。一時滞在の後、バリシャノンの体験についてメトロヴィック教育部にレポートを出さなくてはならなかった。僕はその場所の美しさ、そしてアイルランドの素晴らしい雰囲気について少し誇張して書いた。すると教育部に呼び出されたので、レポートのことで叱りつけられるのかと思った。実際にはそうではなく、ドーニー氏はメトロヴィック誌『回転子』にそれを公表してもかまわないかと訊いたのだ！　かまわないかだって？!!　振り返ってみると、これは僕のまさに初出版だったことを今になって実感する。その時は、それが最初で最後の出版になるだろう、と思った気がする。

　僕は一九五三年の夏、ダブリンの電力供給会社と北アイルランド電力会社（ＥＢＮＩ）の両方から採用の申し出を受けた。ＥＢＮＩはベルファストに本社があったので、そこに決めたいと思った。その理由はたぶん、家族がデリーからベルファストのアントリム道路から入った所にあるウィローバンク・ガーデンズに引っ越していたからだろう。母は、子ども達の中心人物が移動していたので、何もかも持ってついて行こうと決心したのだ。自分が家に帰ろうとしている、それがデリーではないのが妙だった。ベルファストからでもマンチェスターからでも、帰る目的地はいつもデリーだったのに。ＬＭＳ（ロンドン・ミッドランド・アンド・スコティッシュ鉄道）列車に乗ってロッシズ湾に沿って大きく曲線を描いた後、最初にペニーバーン教会を、次にデリーのその他の風景を順に目に入れていくのがいつもの故郷に帰る道筋だった。そうやって、蒸気機関車でウォーターサイド駅に向かって行くのが常だったのに。それに対し、船から平凡なベルファストの埠頭に上陸し、バスでアントリム道路を走るのは、とても比較に値しなかった。

4. アイルランドを表象するもの

二人のよく似た人物で、一方はあることに関心をもつのに、もう一方の人物は全く異なった道を進むのは、どんな気質、あるいは心理の働きの違いによるものなのかがわかったらいいのに、と僕は思う。例えばアイルランド語に対する興味は、ある人には、その人がアイルランド語の環境にいるから育まれるのだろうか、それとも遺伝によるものなのだろうか。実は、僕は生まれた時には自分独自の精神的受け皿は白紙で、そのような影響はほとんど受けていなかったと思うにもかかわらず、今日、家庭で日常的にアイルランド語を話している。僕はコーク市のちょっとはずれの一種のミニゲールタハトにアイルランド語を話す家族を築いた。さらに驚くべきことに、僕は北アイルランド出身で、南の友人達のようにごく初期から学校でアイルランド語を習うようなこともなかったのだ。

南の友人達にこのことについて触れると、彼らの多くが被ったアイルランド語に対する反感に僕が影響を受けなかったのは幸運だったと彼らは話す。彼らの言い分によると、アイルランド語を毛嫌いしていることを合理化しているのではなく、強い疎外感を抱いているのだ。それは、この言語を「擁護」の大義名分の下に強制した当局側の人々に対する嫌悪感におおいに由来していると言うのだ。友人達との議論中に、建設的で進歩的だと僕がいつも見なしていた人々や組織の多くが自らを弁護して、本質的に何か否定的で望ましくないことを表明しているのを知って驚いた。ゲール・

リン（一九五三年に設立されたアイルランド語や独自の芸術活動を促進する組織）のような組織はこのカテゴリーに類する、とコークの多くの人が主張する。そしてパドレイグ・タイアズ（Padraig Tyers 一九二五―二〇一〇）のような人が――彼は過去に、UCCの第一学年のコースで必須アイルランド語を強制した代表者と見なされたが――同じ反応を引き起こしたのだ。パドレイグについてこのように聞くと、彼は最高の原則によって動機づけされた人物だと認識していたので、とてもショックを受けたし、僕や多くのアイルランド語の支持者にとっては、そこにある疎外感の深さを理解できないことがわかった。誰かの上着のラペルについているファーナというピンバッジ（アイルランド語を話せることを示す）のようなシンボルでさえ悪い反応を生むのに十分なのである。

アイルランド語を話す人々の中に、自分こそが言語の所有者だとみなす狂信的で排他的なグループがいたことを僕はいつも意識してきた。この人たちは過去にアイルランド語の「政治的なフットボール版」と呼ばれたものを作ったのと同じ人々だと僕は思う。自分がかつてこのカテゴリーにいたと言うことはできない。そして、このグループに属したいと願ったことも全くなかったと断じて言うことができる。宗教的で文化的なグループの共通の特徴は、最も強く信じる人々の中のわずかな率だが、情熱を不寛容なファシズムへと向かわせがちだということである。この点に関しては、アイルランド語は今では、その言葉が名目上ではもっと強かった三十年前よりはるかに著しく、特殊な人々の所有物に戻ってしまったと言うに値する。

自分のこの言語に対する関心を生んだ重要な地点がいつのことだったのかを突きとめられるかどうか知るために、時々若い頃を振り返ることがある。両親が若い時に、ダンギヴンの近くにアイルランド語が話されている地域があったけれども、二人ともアイルランド語を話さなかった。しばらくカーナンバンで働くドニゴール出身のアイリッシュ・スピーカーがいたので、母親の地域ではアイルランド語は知られていなかったわけではないだろう、とも思う。僕の印象では、デリー州に働きに来るドニゴール出身のネイティヴスピーカーが多いとは見なされていなかったし、そもそも彼ら自身の言語ではなかったと思う。それは彼らの貧しさの表れであった。だからアイルランド語を話すからといって、そのこと自体では、新しい近隣者たちがそれを重んじていたということではなかったのだ。僕達の家があった通りの行き止まり近くに、ドニゴールのクロンマニーから来た一人の女性が住んでいた。彼女はアイルランド語を話すと言われていたが、証拠はなかった。ベルファストの僕の従姉妹が、ドニゴールのゲールタハトにあるラナファストのアイルランド語学校に関わっている人と結婚していたそうだが、僕は大きくなるまでそのことを実際には知らなかったと思う。

アイルランド語との初めての現実の接触は、クリスチャン・ブラザーズ小学校でのことだった。そこでは、時計が時を打つたびに、僕達はアヴェマリアの祈りをアイルランド語でくり返した。普通はそれぞれの大きい部屋には二つのクラスがあった。一つはブラザーが、一つは平信徒が教えていた。普通、お祈りはそのブラザーによって唱えられ、僕達は皆アイルランド語で応じた。それは、その時は理解できないことの棒暗記の繰り返しにすぎなかった。ブラザーたちはアイルランド語に関心があるという評判だった。でも僕達は実際には、そこではほとんどアイルランド語を学ばなかった。聖コルンバズ・カレッジに入る時、ローズマウントからの学生達は僕よりアイルランド語の知識があった。注目すべきことに、僕達は聖パトリックか聖コルンバの祝祭日に教会に群がって入り、アイルランド語の説教を聴いたのを覚えている。それが理解できないことはたいして重要ではなかった。大事なことは、ジョン・ドハティ神父がデリーに住むナショナリストのカトリック住民に向かって、僕達自身の言葉で語りかけていることにあると思われたのだ。それで十分だった。

デリー・フェシュ、つまり毎年開かれるデリー文化祭は同じ特性をもっていた。ほぼすべての歌のコンクールではアイルランド語で歌う課題曲があった。だから、これはたいていの出場者にとって、長時間にわたる何の意味もなさない退屈な言葉とシラブルの繰り返しを意味した。歌の解釈が点数を獲得するので、いつ哀しげに、また楽しそうに見えるか、あるいはそれが何であろうと、意味に合わせていつ音の質を変えるのかが必要だった。僕の妹のジョージーを含めて百二十人の少女たちが皆、同じアイルランド語の歌を歌うのを聴いたことを覚えている。審査員達はその時、一握りの少女達を呼び戻して再度歌わせ、遂に勝者が選ばれた。ジョージーは、優れた歌い手だったが、呼び戻されたことによって、地元の評判を確かなものにした。でも、彼女は受賞者の中には入らなかった。家族の話では、彼女は呼び戻しを予想していなかったので最初の演奏の後で一袋のトフィーを食べたのだ。彼女が二回目に登場した時には、彼女の声が本来の清らかさを失ってしまっていた。トフィーがお見通しだったのだ！　家族の名誉心は別の年の芸術祭で叶えられた。というのは、一番下の妹、マーガレットが二人のクラスメイトと一緒にガールズ・トリオコンテストで優勝したのだから。

僕が初めてアイルランド語を学んだのは聖コルンバズ・カレッジでだった。最初の三年間の先生はショーン・マゴニグルだった。彼は有能で、経験を積んだ教師だった。彼は基礎的文法の規則を丸暗記することの重要性を確信していた。僕達は彼から将来のアイルランド語学習に役立つ確かな基礎を学んだ。僕はこの点で今でも彼に感謝している。彼の教えは、最後の二年間で校長のマクダウェル先生の指導で言語の文学的側面に集中することで補完された。彼もまた、自由時間に校庭を歩き回りながら、一緒にアイルランド語を話すように激励してくれたのだった。中には彼の示唆を真面目に受け入れる者もいたし、そうでない者もいた。僕は前者の一人だったが、決して後悔したことはない。

僕達は聖コルンバズでの最初の三年間にアイルランド語学習をしたが、この間にドニゴールのゲールタハト出身の作家が書いたアイルランド語の本を読んだ。にもかかわらず、当時のクラスメイトから休暇にゲールタハトに行くつもりだと聞いて驚いた。彼が言うには、ゲールタハトとは、人々が毎日の生活の中でいつもアイルランド語を話す所なのだ。これは僕にとっては初耳だった。しかし、僕自身がゲールタハトで過ごすことになるまでにはまだ時間がかかった。にもかかわらず、人々がたえずアイルランド語を話しているというこの魔法の場所についてクラスメイトとかわしたあの会話が蘇る。自分が必然的にアイリッシュ・スピーカーとしての道を進んでいく可能性をはらんだものとして。僕は現実にアイルランド語を楽しみ始めていた。そして、聖コルンバズの最終学年に到達するまでにはアイルランド語が得意になりつつあったと思う。僕達の何人かが在学中にアイルランド語で話すことに夢中になった結果として、最終試験の口頭テストを、時間の「浪費」――「朝飯前」――「たやすいこと」とみなしたのだから。

クイーンズ大学の最初の二年間、アイルランド語は二の次になった。でも最後の年に、聖コルンバズ時代に感化を受けた二冊の本『私の二人のロザリーン（Mo Dhá Róisín）』と『我が道（Mo Bhealaeh）』をデリーの実家から持ち帰った。これらの本のお陰で、ベルファストでの最後の数ヶ月に工学関係ではない読書の基礎を形成できた。実際、以後一度も止めなかったアイルランド語との関わりの出発点となったのだ。

マンチェスターに着くと、メトロヴィックでパディ・スウィーニーという同類項に出会った。「クラブ・ラオル」というアイルランド語の読書を向上させることを目的として最近立ち上げられたブッククラブに僕達は一緒に登録した。アイルランド語は僕達の普通の会話手段になった。彼の南の方言と僕のドニゴールなまりは互いにあまり馬が合わなかったけれども。僕達はまた、音楽に強い関心があった。それに、パディは優れたピアニストだった。

僕は弟に、ロスギル（ドニゴールの最北端地方にある半島）にあるアイルランド語学校のサマースクールに出席することに興味があるかどうか確かめるために手紙を書いた。その学校は学童より大人を対象とするゲールタハト学校の一つだった。僕は当時自分のアイルランド語に極めて自信がなかったので校長に英語で手紙を書いた。マックラーノン先生は、今でも会うたびにそのことを笑いながら思い起こさせてくれる。振り返ると、その英語による質問は、その時以来、「アイリッシュ・ハイウェイ」と呼んでもいい道のりをどれだけ走ってきたかを測る物差しだと僕は見なしている。僕達はドニゴール・ゲールタハトで初めての二週間を楽しく過ごした。もっとも何年か後に、二つの有名なドニゴールのアイルランド語を話す地域、ランナフェスチャとグイフィドーア（ドニゴール北部）に到着するまでは本格的なアイルランド語を話す地域を経験したわけではないと僕達は言ったものだが。

アイルランド語が僕達を魅するものの一つとして、それがアイリッシュナショナリズムと強く結合している点だということにほとんど疑う余地がない。そして、そのようなナショナリズムはたいていの北のカトリック教徒にとって人生を導く本源のようなものなのだ。このように言うと、今日では、あまりにも過度の重要性をそれに付し過ぎているように思われるかもしれない。おそらくそうだろう。しかし、当時はそのように思えたのだ。我々はいつも無意識に我々自身の国における我々自身の価値の表象とシンボルを探していたのだと僕は思う。当時北の制度は役に立たなかった。カトリックは永久に第二級の地位を宣告され、政府はそのような不正義で結託していたのだから。デリーではカトリック人口は多かったのに、当時異常なほどに失業率が高く、時の行政機関はゲリマンダリング（選挙区をプロテスタントの自覚に有利に改変すること）によって大多数の人口がカトリックのネイティヴシテイで権力を取れないようにしていたのだ。そのような雰囲気では、我々の真の値打ちを打ち立てるであろうものなら何でも不可欠だった。とりわけ、例えばアイルランド語のように、もしそれが本当にもっぱら我々独自のもの、かつ、断固として我々を支配下に置く人々のものではないと思われるならば。アイルランド語が普通に話される地域は、残酷な二級市民扱いとは縁がない新しい価値を持つ世界を暗示した。それは自由が花開く可能性を秘めた所なのだ。当時のゲールタハト地域の住人は自分達がそのように見られていると知ったら、驚いたであろう。なぜなら、彼らの生活は物質的にかなり貧しく、厳しい財政を向上させるために僕達を下宿人として受け入れていたからだ。しかしながら、僕達にとっては、彼らはアイリッシュネスの重要な象徴だった。その理屈が何であろうと、その最初のゲールタハト訪問の実際的成果が、僕がいっそう流暢なアイリッシュ・スピーカーになってマンチェスターに戻っただけではなく、すでに次の夏にはどこか他のゲールタハト地域に戻って行く計画を立てていたことに表れていた。そうこうするうちに、僕は無鉄砲にも、マンチェスター・ゲーリックリーグのアイルランド語で歌うクラスを教師として引き受けたのだった。仲間の生徒達よりほんのちょっと優っているだけだったのに。彼らは僕からあまり多くを学ばなかったかもしれない。なのに僕は教師をしたのだ！

パディ・スウィーニーと僕は大学のアイリッシュ・ジャーナル『コール』（「パートナーシップ」の意）を購読し始めた。そこには間もなく、毎年のサマースクール、すなわち「コオーイ」の広告が掲載された。それは翌年ドニゴールのティーリンで開かれることになっていた。僕はそれに出席し、ゲール・リンのドナ・オ・モラインやリバード・マク・ゴラインのような人達に会った。覚えている限り、アイルランド語を支える週ごとの共同基金に仲間入りしたのはそこでだった。ゲール・リンは、リバイバルは可能で刺激的なことであるとアイルランドの人々にわからせ始めている力強い組織だった。僕は後ほど彼らが後援するラジオ番組のリスナーになった。マンチェスターで、ラジオ・アイルランドに限定してラジオを聴くことで、アイルランドでネイティヴなものの復活が現実に起きていることを確信できた。僕はアンドリアス・オ・ムネカインがアイルランド語を教える「聴いて学ぼう」という番組を聴き始めた。彼がアイルランド語と呼ぶものはアイルランド語に対する僕の北側の説には必ずしも適合しなかった。つまり、彼のマンスターアイリッシュ（マンスターはアイルランド南西部の地方名）は新しい生き物であり、奇妙な言語だった。将来自分自身の子どもがそんなふうに話すのを聞くことになるとは、その時にはほとんど想像もしなかった。しかし、そんなことがはるか先に待ち受けていたのだ！

僕はアイルランドに戻って生きるのを楽しみにするようになった。北アイルランド電力会社の技術部門に職を得た一九五三年に、その思いがかなった。我々の仕事は、地方の技師の手に負えないか、処理したがらない問題の面倒をみることだった。その仕事には、システム上の欠陥を調べること、ケーブルかラインを修理するメンテナンス技術者に協力させ、そのようなシステムの保護回路をテストし、緊急事態が起きた時に余裕があれば、新しい装備のための監督を捜して調べることが含まれていた。午前三時か四時に、エニスキレンやデリーに急いで出向くようにという電話を受け取ることは、それほど楽しくはなかった。しかし、仕事のほとんどすべての面で楽しめる独立性は二十代前半の人間にとっては素晴らしいことだった。僕はまた、電気機械の数学解析の研究ができるようにクイーンズ大学に登録した。それにはベルファスト工科大学でいくつかの機械で測量することも含まれていた。そういうわけで、毎日かなり充実していたのだ！

アイルランド的な物事に対する関心について、僕がオフィスで、さらに詳しく言うならば、隣り合ったオフィスのどこでも唯一のカトリックだったので、ＥＢＮＩでは誰にも話さなかった。何年も経ってから、プロテスタントの同僚とこのことを議論している時、僕は黙っているべきではなくて極めてオープンであるべきだったと彼らが思っていると知って驚いた。僕は今でもそのことを疑問に思っている。カトリックの人々はいつも、両者が交じり合った北の会社では、隣人の感情を傷つけるのを恐れて、ある特定の事柄は口には出さないことを知っている。当時、僕はフォールズ・ロードを上がった所にあるコマン・クルーアン・アード（アイルランド語を話す会）にあるケイリーと歌のクラスに顔を出し始めていた。同僚達なら、そのような場所を共和主義の温床と見るだろう、ということを僕はほとんど疑っていなかった。そこには、政治的な信念の持ち主もいたが、決まって顔を出す共和主義者はいなかったのに。

この時期には、僕は完璧に流暢なアイリッシュ・スピーカーになっていた。そして、実際に定期的に町の舞台で上演するアシュトァリー・ニーヴ・ブリージ（聖ブリジッドの俳優達）という演劇グループに加わっていた。時には、聴衆席より舞台に登場する人々の方が多いこともあったと白状しなくてはならないが。僕はそこで後に妻になるヘレン・ボーンと出逢った。だから、僕達はアイルランド語を話す家族を育む「お膳立てをして」いたのだと言われるかもしれない。まだそんなことはわかってはいなかったけれど！　ベルファストには当時、たとえ、言わば地下ではあっても、アイルランド語を話す活動的なコミュニティがあったのだ。

ＥＢＮＩの工学部門の苛酷な仕事から解放される自由時間はいつでも、ドニゴールかコネマラのゲールタハトの一つに旅することにあてた。二年間にわたるマンチェスターでの比較的孤独な生活の後、これらの刺激的な地域に近い所に住めるのは実に有難いことだった。僕が初めてイニシュボーフィンというドニゴールの島を見たのはそんな旅でのことだった。その時、僕は田舎のその地方のアイルランド語と音楽を探していた。ありありと覚えているのは、マフリー・ラワティの道路を曲がった時のことだ。突然、イニシュボーフィンがそこにあったのだ。静かな海に蜃気楼のごとく高く、誇らしげに鎮座していた。遠方の後ろにはトーリー島があった。僕はそこへ行かねばならないとすぐさま悟った。でもどうやって？　港の近くに大きな太りすぎのボートマンがいた。彼は、当時では大金の五ポンド紙幣で連れて行ってやろうと申し出た。たとえそんな種類の金を持っていても、その男にくれてはやらなかっただろう。男には僕を追い払ってやろうという雰囲気が漂っていた。申し出を断ると喜ばないどころか、愚痴っぽいことをぶつつきながら去って行った。

僕は片手にアコーディオンを持ち、背中にリュックを背負って、海に向かって自分の夢を見つめていた。一艘の釣り舟が島から出て、こちらを目指して進んでくるのが目に入った。じっと見ていると、その船はどんどん大きくなるようだった。ついにエンジンが止められ、波止場の方に横向きに漂ってきた。ひさしのある帽子をかぶって、巻いたロープを手に持った僕と同じ年頃の男が何か叫び、それを僕の足元に上手に投げてよこした。彼は埠頭にある繋船柱《ボラード》を指差したので、僕はそれにロープの輪を投げた。数分後に船は繋がれ、三人の島民がジャンプして舟を降りた。ひさし帽の男は舟の監督のために残った。僕はその男にアイルランド語で、イニシュボーフィンに連れていってくれるかどうか大声で尋ねてみた。でも、彼は直接には返事をしなかった。彼はまず、僕がケイリー（ダンス・音楽等のための社交的な集まり）のために音楽を演奏できるかどうか知りたがった。僕が請け合うと、乗船していい、歓迎すると言ってくれた。代金はいくらか尋ねると、彼は笑って僕のアコーディオンを指しながら、「それが演奏できるなら無料でいいし、いつまでいてもいい」と彼は言うのだった。

イニシュボーフィンに無事に上陸すると、六十代後半の愛想の良い女性、僕が「島の女王」と呼んでいる人の家に連れて行かれた。彼女は、そこへ案内してくれた、僕が知り合ったばかりの友人の家に泊めてもらうことを聞き入れようとしなかった。その家は客人をもてなすには十分ではないからというのだった。代わりに、彼女自身のこじんまりした家に僕を泊めることに決め、それまで味わったことのないような最高の食事をふるまってくれた。

その晩、急いで整えられたケイリーで、まず驚いたことには、あらゆる年代の男達が踊っているのに、女性は若いティーンエイジャーと年寄りだけで、結婚適齢期の娘はいなかった。男達は踊る花形だった。「リムリックの城壁」や「エニスの包囲」でも、男達は複雑なバタリングステップ（二人一組になって踊るセットダンスの基本ステップの合間に、つま先や踵でタップダンスのように音を出す）でお互いに競おうとした。女性達は補足的な役割しかしなかった。他の女性達はスコットランドに出稼ぎに行っており、クリスマスにしか帰ってこないと友人が教えてくれた。

日曜日はマフリー・ラワティでスポーツデイが開かれることになっていた。それは一大社会的行事だった。すべてのコーナーで音楽が催されることになっていた。島民達は僕に、トーリー島の音楽家達に僕がイニシュボーフィンの地元民の息子であると信じさせるように約束させた。イニシュボーフィンの音楽家達はトーリー島の演奏家の優秀さにコンプレックスを抱いているように思われたので、ここで彼ら自身のイメージをあげるチャンスをうかがっていたのだ。

日曜日の朝の舟の旅は愉快だった。みな正装し、刺激的な活動の準備ができていた。マフリー・ラワティにはすでに大勢の人々が詰めかけていると報じられており、誰か文筆家の訪問があるという噂さえ流れていた。しかし詳細は何も知らされていなかった。わかっているのは、それが本物の書物を書いた人物だということだけだった！　舟から飛び降りる時、僕がイニシュボーフィンの島民であることを忘れないようにと彼らは叫んだ。波止場で、小柄な男が——僕は知っている人物のような気がした——ダブリンなまりのアイルランド語で話しかけてきた。そして歩きながらずっとしゃべり続けた。僕は新しいイニシュボーフィンのアイルランド語で話し続けた。彼はゲール語の読み物や『少年院の少年（Borstal Boy）』という演劇を書いたと言った。僕はさも驚いたように装ったことでかなりみじめに感じた。「あなたは間違いなく、ブレンダン・ビーアン（Brendan Behan 一九二三—一九六四　劇作家）ですね」と僕は言った。彼は本当のアイルランド語を話す島民が自分のことをわかってくれてまんざらでもなさそうだった。人々がブレンダンの周りに集まってきた。彼らは皆詮索好きだったが、親しげだった。その時、僕が初めて到着した時に五ポンド紙幣を払わせようとした気むずかしい船頭が前に進み出てきて、ブレンダンのダブリンなまりのアイルランド語を真似し始めた。群衆が彼からそっぽを向くのを願って。彼の言葉はすべて速い、流暢なドニゴールアイリッシュだったので、船頭は明らかに、ビーアンが自分の話についてこられないと見こんでいた。ビーアンが実に気の毒に感じられた。しかし、その必要はなかった。というのは、彼はその時、今だに忘れたことがないことをしたのだ。

ビーアンは拷問者の方に向いた。そしてフィーニアン・サイクル物語（ケルト伝説で、英雄的な騎士団の戦争物語と恋愛物語が混ざったもの）の一つだったと思うものをもの凄いスピードで朗唱し始めたのだ。言葉が急流のごとくほとばしり出るので、一言一言を区別できなかったのだろう。船頭は口を開けたまま答えようがなかった。それはブレンダンが彼に口を挟む余裕を与えなかっただけではなく、群衆が今やブレンダンと一緒になって、嘲った輩に対して声を出して笑い始めたからだった。遂に、ビーアンのとうとうと流れる言葉は不意に止まった。そして彼は「以上が君に差し上げるアイルランド語だよ」とアイルランド語でぶっきらぼうに言ってのけ、向きを変えると勝ち誇ったように、我々ボーフィンボーイズをパブに導いていった。

5．リヴァプールでの研究とケイリー・バンド（ケイリーのために結成されたバンド）

リヴァプールから来ていたクイーンズ大学の外部研究者であるミーク教授は、僕がベルファストでパートタイムでやっていた研究に大変関心を示した。彼はある来校日に僕と話したがった。そして、年一〇〇〇ポンドというかなりの高額で、リヴァプール大学での特別研究奨学金給費生の話を申し出てくれた。クイーンズで財政的報酬なしでやっていることにリヴァプールではお金が支払われるという期待に僕は胸を躍らせた。この時期のＥＢＮＩからの給料はこれよりわずかに数百ポンド多いだけだった。だから、再び海峡を渡ってリヴァプールで新しい研究指導教官、ベルファスト出身のジャック・リンの下で身を立てる以外に実際の選択の余地はなかった。それは工学と音楽の両方における全面的で新しい段階のスタートだった。しかし、そのことはその時には知るよしもなかった。リヴァプール大学での工学研究はともかく、僕はウェールズ人の教授、メルヴィル・リチャーズの下で、しばらく古代アイルランド語の勉強までしたのだった。

僕の電気工学研究は電気機械の研究におけるテンソルの理論的研究として始まった。しかし、それは次第にアナログコンピューターに関連する、より実践的アプローチに移っていった。当時、そのようなコンピューターは後にそうなったほど簡単には利用できなかった。だから自分自身のものを作らなくてはならなかった。それは確実に勉強になる過程だった！　リヴァプールからあまり遠くないところにあるリズリーの原子力公社が高速中性子炉のシミュレーションに関心を示したので、結局はそのような装置の安定性についての博士号研究に惹かれていった。問題はドゥーンレイ高速中性子炉がその時スコットランドで作られつつあり、同じタイプのアメリカの原子炉で起きたメルトダウン事故についての心配があることだった。僕の仕事は、安全な操作状況を確定する見通しをもって新しい原子炉のためのパラメーターを設置することだった。その過程における制御システムとシステム安定性について多くを学び、コークに来る一年前に博士号を取った。しかし、イギリス原子力公社が本当にわずかでもそこから得るものがあったかどうか、僕は時々疑問に思うのだ！

　リヴァプールに着くとすぐに優先事項の一つは、あのまさにアイルランド的都市のどこでケイリー・バンドが活動しているのか見つけることだった。僕は有名なロケットパブの近く、スコア通りに下宿を見つけた。そこはジョージ・スティーヴンソンが世界で最初の列車を走らせた所だった。僕は近くのカトリック教会で、あるアイルランド神父と接触した。ところが彼は僕のアイリッシュ・ミュージックに関する質問に答えて、そのような人々とつきあうべきではないと思うと言ったのだ！　彼の言い分では、彼らは僕の好みのタイプではないと言うのだ。でも、僕は彼との会話の中で、その相応《ふさわ》しくない人々がどこでやや品格に欠ける祝典のために集まる習慣にあるのか察知したのだ。そしてその晩大急ぎで彼らの所に駆けつけて行った。それは僕の人生で最高の行動の一つだった！

僕はアコーディオン奏者仲間、テリー・ドーランにセント・アルホンサスホールで会った。そこでは多くの群衆を魅了する定例の土曜日夜のケイリーが行われていた。彼は僕に、日曜日の夜にハイフィールド通りのセント・メアリ教会に行くように勧めてくれた。ゲーリック・リーグ（アイルランド語復興運動の中心組織）が週一回のケイリーを開いているのはそこだった。土曜日夜のバンドのフィドラーの一人、キット・ホッジもセント・メアリで演奏しており、テリーの提案を支持してくれた。僕は次の夜、ハイフィールド通りで歓迎された。そこでは、音楽はセント・アルホンサスホールほど形式的ではなかった。僕にとって最初の定例リヴァプールジャズ演奏会で、フィドラーのイーモン・コイン、ショーン・マクナマラ、キット、ピアノのシェーマス・オコナーとドラムのパディ・ジョー・マッキアナンと一緒に演奏した。そのステージでは、お金は要らなかった。ただ楽しめばよかったのだ。

これに先だつ数週間、フルサイズのアコーディオンを手に入れようとつらつら考えていた。自分のものはミディアムサイズの48バス型で、ちょっとばかり面白くない音が出たのだ。それはジェイムズ・マックピークの楽器やテリー・ドーランの持っているものとは比較にならなかった。ベルズという名前のロンドンの会社が、分割払いで買えるピカピカの新しい一二〇バス型をいつも宣伝していた。僕はそこに注文した。すると間もなく、鮮明な赤色のマリヌシ・アコーディオンが戸口に配達された。どんなに興奮したことか！　最初の夜、それをセント・メアリ教会に運ぶのが嬉しかった。そこでは、その爽やかなバスの良い音のお陰で演奏に新しい特性が加わった。少なくとも僕はそう思った。

新しいアコーディオンで曲を弾く練習に多くの時間を費やした。おかげで、セント・メアリでのケイリーでは概して満足だった。僕はまた、平日そこでアイルランド語の授業を受け持ち始めた。おそらく、リヴァプール大学での研究は価値に値する注目を得ていなかったけれども、総じて、リヴァプールでの生活は快調に進んでいるように思われた。唯一の障害は数ヶ月後、アコーディオンがどんどん重くなっていくように思われることだった！　僕は日曜日の夕方、町の中心までバスで行き、ハイフィールド通りまでのかなりの距離をアコーディオンを抱えて歩いたものだ。もっぱらそのことに少しばかり疲れてきていた。日曜日の夜のセント・メアリ教会との関わりから身を引こうと真剣に考えた。そんな時、トミー・ウォルシュがある夜僕のところにやって来て、委員会が僕を他のメンバーと同じように雇うことに決めたと告げた。僕はお金より認めてもらったことに興奮した。そして毎週、演奏がうまくいくとともにアコーディオンはどんどん軽くなっていったのだ！

リヴァプールは過去数百年、アイルランド人にとって故郷のようなもので、多くのアイリッシュパブがあり、ゲーリック・リーグもあった。僕はそのメンバーになった。セント・メアリ教会でアイルランド語のクラスに出席し始めた。しかし、そこの教師、ペギー・アトキンスが――彼女の名前は後にアイリッシュ・ミュージックの文脈の中で再び登場するが――僕がそのクラスを引き継ぐべきだと主張した。彼女はそこの学生になった。彼女は僕達の歌の訓練のピアノ伴奏者の仕事を引き受けてもいた。リヴァプールについての面白いことの一つ――それはマンチェスターにもあてはまったが――授業で出会う多くの人々がアイルランド語のネイティヴスピーカーの娘、息子であることがわかったことだった。そんな一人、トミー・ウォルシュは、父親がコネマラのゲールタハトの出身だった。リヴァプールで生涯を過ごした後の父親世代の素晴らしいコネマラアクセントを聞くのは新鮮だった。トミーは当時、アイリッシュ・コミュニティの柱であり、いつもケイリーで司会者として活動し、大きなアイリッシュ・コンサートを組織していた。そこではネイティヴ・アーティストが演奏したが。トミーの近くに住んでいた時、キャスリーン・ワトキンズが当時の僕達の家にやって来たのを思い出す。キャスリーンはセント・ジョージホールでの有名人コンサートでハープを演奏し、大成功をおさめていた。トミーが彼女の有名なボーイフレンド、ゲイ・バーンとかいう人のことで彼女をからかったのを覚えている。というのも、彼はその時すでにイギリスのラジオやテレビのスターだったから。

　僕はその時リヴァプール・ケイリー・バンドのメンバーになっていて幸運だった。というのは、何年もの間彼らと演奏したおかげでケイリー・ミュージックが生み出す一般的な喜びを学んだからだ。後に伝統音楽のグループ「ナ・フィリー」と関わって、ケイリー・バンドの機能と一般のグループの機能との間にある違いの基礎を断言できるようになったからだ。最近、亡きショーン・オ・リアダ（Seán Ó Riada 一九一六―一九七七）を含めて多くの人がケイリー・バンドに対して批判をしているが、僕は依然として確固としたファンである。たいていの批判者は踊り手のために演奏する本来のバンドのメンバーではなかった。ケイリー・バンドはモダンアイリッシュ・ミュージックのグループとは比較されるべきではない。後者は聴く人たちのために演奏するのが仕事だから。ケイリー・バンドはダンスのためのものである。もしあなたが、音楽の高揚に伴ってフロアーの人々の胸を高鳴らせることができるようなダンサーのために、優れたバンドで軽快な速度でリール（四分の四拍子の活発なダンス音楽）を演奏したことがあるなら、その音楽がどんなに満足感を醸し出してくれるか語る必要はない。優れた踊り手達と一流のバンドは説明不可能な魔法のような喜びの一つなのである。良きケイリー・バンドは突然に現れるものではない。それはしばしば、異なったグループのメンバーが何年にもわたって関わりあった結果生まれるものなのだ。そんなふうにして、ケイリー・バンドはリヴァプールで生まれたのである。

僕自身のバンドの鑑賞力の種子は、おそらく若い頃に蒔かれたのだと思う。当時、僕はアコーディオンが見事な音楽を生み出せることをマギー伯母の家で知ったのだ。何年も後マンチェスターで、日曜日の夜ケイリーで演奏するゲーリック・リーグのバンドで二人の友人がアコーディオンから引き出すダンス音楽を聴いて畏敬の念に打たれたのを覚えている。そのアコーディオンの一つがベルファストに戻る直前に売りに出されたので僕は買った。もちろん、その時はそのことによって賽が投げられ、アコーディオン奏者としての様々なケイリー・バンドとの関わりが始まろうとしているなど思いもしなかった。

ベルファストのホーソーン通りにあるコマン・クルーアン・アードが毎土曜日の夜にケイリーを開いていた。その責任者はフォールズ街の有名人シェーマス・マロンだった。音楽は一人か二人のフィドラーによって演奏されていたが、僕は彼らに即興でピアノ伴奏を依頼された。数週間後、新しいバンド、ザ・マックピーク・ファミリーが連れて来られた。そこにはパイプスを担当する老フランシィと息子のフランシィ、アコーディオンのジェイムズがいた。僕は彼らに即興のピアノ伴奏を続けるように依頼されたのだが、ついにジェイムズが僕が家にアコーディオンを持っていることを知った。彼は僕に次の日曜日にはアコーディオンを持って来るように言い張った。その時から僕は即興ピアノ伴奏を止めて本当のライブ・ケイリー・バンドのアコーディオン奏者になったのだ。ジェイムズと僕はパイパーなら演奏するであろう曲をでまかせで弾いたり、即興で演奏したりして楽しい時間を過ごした。当時、僕達には彼らの真価がわかっていなかった。でも僕達のレパートリーは次第に広がっていった。

その演奏活動でのもう一つの重要な部分は冗談を交わし合うことだった。というのは、ジェイムズは素晴らしいユーモアセンスの持ち主であり、ほら話の作り手だったから。ダンスミュージックを元気に奏でる僕達の大きなアコーディオンはしばしばパイプミュージックの音をかき消したに違いない。でもその時はおかまいなしだった。それにダンサー達は十分楽しそうだったのだから。ダンスプログラムが休止して、ソロシンガーに前に進み出させることがよくあった。もちろん、歌はすべてアイルランド語だった。クルーアン・アードではすべてがそうであるように。自分がその歌の多くを、デリー芸術祭に出席したお陰で知っていることに嬉しくも驚いたものだ。シェーマスのハープ伴奏での二人のパイパーのうち少なくとも一人のソロはいつも夕べの呼び物だった。当時彼らの奏でる音色は美しかった。最初のマックピーク・ファミリー・トリオとして国際的に有名になる随分前のことだったが。このイーリアンパイプスとの出会いが、何年も後にその楽器を手に取る自分自身の決意に影響したに違いないことはほぼ疑いない。

ある段階で、ベルファスト芸術祭のコンクールに参加するケイリー・バンドを構成するために、僕達はマックピーク・ファミリーにもっと多くの楽器を加えた。もっとも、優勝が第一優先事項であったとは思えないが。というのは、コンクールに最初に乗り込んだとは思うけれど、結果についてはあまり覚えていないから。その主な成果はセント・メアリズ・ホールでのケイリーのために演奏する出演契約を勝ちとったことだ。僕はとうとう最高水準を射当て、夜の仕事で五シリング（今日のお金で二十五ポンド）を獲得したのだ。僕達はそのケイリーのための練習に大いなる労力をつぎ込んだ。老フランシィ・マックピークが、メンバーの各々がソロをやるのだとリハーサルで主張した時の恐るべき記憶がある。僕は本腰を入れてきちんと練習していなかった新しいリールでつまずいたので、決まりの悪い思いをしたことを思い出すにつけ、今でも身体がほてる。僕はバンドメンバーと一緒に演奏する場合は大丈夫なのだ。その場合は様になるし、音楽の全体的な流れを妨げるようなことはしなかった。しかし、ソロ演奏となると、事は全く別なのだ。その後、曲を厳密に演奏することに対する責任感は――ただ程程にという程度ではなく――この出来事以来のことである。たぶんここには、イーリアンパイプスを演奏する生徒達に対する慰めがいくぶんあるのかもしれない。僕は自分が以前犯した罪を償うために、彼らに時々苦しんでもらうのである！

　リヴァプール・ケイリー・バンドに加わっている時、地元の教区での聖歌隊にも参加していた。そしてそのマスターがいくつかのバンドで演奏していたフィドラー、トム・ハーディングであることを知って驚いた。僕達は一緒にいくつかの曲を演奏した。僕は彼にリヴァプール・スクエアダンス・バンドの代理アコーディオン奏者として招待された。それは新しい経験だった。イギリスのフォークダンスのためにアイルランドやスコットランドの音楽だけではなく、プレイフォードの曲を演奏することは。「ゴッド・セイヴ・ザ・クウィーン」だって練習した。結局、正式のバンドアコーディオン弾きになって、北イングランドやウェールズのあちこちを、たいていイギリスフォークダンスや歌の協会のために演奏して回った。北ウェールズでのダンスを思い出す。いつものようにイギリス国歌でプログラムを終えた。ところが、一人の女性が突然舞台に上がって、ピアノでウェールズ・アンサムを演奏したのだ。トムと僕が彼女の音楽に合わせて演奏した。バンドの中でその曲を知っているのは僕達二人だけだったのだ。僕はリヴァプールで顔を出していたウェールズ語コースの一部として、歌詞のすべてがウェールズ語からなるその歌を最近習ったばかりだったのだ。スクエアダンスのバンドのお陰でいろいろな人々、様々な社会的会合に巡り会えた。特別な喜びは、本物の大きな納屋の中で大量の干し草や麦わらに囲まれて秋のバーン（納屋）ダンスのために演奏することだった。

また、リヴァプール大学で別々の集団のイギリス人とスコットランド人のフォークダンサーのためにソロアコーディオンを演奏した。そして僕達は時々リーズのような他の中心地にも旅した。エセル・アンダーソンが会長をしているイギリスフォークダンス・アンド・ダンス協会の地方支部がダンサーや音楽家のために週末講座を開いていた。そこでは、一流のミュージシャンでダンサーのベリル・マリオットのようなゲストスピーカーが音楽家達にフォークダンスのための演奏について教えていた。彼女は意欲をかき立ててくれる教師だった。ある週末の彼女の講座に出たことを思い出すが、彼女はダンスミュージックでの良き、風変わりな感情の高まりの重要さを強調し続けた。僕は面白い方法だと思い、自分自身の演奏で取り入れることにした。ハイフィールド通りでの毎週のケイリーでの日曜日の夜に体験した驚きを想像してみてくれたまえ。僕はホールに遅れて入ったのだが、フィドラー達がまさにその流儀で弾いていたのだ。そしていつもそうしていたのだ！　誰も彼らにアップビート理論あるいは他の有益な巧妙な弾き方について話したことはなかったのに。彼らはただいつものように弾いているだけだったが、それが正しい様式、つまりシックスティーン・ハンド・リール（六人が組になって踊るリール）を踊るときにダンサーに床から跳ねさせる様式だったのだ。僕はその晩さらにもう一つの教訓を学んだわけだ。

時が経つにつれ、他のバンドやグループへの招待を受けるようになっていった。時には、一週間に五晩も町中で、そして郊外でダンスのために演奏した。ブートルからスコットランド・ロード、そしてハイトンからエグバースに至るまで、アイルランド人達は一緒に踊りにやって来続けたのだ。僕はしばらく、ライム通りのシャムロッククラブである違ったタイプのダンスのために演奏したことがあった。それはケイリー・ダンスだけではなく、ワルツとクイックステップを含んだダンスだった。客はゲーリック・リーグで出会うような、準理想主義者ではなく、主に多くの看護婦を含んだ最近の移民達だった。彼らはただ外で過ごす良き晩、そして他のアイルランド人に会うチャンスに興味を抱いていたのだ。僕のレパートリーはボブやマリー・マックニコールと一緒に「今悲しんでいるのは誰なの？」のような新しい曲も含めて広がっていった。フィドル奏者ボブはメイヨー出身、ピアノのマリーはリヴァプール生まれだった。蒸し暑いホールはいつも満員で、メンバーの間でくつろげる時間があまりなかった。それは本当のプロフェッショナルな仕事で、覚えている限り、お金は標準的なケイリーよりもちょっと多かった。

ある週末、ロックフェリーのマージー川を渡ったところにあるモーリーン・ボルジャーのダンススクールでのダンスコンクールでキット・ホッジと一緒に演奏した時のことを思い出す。僕達は川の下を走る列車で戻る道中で、コータス（アイルランド音楽家協会）のリヴァプール支部を作る計画を練り始めたのだ。それは、キットが僕を会長に、彼女自身を事務局長に任命するという完全に非民主的な進め方だった。そして、会のダブリン本部に応募用紙を送ってくれるように手紙を書くことにした。僕達は委員会として直ちに様々なミュージシャンを推薦した！　新しい支部は活気づいた。ウォータールーのペギー・アトキンス家で毎月の定例ミーティングを開いた。そこではほとんど仕事はなく、多くの音楽を演奏した。

結婚式（1959年3月30日）

ヘレンと僕が結婚すると、ハイトンというリヴァプールの郊外に家を構えた。そして僕達の家で少なくとも一回、コータスの会合が開かれたことを覚えている。でもそれは単に別の祝賀会だったかもしれない。それは、イーモン・コインが僕達の赤ん坊ヌアラが泣いた時に肩に乗せて宥めてくれた夜のことだった。僕の記憶では、イーモンがヌアラを肩車に乗せて部屋中を歩きながらもなおフィドルを弾いていたのだが、ヘレンはそんなことはなかったと言う。自分の記憶を信じてもいいのかどうかわからない。

　我々の支部が実際、フロー・キョール（ケルトの音楽・映画・文化の祭典）に最初に参加したのはロングフォード（アイルランド中部のロングフォード州にある町）においてだった。この時はキット、ミック・クウィン、ショーン・マーフィ、そして僕自身がカルテット・コンクールに参加した。主催者はイングランドからのグループがどの地方に属すべきなのかわからなくて、コノートのグループに入れられた。そして驚いたことに、僕達は優勝したのだ。ダブリンからフローに行く列車の中で、集札係が僕達の楽器と、僕達がフローに音楽を演奏しに行くところだということに大変関心を抱いたようだった。彼はショーン・マーフィのマンドリンを手に取って、極めて適切なリール「ロングフォードの集札人」を演奏したのだ。その時初めて、彼が有名な演奏者ノエル・ストレンジであることを知ったのだ。後にすっかり知り合いになれて嬉しかった。

ロングフォードでの演奏（1960年）

　その週末の雰囲気はそれまでに経験したことのないようなものだった。僕達はロングフォードの通りで群衆を前に数曲を演奏した。群衆はどんどん膨れあがり、通りを完全にふさいでしまった。僕達は、二人の警官が群衆の中をくぐり抜けてやって来るのが見えるまで楽しんでいた。僕はキットに「止めたほうがいいよ」と言った。彼女は「かまわないわよ。続けましょ」と返してきた。演奏を終えると、一人の警官がやや形式的に、「どこから来たのですか」と尋ねた。リヴァプールからだと答えると、彼らの態度がすっかり変わった。「後ろへ下がって」と警官は群衆に向かって叫んだ。「この人たちに場所を提供してやってくれ。リヴァプールからのお越しだ」群衆の端っこにいた老人達が音楽に合わせて踊り始めた。当時の初期のフローはそんなものだった。フォーク・ミュージシャンやロック歌手が聖霊降臨祭（キリストの復活・昇天後五十日目に神からの聖霊が降ったという出来事を祝う。五月中旬から六月初旬の日曜日）の週末を熱狂的なアイルランド音楽祭と化すまでは。幸運にも、舞台は終わり、祭典は再び平穏になった。しかし、ロングフォード音楽祭の最初の素晴らしい興奮は忘れられない思い出として残っている。

我々がリヴァプール・ケイリー・バンドの結成を決めたのはそのまもなく後のことだったと思う。それがどんなに有名になるかその時はわかっていなかったが。最初は、音楽祭でケイリー・バンドのコンテストに参加するだけのバンドにすぎなかった。にもかかわらず、リヴァプールの伝統を正統に評価するバランスのとれた陣容を獲得するために全力を尽くした。中には除外されることに不満な演奏者もいたが、大抵の人はコンクールで成功を収めるためなら脱落はバンドのバランスに関わることだと納得した。その初期の頃は、フィドラーのイーモン・コイン、ショーン・マクナマラ、キッド・フォッジ、アコーディオン奏者から変わったマンドリンのショーン・マーフィ、ピアノのペギー・アトキンス、ドラムのアルバート・クルックシャンク、そしてアコーディオンのケヴィン・フィネガンと僕がメンバーだった。僕はいつも、ドラムのクルーキー、ピアノのペギー、そしてアコーディオンのケヴィンと僕自身の機動集団に大いに応えるべく、楽しんで演奏に勢力を傾けた。僕達はいくつかのフローに参加し、うまくやってのけた。しかし、自分が関わってきた多くの組織や企画がそうであったように、このバンドも僕が去った後に、実に素晴らしいものになった。僕達がコークに戻った（リヴァプールからコークに移って以来、「ナ・フィリー」のメンバーとして等、リヴァプールを度々訪問している）後の最初のフローで、そのバンドがいかに素晴らしい音色を響かせたのか驚いたことを覚えている。彼らが「タラ」や「キルフェノーラ」のバンドと同じくらい優れた演奏をしている、と僕は彼らに話した。自分が演奏している時には、その申し分のない一団がどんなに完璧に満足できる伝統的な音を持っているかわかっていなかったのだ。彼らが続けてオールアイルランド賞、そして国民文化大会最優秀賞を獲得して数枚のＬＰを作成した時、彼らの名声が続くことは確実となった。リヴァプール・ケイリー・バンドの前メンバーであることは当時決して小さな業績ではなかった！

6. まだリヴァプール！

有名人によるコンサートはリヴァプールでの国外追放《エグザイル》生活の大切な部分だった。多くの年老いた二世アイルランド人にとって、それは故郷に対する良き回想の機会だった。僕のマンチェスター滞在期でも同じだった。当時、幾人かの有名なアイリッシュ・シンガーや、確かコメディアンもセント・パトリックス・デーの頃にやって来たものだった。ミュージシャンが同伴していたかどうかはわからない。ダーモット・オブライエンがスポーツ界でも音楽界でも知られていた頃にやって来たこと、ハープの名演奏家メアリー・オハラがマンチェスターのゲーリック・リーグで我々の心を魅了したことを思い出す。

リヴァプールにいた頃、コンサートはフィルハーモニック・ホールかセント・ジョージ・コンサートホールで行われた。リヴァプールで出演を依頼されたアーティスト達には、本当のところ、人気を除けば共通点は何もなかった。例えばエイリーン・ドナヒー、ジョー・リンチ、アルバート・ヒーリー、パスカル・スペルマン、ショーン・オ・シェイ、キャスリーン・ワトキンス、ブライディ・ギャラハー、ダーモット・トロイといった名前を覚えている。その前には、ジョセフ・ロック、ベルファスト・テナー歌手のジェイムズ・ジョンストンのような有名な名前が一覧表のトップに出ていた。ショーン・オ・シアハインは、僕が忘れがたい役割を果たしたセント・ジョージホールでのコンサートに出演した人気のあるアーティストだった。次にその話をすることにする。

ショーン・マーフィと僕はロックフェリーのモーリーン・ボルジャーのダンススクールのために音楽を演奏していた。大きな一団を形成するのに男性ダンサーが必要になり、ショーンと僕自身がそのチームの一員となるように引っ張られたのだ。もちろん、僕達は優れた女性パートナーの相手ができるような踊り手ではなかった。しかし、自分達なりに何とか踊れたのでエイトまたはシックスティーン・ハンド・リールのようなダンスならまずまずという自信があった。というのも、それはセント・ジョージホールの舞台で満員の観客を前にして踊れるものだったから。ショーン・オ・シアハインが僕達を紹介し、音楽が始まり、皆が登壇した。舞台脇にいる教師モーリーンの姿が目に留まった。彼女は神経質そうに僕達の演技を見守っていた。しかし十分練習していたので、すべてスムーズに進行していた。ところが、僕が足がもつれて滑りやすい舞台の上で尻餅をついてしまったのだ。観客はものすごく喜んだ。そのことは笑い声に表れていた。僕が即座に立ち直って最後まで滞りなく踊り続けたにもかかわらず、皆が舞台から揃って退場する時も相変わらず笑っていたのだ。モーリーンは怒っていた。が、僕に対してではなかった。笑っている観客に対してだった。僕が怪我をしたかもしれないのに！　と。ショーン・オ・シアハインはその後何年間も、僕に会うたびにあの晩のことを口にしたものだった。それにしても、簡単に忘れるような出来事ではなかった！

また別のコンサートがセント・ジョージホールであり、ここにはウェスト・コークのアコーディオン奏者リバード・ドワイアが登場した。彼は連夜、予約されており、二晩ともたいした成功ぶりだった。最初の晩、ペギー・アトキンスが伴奏した。僕は観客席にいた。アコーディオン奏者の流れるような完璧な技、そしてペギーの即興伴奏が一役買った見事な高揚に魅了された。あいにく、ペギーは次の夜、別の約束があってその仕事ができなかった。そのため、僕が彼女の代行をするようにと頼まれた。僕はちょっと神経質になった。そこでリバードがコンサートに先立つ午後、お互いの演奏に慣れられるようにと、数曲の演奏に備えてハイトンの我が家に出向いてくれた。彼はそうそうは出会えそうもない素晴らしい人だった。お陰で僕達はうまく折り合えた。コンサートは大成功だった。というのも、リバードの昂揚したリール演奏のおかげで伴奏がとてもしやすかったのだ。それだけではなく、僕には満員の観客の前でグランドピアノを演奏する機会はあまりなかったので、素晴らしい体験だった。

そのコンサートはアイリッシュ・センター会館基金のための企画だったかもしれない。それはリヴァプール滞在最後になる二、三年の時期に関わった企画だった。都市には、いつも教会のホールや実際、収容施設を見つけられる所どこでも、社交的会合を持つアイルランド社会が存在する一方で、最近少数のアイルランド人が建物を手に入れる目的で集まっていた。その建物とは、大きなリヴァプール・コミュニティにおけるアイルランド人の重要性を反映し、そして全く共通点のないマージーサイド州の組織のために、いわば傘を提供する建物なのだ。その考えはおおかた二人の人物、トミー・ウォルシュとマイクル・オコナー神父に起因していたと思う。彼らは会議を召集し、そこで我々は可能性を探るための委員会を選んだ。初期の決定事項の一つは、企画に資金を工面するのを援助できる基金を設立することだった。トミーが会長に、僕が副会長になった。僕の家で定期的に会合を持ち、様々な方策について話し合った。毎週、基金調達のためのケイリーを催したのを覚えている。そこには僕が一役かって急ごしらえをした無料出演のバンド、そして司会者としてトミーが登場した。アイルランド人がやっと上を向いて歩いているという感情が広がっていた。

センターを求める様々な可能性が吟味されては却下されているうちに、大学と大聖堂近くのマウント・プレザントにある素晴らしい建物についての情報が入った。それによると、大工事が必要だろうけれど趣味の良い装飾が施されており、かつ、保存指示が出されていて、実際、我々のような組織にとって好都合な機会が得られる建物のようだった。もちろん、莫大な費用がかかるとも聞かされた。この話は、僕がリヴァプールを去ってコークに行こうとしてしている時にちょうど公表され始めたばかりだった。委員会の仕事は新しいアイリッシュ・センターに向かって猛烈に動き始めようとしていた。そして僕のリヴァプール滞在後ずいぶん経ってからようやく実を結んだ。リヴァプール・ケイリーバンドにとってはよくあることだったが、センターが現実に活躍し始めたのは僕が去った後のことだったのだ！　これらのシグナルからのメッセージを今読んでいるべきだろうか。

当時のアイリッシュセンター
（リヴァプール）

一九七〇年代の初め、もの凄く成功をおさめている「ナ・フィリー」（著者を含むトリオ・グループ。第九章で詳述）に関わっている時、僕達はアイリッシュ・センターのこのステージに出場したのだ。僕にとっては、ノスタルジックな出来事だったとしても、旧友達に会える幸せな時間だった。そもそもセンターそのものが神の啓示を受けたと思えるほどに感慨深かった。トミー・ウォルシュが多忙で、有益な組織のマネージャーとして舵を取っていた。そしてアイルランド人達はやっと二十世紀の贅沢を楽しんでいた。僕はいつもショーン・マクナマラの家でのあの週末のセッションを思い出す。「ナ・フィリー」はリヴァプールのフルート奏者ピーダー・フィンのリクエストに応えて、ある曲を演奏していた。演奏が終わるとピーダーが心から言った、「素晴らしい演奏でした、皆さん。完璧でした！」と。記憶に留めておきたい瞬間だった。

別の機会に、例年の晩餐会で予定されていたスピーカー、ショーン・オ・シアハインが突然病気になった時、僕はゲスト・スピーカーとしてそこへ急いで出かけて行った。それはショーンについて、そしてステージで転んだセント・ジョージ・ホールについての話をする機会となった。誰もがショーン・オ・シアハインのスピーチだけではなく歌を楽しみにしていたので、僕は「優しきキングウィリアムズタウン」を歌う願いを叶えなくてはならなかった。聖職者の主賓が、僕が歌ったまさにその町——原題の名前ではバリーデズモンドだが——の出であることが判明した時の驚きを想像してくれたまえ！　その時以来センターには浮き沈みはあった。しかし今なおそこに存在し、アイリッシュに役立っている（現在は「セント・マイケルズ・アイリッシュ・センター」として、別の場所に移っている）。一九九五年、イギリスのグループのコータス・ツアーと共にパイパー、歌い手として出演したのが僕の最後の訪問となった。

その時、我々が演奏しているセンターについて何か話すように頼まれた。僕はそこが亡霊、つまりリヴァプールの多くの音楽の友人の亡霊に出会う場所だと言った。この時、パディ・ジョー・マッキアナンが仲間のミュージシャン、ペギー・アトキンスの家で歌っているのを思い出していた。彼はいつも人の心を波立たせるような気持ちを込めて同じ歌を歌った。それは「アメリカの海岸（The Shores of Amerikay）」で、僕にはいつも、少しセンチメンタルすぎる歌だった。でも初めてパディ・ジョーが歌うのを聴いてからはそうではなくなった。彼を知る人々は皆リートリム（アイルランド北部コノート地方の州）出身で、彼はしばしばアイルランド、そしてとりわけ、家族の故郷の州を思う感情について語ったものだ。リヴァプールに住む二世のアイリッシュが故郷に対して抱く感情の強烈な深さを理解できるのはそのような時だったのだ。パディ・ジョーの歌は彼らの多くが持つ欲求を満たしてくれたのだ。

その晩のもう一人の亡霊はもちろん、素晴らしいミュージシャンであり、パディ・ジョーのアイルランドに対する郷愁を共有するペギー・アトキンスだった。この二人は人生の最後にはメイヨーに戻って行った。僕達は数回彼らを訪問した。ペギーの妹ロニーはウォータールーの家でのコータスの集まりではいつも魅力的なもてなし役だったが、アルバート・クルックシャンクと結婚していた。彼のことは皆が愛情をこめてクルーキーと呼んでいた。彼はリヴァプール・ケイリーバンドのドラマーだった。彼自身はアイルランド人ではないのでアトキンス家との交際を通してそのポジションについたのだ。このことはいつもバンドの力強いビートを聴く人々を驚かした。僕は今でもクルーキーがその晩の僕の「亡霊」の一人であったことに違和感を感じる。他に二人の亡霊について話した。一人は重要な人物ショーン・マーフィー。彼はブートルにあるセント・ジェイムズ教会でのケイリーでいつも僕の傍でアコーディオンを弾いた。そして後にリヴァプール・バンドでマンドリンを担当する貴重なメンバーになった。「亡霊」リストを締めくくったのはシェーマス・オコナーだった。彼は僕のリヴァプール時代の初期の、ハイフィールド通りにあるセント・メアリ教会でのピアニストであり、現地での僕のアイルランド語クラスに出席していた。

しかし、その最近の訪問は他にこんな時のことも思い出させてくれた。僕達がハイトンに住んでいた新婚時代のことだ。そこは町からかなりの距離があって、実のところバス代が八ペンスかかった。ピア・ヘッドから終バスで帰る時、いつもバスの車掌に僕の北アイルランドなまりを理解させるのに大変だった。僕は「エイト（eight）」と言ったものだ。すると彼は「何だって、お客さん？」と応じたものだ。僕は八ペンスの切符が欲しい、と単純なせりふをくり返したのだが、彼は「何だって、お客さん？」をくり返すだけだった。ようやくのことで、彼は僕の要求がわかって、「ああ！　アイトのことですか（Oh! you mean aight）」と言ったのだ。ある晩、ケイリーの帰り、問題に挑もうと決意し、バスに乗るやいなや、静かに独り言で練習し始めた。自分に可能な限りのリヴァプール・アクセントで「アイト、アイト、アイト……」と。もっとも練習しすぎたと思っているが。車掌が近づいて来ると上がってしまって、「セブン」と言ってしまったのだ。これは僕が住んでいるジェフリーズ・クレッスントの一つ前の停留所で降りて、アコーディオンを引いてずっと家まで歩かなくてはならないことを意味した。僕は依然としてネイティヴではない、つまり、本当の「スカウサ」（'Skouser'とは根っからのリヴァプール市民のこと）ではないことが判明したのだ。

一度、ヘレンが入院中に二人の客を家に連れて来たことがある。彼らは僕が働いていたリヴァプール大学のインド人の研究生だった。セミ・ネイティヴの家を訪れることは彼らに興味があるかもしれないと思ったのだ。僕のお気に入りのメニューは――と言っても僕が台所から保障できる唯一のメニューだったが――スクランブルエッグだった。当然二人の友人はそれを振る舞われたわけだ。僕は見事な料理の腕前を発揮して、最高のフランス料理のコックならそうすると思われる、ちょっとぴりっとさせるためにスクランブルエッグにみじん切りのタマネギを入れた。敢えて自分で言うけれども、その食事は間違いなく見事な出来だった。

翌日、入院中のヘレンを見舞って、その訪問客のこと、僕が振る舞った素晴らしい食事のことを彼女に話した。ヘレンは、僕が卵に混ぜたタマネギのことを話した時に特に感心した。「じゃ、タマネギを買ったのね、良いアイディアだったわね」と彼女は言った。僕はその晩の成功をあまり手柄にしたくなかったし、彼女自身の貢献を認めるべきだとわかっていたので、「いや」と僕は言った。「君が棚に置いておいてくれたタマネギを使ったんだよ。ちょっと古かったけど、大丈夫だったよ」ヘレンは、台所の棚には、たとえ古い物でもタマネギは入れてないと言った。さらに彼女の説明で、「タマネギ」は実際には彼女が植えるつもりでいたヒアシンスの球根だということが判明したのだ！　僕はその後数日間、インド人の友人をしっかり観察し続けた。しかし、彼らは相変わらずいたって健康そうだった！

この頃はまた、ヘレンの勧めで映画を観に行ったが、一九五〇年代の末期、六〇年代の初期に大変評判だった大長編英雄ものの一つを観た。どれも似た題名だった。『ソドムとゴモラ』、『カエサルとクレオパトラ』等と。たぶんヘレンは、それが僕が最近頑張って料理に腕を振るった後の気晴らしになると思ったのだろう。僕はジーナ・ロロブリジーダ主演だったと思う『サムソンとデリラ』の午後の上映に出かけたのだ。彼女のやや露骨な肉体的特徴が国中の人々を惹きつけた主たる魅力だった。その晩ヘレンを病院に見舞うと、僕が何を観たか訊いてきた。『ジーナとロロブリジーダ』と僕は考えもしないで答えた。以来、彼女は僕にそれを忘れさせてくれないのだ！

リヴァプールがコメディアンと気まぐれな詩人から正当な取り分を受け取ってきたことに僕は驚かない。リヴァプールの空気には生来のユーモアが息づいており、人々はいつでも笑う。僕の友人の一人が、女性だが、一九五〇年代にそこのケイリー・バンドの一つで演奏していた。彼女が自

長女ヌアラの洗礼の日
（1961年、リヴァプール）

分でこんな話をしてくれた。彼女は自分自身の楽器フィドルを演奏するだけではなく、時々それぞれのジャズパーティーにバンドのバス・ドラムを運ばなくてはならなかった。彼女は輸送手段を持っていなかったのでバスを利用するしかなかった。彼女はバス・ドラムを持って停留所に立っていた。バスが来ると、前に進み出て車掌に話しかけた。ドラムは、乗せてもいいという許可を得るまで停留所に置いたままだった。彼女はこう言うつもりだった、「この大きなドラムはバスに乗りますか（'Will my big drum fit on the bus?'）」。しかし、彼女が狼狽したことに、彼女が実際に車掌に尋ねたことは、「私の大きなお尻はバスに乗りますか（'Will my big bum fit on the bus?'）」だった。即座に彼の返事が返ってきた。「向こう向いて下さい、見てみましょう。さあ（'Turn round and let's have a look, love'）」!!

7. コークとケリー地方――そしてゲールタハト地域

コーク大学（ＵＣＣ）の電気工学の教職についたのは一九六一年のことだった。リヴァプール大学とＵＣＣには大学間の連携があった。実際、リヴァプールの前教授、フレッド・ティーゴ教授はチャーリー・ディロン教授の前にコークで比較的新しい電気工学部を担当していたのだ。僕がコーク

ＵＣＣ（コーク大学）のキャンパス内〈写真・訳者〉

に着く数年前のことだった。ＵＣＤ（ユニヴァーシティ・カレッジ・ダブリン）の卒業生であるチャーリーはアセア社（スウェーデンの大手重電メーカー）のトップ技師だった。コークに落ち着いた頃、僕のベルファストの教授、パーシー・バーンズがコークでも電気工学の非常勤講師をしていることを知って驚いた。僕が新しい学部でアットホームに感じないわけがないでしょ?!

　コークに引っ越して最も魅力に思ったことの一つは、ＵＣＣの大学要覧を読んでいて気づいたのだが、そこにはアイルランド語の教師が三人いることだった。フレイシュマン教授の指導下に活発な音楽学部があったのは言うまでもないが、驚いたことに、アイルランド音楽の講師がいたのだ。彼の名はショーン・ニーソン。かつてカール・ハーデベック（Carl G. Hardebec 一八六九―一九四五　ドイツ人を父、ウェールズ人を母に持つロンドン生まれの盲目の作曲家、伝統音楽の編曲者）の秘書をしていた北アイルランド人だった。そしてその当時はＵＣＣでアイルランド音楽を担当するコーク市所属の講師だったのだ。僕の人生における主たる関心事の二つ、すなわちアイルランド語と音楽がこの新しい出発によって十分満たされそうに思われた。

　時流の先端をいく活気に満ちた六〇年代のリヴァプールからやって来てみると、コークとその大学はちょっと保守的に思われた。最初の週に学長の部屋に呼ばれて行ってみると、前述した活気ある六〇年代がＵＣＣにはまだ波及していないことを実感したのだ。学長のハリー・セント・Ｊ・アトキンス博士は僕を歓迎し、大学の規則と雇用条件に関わる大きな本に署名するように求めた。僕は学生の素行や宗教への不干渉に関してサインするように求められている段落を読んだ。そしてサインしながら笑って言った。「そのようなことは一切しないと思います」と。ハリー・セント・Ｊ・アトキンスはユーモアなど全く思いもよらぬ様子で、僕を見て感情を見せずに言った。「あー、もし君がそんなことをすれば首にします」と。リヴァプールよ、さようなら。コークよ、今日は！

工学と音楽の二重生活がコークで実際に始まった。第一年目、音楽に関する第一芸術の講義に出席したのを思い出す。アロイス・フレイシュマン（Aloys Fleischmann 一九一〇―一九九二）教授の指導の下で和声学と対位旋律、そしてショーン・ニーソンが指導するアイルランド音楽を学ぶ六人ぐらいの小規模の授業だった。ショーンの講義はおおかた、主題への音階によるアプローチに割かれ、授業中に多くの時間が、我々が写すアイルランドのフォークソングの音階セッティングを編曲することに費やされた。しかし、作曲の基礎ルールを通して教えてくれたのはフレイシュマン教授だった。僕は正式にはそのコースに登録していなかったので、試験は一度も受けなかった。何年か経って、一九六八年に第一学年の音楽学士クラスのメンバーに登録すると試験を受ける機会がやってきた。

古アイルランド語への興味はコークに引っ越してしばらくの間続いた。最初はＵＣＣのアイルランド語学部のシェーマス・クウィーバナフと一緒に、続いて良き友パードリッグ・オ・リアン（後に教授）と共に。シェーマス・クウィーバナフと僕はいつも一緒にアイルランド語を話した。僕はそれを自分がアイリッシュであることを承認する証だと考えた。アイルランド語を流暢に話すのに、シェーマスとアイルランド語で話そうとしても叶わなくて苦い思いをした大勢の人々を僕は知っている！　シェーマスは時々日曜日の晩に我が家にお喋りに立ち寄ってくれたものだ。とりわけ、彼女の奥さんのロザリオが亡くなってから。シェーマス自身が亡くなって、何と素晴らしい言葉の知識の宝庫が消えてしまったことか。

僕達は「ナ・チャイリー・ゲーラハ」という、コークでアイルランド語を話す家族の組織の会員になった。当時、市内でそのような家族はおそらく数十組あり、一緒に遠足に出かけたり、たいていノース・モールにあるドゥーン・リーで子ども達のためにクリスマス・パーティを開いたものだ。僕の仕事の一つは毎年、クリスマス・イヴ遅くにマンスター・アーケードに行って、その晩にある個人が着るためのある赤い衣装を手に入れることだった。それは時には本当に私だったかもしれない――しかし、その時はしっかり守られた秘密だった。もっとも僕自身の子どもの一人、二人は騙されなかったが。一人が、プレゼントを差し出す時に僕の手に気づいたと言ったのを覚えている！　相手が子どもでも勝てないよ。

僕はコーク市の郊外のグランマイアに一九六六年、アイルランド語を話す小さな共同体を設立する企画にがっちりとかかわった。我々は「ブーイック・チョーランタ」という会社を作った。そしてこの会社が土地を購入し、そこに家を建てたいと願うアイルランド語を話す家族に切り売りしたのだ。僕達は今でもアード・バーラに住んでいる。隣にはアイルランド語を話す中学校、カレスチャ・アン・フィーシッグ（ピアース中学）があり、我が子ども達はここに通学した。ヌアラ、ウーナ、そしてニーアム皆が育った今、振り返ってみると、戦前のデリーが遥か彼方に思われる。我々はアイルランドを表象するものへのナショナリスティックな憧れを抱いていたのだが、それはどんなに望んでも決して実現されないだろうと思うゴールだった。

僕はリヴァプールとコークの二つの電気工学部をいわば内側から比較するのに良い位置にいた。コークは僕の意見では、学生がリヴァプールより高い水準だし、コークの数学のレベルは勝っていたので大きな賛辞を得ていた。後に、僕の評価はアイルランド国立大学（ＮＵＩ）の学外試験官として長年活躍したリヴァプールの教授によって確証された。

ＵＣＣの最も感激させる側面の一つは、僕がそこで担当していた大学院生の質の高さが長く継続したことだった。その中でもまさに第一級の学生は、現在イングランドのハットフィールド科学技術専門学校の情報科学の学部長をしているスティーヴ・スコットだった。彼のために、適応制御における我々の仕事に関心を示したイギリスの航空機会社ホーカー・シドレーから予想外の財政的援助を受けたのだ。最近のアメリカ旅行で、電子工学産業の上層部で奮闘している他の二人、ジョー・キングとローナン・ライアンに会った。さらに、僕から学んだ以上に自分自身の方が勉強させてもらった研究生の長いリストにレイ・カッフランとコナー・ダウニングを追加できる。彼らは現在、コーク・リージョナル・技術カレッジで教えている。ただ彼らの学問的成長に関わっていることで、僕はいつも十分特典を受けてきたと思っている。特典と言えば、僕の意見では、大学生活がそれ自体において、誰もが実際には受けるに値するとは限らない特典であるとはっきりさせておき

ディングル半島〈写真・訳者〉

たい。我々は大変満足でき、刺激的な仕事に携わることができるだけで幸運であった。若い心が持つ新鮮さと率直さに触れ続けることが本物の賞与だった。

妙なことを言うが、コークでの最初の大きな発見の一つはケリー地方、とりわけケリー西部とディングル半島のゲールタハトだった。一九六二年の夏フェオハナの近く、バレ・アン・ウリーグに休暇を過ごしに行ってジャック・シェイとその家族の家に滞在したのだが、忘れられない休暇となった。最初の子どもヌアラはほんの一歳だった。僕達にとって天国のミニチュアのように思われるものを発見した。そこでは、新しい形式のアイルランド語が話され、それまで聞いたこともない歌が歌われていた。昼食に近くの川から捕った新鮮なサーモンを、あるいは夕方には、歩き回って帰ると多分冷たいサラダにしていただいたように思う。僕達は彼らが世話をしてくれた最初の遊び客だったので、シェイ家の人々はもちろん申し分なく特別サービスを提供してくれた。元々は彼らの従兄弟（姉妹）達の家に滞在することになっていたのだが、何か手違いがあったために、僕達は直接ジャック・オ・シェイからもてなしを受けることに変更されたのだった。

夕方になると決まって一緒にカード遊びをした。ジャックが時々歌ってくれたものだ。彼が「アン・カリン・ジャス・ルア（素敵な赤毛の少女）」の朗読に心を砕いてくれたことが特別の思い出として残っている。なかでも地元の教師マッギャリルトがやって来て司会を勤め、僕達皆をケリー仲間の中でくつろがせてくれた時には、彼らは一、二回踊ってくれもした。ジャックはちょっとしたシャナヒ、即ちストーリー・テラーだった。決して自らは自慢しなかっただろうけれど。僕はコークに戻って、近くの壊れたお城トゥア・ワイア・ガーについてのジャックの話に基づいて、ディアミッド・オ・ムラクーの雑誌『アーガス』（「そして」の意）に記事を書いた。素晴らしいボクサーで紳士、かつ歌手のマリッシュ・オ・クウィンに初めて会ったのはオ・シェイ家の家族と一緒の時だった。たぶんその地域のシャン・ノース（古い様式の）伝統の中で最も人気のある歌「ラハッドサ・スモ・キャティ（私のキティと一緒に歩きに行こう）」のあるヴァージョンを手に入れたのは彼からだった。あのケリーへの最初の訪問で、ジャックの娘さんペッグと彼の奥さんは、僕達をまるで貴族のように心を配ってもてなしてくれたものだ。

　その夏、地元の学校で夏の発展コースがあった。その経営者はコーク出身の三人の人々で、後ほどとても親しい仲になる運命にあった。シェーマス・ルセールは当時ＥＳＢ（電力供給公社）で働いていたが、後にゲーリック・リーグの雑誌『ファスタ』（「これから」の意）の編集者になった。そして現在は僕の隣に住んでいる。リシャード・オ・ムラクは、彼の「マリーン・デ・バラ」の感動的な歌を今後いつも思い出すだろうが、将来我が子達が通うことになった学校――アン・ボスコー（「モデルスクール」という意味を持つ小学校）の教師だった。そして三人目のシェーマス・ランクフォード。彼はコークでアイルランド独自のものに貢献したことで有名な家族の出身で、現在なお、シェーマス・ルセールがそうであるようにアールス・イン・コークス・マーダイク（建物の名前）にあるゲール語連盟でせっせと勉強し続けている。その年、そこで出会ったもう一人のコークマン、タイグ・フーリーはその地域の人々に関わっていた。彼は当時の本物のコークの人物の一人だった。彼が、その後僕達がミュージカル・セッションを開いている時にコークの我が家にやって来たのを覚えている。タイグを集まっている仲間に紹介する段になると、彼は部屋を対角線に連続宙返りをした。そしてたちまち、彼の衝撃的な登場の後まだ休んでいる聴衆に向かって鍛えずみのトロンボーン演奏の真似をしたものだ。タイグがいつパーティーにやって来たのかいつもわかったものだ！

　僕達が二回目にケリー西部のゲールタハトに行ったのはダン・キンで、お世話になったのはキャルーにあるリーザ・バン・イー・ヴィスチェイルの家だった。リーザの家はメリー・ニ・クラフールのホステルからの道をちょっと上ったところにあった。リーザはショーン・デ・ホーラの妹だった。彼女は、少しでも違いがあるとすれば、多くのレコードを出し、西ケリーの伝統的な歌手の第一人者として認められている兄よりずっと上手だった。彼女が「若きドナー」を歌うのを聴くのはめったにない喜びだった。この歌は歌詞によると、グリース王の娘、イニエン・ルイー・グレーガ・マー・クウェーラ・ラップ・アガトを情婦として手に入れることができたであろう生まれの良い若者への報いられない愛を歌ったものだ。この自然と愛が入り混じった素晴らしい歌――アイルランドの伝統においてはしばしばそうであるが――のリーザの感情豊かな歌い方のお陰で、自分達はキャルーにやって来ていかに特権を与えられているのかを実感した。僕達がグループでコラクル舟、すなわちケリー語を使えばネイオーグ（柳の枝を編んだものに獣皮または油布を張った長円形の一人乗りの小舟）で出かけて、グレート・ブラスケットで一日を過ごす間、リーザがヌアラとウーナの面倒を見てくれた。グレート・ブラスケット行きの目的は、誇らしき文学的伝統を持ち、緊密に繋がり合ったネイティヴな共同体とは何だったのかを確かめることだった。トーマス・オ・クリムヘンの『アン・ト・ラナフ（島の男）』、ペッグ・セアーズの『マクナヴ・シャナ・マラー（ある老婦人の思い出）』、そしてムリーシュ・オ・スルワインの『フィヒャ・ビリエン・エグ・ファス（二十年間の成長）』は、その著者達が育った家に触れたり、彼らを知っているか、関係のある人と話すことができると、さらに大きな重要性を認識させてくれる。

「チャーリー」以外に他のどんな称号でも知らないある人に初めて会ったのはリーザの家だった。彼は逸話に満ちた、完璧なアイルランド人で後に、ケリー、とりわけダン・キンからのインスピレーションの多くに材料を得たコークの詩人ショーン・オ・リアダン（Seán Ó Ríordáin 一九一六―一九七七）の仲間になった。僕達は時々ＵＣＣの同僚シェーマス・クウィーバナフの兄「クリューガー」・カヴァナーに会いに地元のパブに行った。そして、バレ・ムアからやって来た彼らの妹ペッグに初めて偶然出会ったのはこの訪問中だった。この三人ほど特異な家族の面々を想像するのは難しいだろう。浪費癖のある、社交的な性格のクリューガー――ハリウッドで大成功したと言ってのけた男。アメリカとドイツで過ごした勤勉な学者シェーマス。そして静かで友好的な妹のペッグ。

何年か後に、以前、まさに最初の年に一緒に泊めてもらったオ・シェイ家の他の親類の家でとても楽しい休暇を過ごした。最初はバレー・アン・ウリーグ――アード・ナ・カニアにあるムンチャ・ヘイで、次にはバレー・アン・エーニッグにあるベン・イ・ヘイで。バリフェリタ、すなわち地元では知られた町ブールティンにあるパブの所有者ドナ・オ・キャハインは、僕達にとってケリーの無料の休暇斡旋人になっていたと言ってもよかった。夏の初めに彼に電話をすると、泊まる所、特に小さな子どもと音楽を歓迎してくれる家を見つけてくれた。僕達は彼自身の家で一年も滞在したことさえあった。だから僕達は歌と音楽すべての根拠地にいたのだ。というのは、当時ドナのパブは音楽が受け入れられるだけではなく、温かいもてなしを受け入れられるセンターだったから。僕が初めて彼の隣人シェーマシーン・ファテアに会ったのは彼のパブだった。彼は実は素晴らしい歌い手だったし、僕が今も歌っている幾つかの良い歌を習ったのも彼からだった。僕は、「アン・ゴチーン・オーナン（小さな大麦畑）」という歌を聞くと必ず、彼がオ・キャハインのパブで歌うのを初めて聞いた時のことを思い出さずにいられない。ドナのパブの常連客には他にミハール・オ・ガレーヴィとショーン・デ・ホーラがいた。

セッションが終わっても、ドナは親切にも誰かの家で音楽を楽しめるように手配してくれた。他の人々の中でも、ミハール・デ・ホーラが歌うのを――彼は「タイム・セ・シンチャ・アー・ド・フーンバ（私はあなたのお墓に横たわっている）」を歌ってくれたのだが――聴いた夕べは印象深い。その歌そのものには深遠な哀愁があり、フラメンコの伝統の最も深い感情をいつも思い起こさせてくれる。しかしその晩は、大変感動を与えてくれたのは音楽自体よりむしろミハールの歌に感じさせられる感情の強さだった。ある晩ドナのパブで、もう一人別のアコーディオン奏者に会った。彼女の名はモーアラ・ニ・ヴェグリー。彼女に会う度に、僕がその晩彼女に「ピーター・ストリート」というリールを教えてやったことを思い出す。それはアコーディオン奏者には良いリールだった。でも、現在の僕自身を含めてパイパーはそれほど高くは評価していなかった。その理由の一つは、僕が思うに、北で、あるいは（リールそのものが始まった）スコットランドでは、歌い手に合わせるには「ギー・スローン（かなり難しい）！」と言われるだろうから。

初期の頃、その地域への大切な訪問者にショーン・オ・リアダがいた。彼は一九六三年にUCCに加わる前にショーン・デ・ホーラの家を長期間にわたって借りていた。そのケリーシンガーは、伝統的歌手にとってレコードを作るのがまだ珍しい時代にオ・リアダがゲール・リンと一緒にレコーディングさせようとダブリンに連れてきた人物だった。ショーン・デ・ホーラは当時、旅行者にもケリーの地元の人々にも人気のある人だった。彼は誰にも評判が良かった。僕が聞いたことのある唯一の批判は、彼が歌をいじくりすぎると思っている一人か二人の歌手によるものだった。これは批判者が、デ・ホーラが歌うときに彼自身の個性が出過ぎていると思うせいだと僕は解釈した。彼のレコードを聴く批評家はそんな風には批判しないと思う。彼が自分の歌と調べについて、オ・リアダに大きな影響を与えたと思うと僕に語ったことを覚えている。それは決して鼻にかけた言い方ではなく、自分の伝統が重要な意味を持っていることを知っている歌い手による何気ない言葉だった。僕はショーン・オ・リアダがしばしばこのケリーシンガーについて強い好意を持って語るのをよく聞いた。

アン・タハ・タイグ・オ・ムラクーは、長年にわたって西ゲールタハトの振興に大きな役割を果たした最重要人物の一人だった。彼はコークの神学校ファランフェリス・カレッジのアイルランド語の教師だった。しかし、それだけではなく、彼はケリーで、最初は「アン・ボフォーン」として知られている小さな小屋で、後に現在ブルー・ナ・グレーガ（アイルランド語研修センター）として知られる大きな建物で夏講座を運営していた。コーク教区の多くの神父達はボフォーンかブルー・ナ・グレーガのどちらかの昔の生徒だった。僕が初めてタイグに会った時、彼はコークの数マイル郊外のキャリグ・ナ・バーで補助司祭になるためにファランフェリスから移ってきていた。それは付随してブルー・ナ・グレーガとの関係を縮小することを意味した。ショーン・オ・トゥーアマがタイグの願いをきいて、僕を彼に会わせるためにキャリグ・ナ・バーに連れて行ってくれた。僕がはUCCでまだかなり新米の頃のことだった。そして国民文化大会の文学コンクールの詩の部門で賞をもらったばかりだった。その詩はゲーリック・リーグの雑誌に発表された。そしてタイグはそれに感銘を受けたようで、僕に会いたくなったのだ。彼のUCCの橋渡し役がショーンだったというわけだ。そこで出会いの手はずが整えられたのだ。彼は詩についてとても寛大な人物で、僕達は良き友人になった。彼は僕にアイルランド語に関してごく普通に洗脳してくれただけではなく、我々がグランマイアに建設しつつあるアイルランド語を話す家族のための企画に大変関心を示した。彼は一番下の娘、ニーアムの洗礼にグランマイアまで出向いてくれた。

タイグはいつもアイルランド語のためになる行事に影響を及ぼすことを望む稀な神父だった。彼は、大学や教会であろうと、政府であろうと、地方であろうと国中であろうと、どういうわけか自分の片腕になる友人をあらゆる所に持っていた。キャリグ・ナ・バーに移って来たおかげで、彼は前世紀のコークの詩人について皆に知らせようという意欲を鼓舞された。それというのも、彼は今や彼らの縄張りのど真ん中にいたから。やがて村の中心地にモニュメントを設置して、教区にデ・

ヴァレラ大統領を招待した。彼はそれを「ファイヒャ・ナ・ヴィリー」（「詩人のための緑の地」の意）と呼んだ。それは今なおそこにあり、その地域がかつて重要な文学の中心地であったことをキャリグ・ナ・バーの教区民に思い起こさせてくれる。僕はまた彼らに思い出してもらいたい。その有名なタイグ・オ・ムラクーがかつて彼らの仲間にいたことを。彼が讃美した詩人の一人ショーン・オ・ムラクー・ナ・ラハナハと彼の名が同名であるというだけではなく。同様に、ブルー・ナ・グレーガがバリフェリタとダン・キンの人々に思い起こさせるものであってほしい。一人の小柄で有名な神父がかつて、アイルランドの聖職者達をゲール化しようとその村の道々を歩いたことを。彼はコークで良い仕事をした。国中を探しても彼のような人物がいなかったことは残念だ。

一九六〇年代の毎夏、多かれ少なかれ、僕達は西ケリーのゲールタハトに出かけた。最後の十年ぐらいの間に、テレビがその地域にもたらしていた変化を残念に思ったと言わなくてはならない。明らかに、その地域の人々だって僕達と同様に部屋の片隅の箱の虜になる権利はあった。しかし、テレビがそのような豊かな伝統を閉め出すのを見るのは哀しかった。語る時間は減り、歌う時間が絶対的に少なくなった。バリフェリタのドナのパブでさえ変わりつつあった。彼はそのことがわかっていた。一九七〇年代に彼が僕にこんなことを言ったのを覚えている。僕達が以前ほどはそこに行かなくなっていた頃のことだ。消えつつある歌と音楽にある程度責任を負うべきなのは我々のようなアイリッシュ・スピーカーだと。皆が「アン・ゴチーン・オーナン」や「ラハッドリ・スモ・キャティ」を楽しめるようにとドナが客を黙らせた日々は去ってしまった。しかし、演奏が普通は公の舞台では行われないで彼女の家で行われるブリッド・グランヴィルの様な歌い手をテレビは打ち負かすことができなかった。そこでは彼女の夫マイキーがいつも会話の中にぼんやりと大きく現れる。彼がいてもいなくても！　「ダーン・ナ・ヒーナ（聖金曜日の詩）」のような特別な歌を歌っている彼女の美声ならば今でも時を逆戻りさせてくれるだろう。アイルランド語放送が歌や音楽だけではなく、ケリー地方を含めたアイルランドのすべてのゲールタハトの人々の全体的な士気のために尽くしてきた善について述べないのは無礼だろう。

おそらく、一九七〇年代に伝統的なグループ「ナ・フィリー」にますます深くかかわったことが、僕が西ケリーをあまり訪れなくなったことの主な理由の一つだったのだろう。一度か二度そこで演奏したことは覚えている。しかし特に夏には、外国のフェスティバルのハイシーズンなので都合をつけるのが難しかったのだ。僕達はケリーの伝統を、それがショーン・デ・ホーラの「マジン・ローワッフ（ある早い朝）」や、「デリースのポルカ」、あるいはシェーマス・ファーテアの「アン・ゴチーン・オーナン」にあろうと、少しばかり外国に運んだのだと考えたい。家族がそこで頻繁に過ごした幸福な夏に、僕が個人的にケリーの伝統の多くを、特に歌うことについて学んだのは議論の余地のないことだ。

我が家から大変近い西コークのゲールタハトを忘れてはならない。コークに住み始めた頃、僕達はクーリーやバリー・ヴァーニーに頻繁に出かけた。「詩の集い」が毎年、クーリーで行った「ダーボスコール・ワスクリー（コーク州の吟遊詩人の学校）」やホールでのコンサートに参加するためだった。そこではパジー・タイグ・フェグが真似のできないスタイルで歌うのを、また彼が「アガラフ・バーチャ（対話体作品）」でパートナーと話すのを、あるいは多分、ミキー・オ・スルワインが歌うのを聞くかもしれない。それはディアミッドを含んだミキー家の若い世代が舞台を独占する前、そしてクーレイ聖歌隊が舞台の出し物になる随分前のことだった。ショーン・オ・リアダが、第一次大戦前にその地域の多くの歌を蓄えていたイギリスの蒐集家を讃えてマーティン・フリーマン祭を組織したのはそこでだった。それらはその後、一九二〇年代初期にフォークソング協会の機関誌に公表された。マーティン・フリーマン（A. Martin Freeman 一八七八―一九五九）がその地域で歌を蓄えていたと僕は言った。実際、これはまさに彼がしたことであることを時が証明した。ショーン・オ・リアダだけではなく、現代の歌手がマーティン・フリーマンのコレクションから再発見する前に、その地域から完全に消滅してしまっている歌もある。

「アシュリング・ギャール（鮮やかな幻視）」という歌が良い例である。我々の多くがそれを初めて聞いたのはあの特別な「エグシャ（詩人の集い）」においてだった。その時ショーンはピアノを弾き、フリーマンがどんな歌を蒐集したのかを聞かせてくれた。このレクチャーの後、人々は彼に多くの質問をして多くの意見を言った。その中で最高だったのは、その日僕と一緒にコークからやって来た一人の男の口から出たものだった。彼の名はミハール・オ・キャラハン。優れた音楽家でコーク・ユース・オーケストラの指揮者だった。彼はショーンにただこう言った。「あなたの『アシュリング・ギャール』はとても素晴らしかった。もう一度弾いていただけませんか」ショーンはそうした。そして、およそ六十年前に初めて、その地域のある老婦人の歌から収集された「アシュリング・ギャール」は再出発したのだ。以来それは新しい生命を吹き込まれた。しかし、クーレイでその晩、それを聴かせてくれた手と魂はじっとしたままだ。

8. パイプスとパイパー　チェス、釣り、そして写真！

ミハール・オ・リービがダブリンから僕と同じ頃、一九六〇年代の初めにコークにやって来た。彼は公務員だった。が、おそらくそれより重要なことに、彼はトラリベイン（コーク州の南西部海岸寄りにある町）生まれのアイリッシュ・ミュージックの蒐集家フランシス・オニール（Francis O'Neill 一八四八—一九三六）に強い関心を持つイーリアンパイパーだった。ミハールはついに、毎年オニールの生誕地を尋ねる音楽家の巡礼のようなものを企画した。そしてそこで、参加者はオニールの時代に人々がそうしたように演奏し、踊った。オニールは一時、シカゴ警察の署長だったが、多くのアイルランド音楽の本を出版した。そこには、当時の伝統音楽家たちが彼らの芸術の根源に違いないとみなす有名な曲集二冊が含まれている。一〇〇一曲を集めた彼の本は彼らのバイブルであり、元の正しい曲が求められる時の主要な典拠となるものであった。ミハールはこれを主題とした記事を多く書いた。彼と一緒にラジオ番組で解説したのを覚えている。僕達は番組の中でオニールが集めた音楽をいくつか演奏した。

ミハールはコーク在住の初期、ノース・モールのドゥーン・リーでパイパーズクラブを運営した。僕が覚えている限りでは、土曜日の夜にそこに集まって、若いパイピング学生向けに授業を始めた。その一時間かそこら後に全体ミュージックセッションが開かれた。これはパイプスに限らず年令にもこだわらなかった。テイラーパイプの大きなセットを革ひもでつり下げたミハールは会の中心的位置を占め、次に何が演奏され、誰がそれを演奏するか采配を振るっていた。僕はよくこのセッションに通った。

「アン・キフクル・スタデール」（「学習サークル」の意）が会合を水曜日の夕方に開いたのもドゥーン・リーだった。ディアミッド・オ・ムラクーがその組織の議長で牽引車だった。そしてこの会は決まってアイルランド語で運営されたものだ。夕方は普通、講義で構成され、続いて討議がされた。ドゥーン・リーは人気のある会場だった。僕はUCCのスタッフや教師だけではなく、バンドン・グラマースクールの校長ショーン・オ・ハーモルティがそこで講義したのを覚えている。キョールトリ・クーラン（ショーン・オ・リアダが率いた音楽グループ。ザ・チーフテンズの前身）の名声のあるショーン・オ・シェイもドゥーン・リーのもう一人の講師（かつ歌い手！）だった。僕でさえ、そこで古代ヘブライ語の復活について講義をした。僕は当時このテーマに大変関心を持っていたのだ。僕はアイルランド語の雑誌『コール（「連携」）』に、ベン・イェフダー（Ben Yehuda 一八五三—一九二二）の人生に焦点をあてて同じ話題で記事を書いた。今世紀初期の復興開拓者ベン・イェフダーはパレスチナに移住して、イスラエル建国より随分前にヘブライ語を話す家族を築いた。ベン・イェフダーの話は、数年後にアード・バーラにアイルランド語を話す地域設立に取り組む僕の背中を押してくれた要因の一つになったことは間違いない。今になってやっと、ベン・イェフダーの実例がその試金石であったことが理解できる。

次に触れるのは、真新しい決意をしていると自分では思っているが、何年か経ってから、実は以前に迷わず決めていたことだとわかったもう一つ別の実例である。僕はイーリアンパイプスを始める決意をしたことを同様のことと見なしている。僕が自ら進んでミハール・オ・リービにレッスンを始めさせてくれるように頼みに行ったのは本当である。すると彼は自信をもって二、三のパイプス製造者を推薦してくれたのだ。そんな中で、以前の有名なパイプス製造者タイグの弟であり、イーリアンパイプスの教本を書いていたデニス・クロウリーに話しに行った。デニスは当時健康を害しており、間もなく亡くなってしまった。結局、モンテノットの優れたコークパイプス製造者、モス・アンド・アルフ・ケネディから練習用のセットを買った。送風機の材料にされた木材は、サラ・カランが恋人の愛国者ロバート・エメット（Robert Emmet 一七七八—一八〇三）の死後住んでいたモンテノットの家の庭から切ったものだった。モスがパイプスを渡してくれた時、このことを辛そうに話してくれた。だから、それが普通のものではないことを承知しておきたいものだ。

すでにどこかで言ったように、ジェイムズ・マックピークと僕は、パイプスを演奏していた二人のフランシー・マックピークと同じバンドで何年もアコーディオンを弾いていた。そのことが僕に影響を与えたに違いない。それから、僕がイングランドに戻った時のこと、フランシー・マックピークにハミルトンというパイプス製造者から一セットを手に入れてくれるように頼まれた。僕はしばらくそれを家に持っていて、音を出そうとしてもうまくいかなかったことを覚えている。それでも、それがイーリアンパイプスの初めての演奏経験であり、数年後にコークでパイプスを始める決意をすることに何らかの影響を与えたに違いないと思っている。僕はしばしばパイプスの練習セットを持ってミハールの家を訪れたが、いつも奥さんから美味しいティーとケーキで歓迎された。彼から習った曲の中には「ポートゴードン」、「スアン川の岸」、「ギャレット・バリーズ」があった。当時、彼の子ども達は幼くて、僕が到着する時には寝に行くところだった。その一人、オーンが膝の上で二本のスティックでパイプスを演奏する真似をしていたのを覚えている。あの同じオーンは今では大人になり、優れたパイパーなのだ。敢えて言おう。彼は父親よりずっと上手なのだ！　ミハール自身、いつもその事実を誇らしげに認めている。

最初にパイプスに惹きつけられたのはチャンター（指管：メロディーを演奏する管）から出る実際の音だ。他の大抵のパイパーにとっても同じだと思う。アメリカで出自がアイルランドではないあるパイパーに会ったことがある。彼は映画の中でイーリアン・パイパーに出会ってその音の虜になり、毎日映画館に通ったのだ。ただそのエキゾチックな楽器の音を聴くために。もちろん、彼はそれ以来病みつきになり、自分のものを手に入れざるをえなくなった。僕のこの楽器への吸引力はそれほど劇的ではなかった。が、同じように熱がこもっていた。

ミハール・オ・リービから教わった曲は別として、すでにアコーディオン演奏から知っていた他の曲を好んで演奏してみた。「ランブリング・ピッチフォーク（ぶらつくクマデ）」というジグ（急速度で軽快な八分の六拍子のダンス音楽）は、パトリック伯父がカーナンバンでいつもバイオリンで弾いていたので大好きだった。娘のヌアラはまだ子どもの頃、コークの最初の家のベッドの中で、僕がそれを練習するのを耳にしていたのを覚えている。それはもちろん、有名なジグだった。が、彼女のその記憶は、僕が何度も弾いて、弾いて、弾きまくらなければならなかったに違いないことを物語っているのだ！　それはヌアラがバイオリンで覚えた初期の曲の一つだった。僕の母は、自分でもバイオリンを弾いたが、ヌアラもそれを弾いているのを聞いて喜んだ。というのは、母はいつも僕が彼女の側の祖父や伯父のようにフィドラーになることを望んでいたから。デリーの友人であるゴーマン家の人々は小さなフィドルを持っていた。母は同じものを僕が小さい時に僕のために買いたがっていた。でも、それは叶わなかった。お金がなかったせいか、他の理由からか僕にはわからないが。何年か前、ヌアラが家から離れてボストンにいる頃、「ヌアラのフィドル」という詩の中で、僕はパイプスやフィドルを演奏することへの母の思いについて何か言おうとした。

マサチューセッツ州のボストンで、
娘の指が奏でる
祖父がデリーで弾いたフィドルで。彼女のリールは踊る
草が生い茂った道づたいに
かつては、祖父の弓できれいに刈り上げられていたのに。

父の墓深くに
母は音楽を隠した
子ども達はおそらく知らないだろう音楽を
母が他の兄弟姉妹のように弓で奏でることができたとは。

残念だった、母はぼくが演奏していることに言った、

残念なことに、僕達は買わなかった
あそこにゴーマン家にその頃あったちっちゃなフィドルを、
あなたは今なら責任を負わないだろう
その古いパイプスに
でも僕は知っている
チャンターが、弓のように
その道の草を刈ってくれることを。

年月が経つにつれて演奏する者は埋もれる
でも調べは残る。
弓から奏でられる昔の調べは
パイプスを通して変化し
フィドルを通して再びこだまする
マサチューセッツのボストンで。
チャンターや弓はバトン
順番をこなし
そして受け継いでいくための。

僕が初めて他の人の楽しみのためにパイプスを弾いたのは自分の家で、UCCの友人二、三人が来客中の時だった。もちろん、彼らにとってみれば大したことではなかった。しかし、「クーリン（金髪の少女）」をフランシー・マックピークが演奏するのを思い出しながら弾いた時、自分が壮大な新しい道を旅しているように思った。その道がどこを通っているのかはわからなかった。でも僕はそこを辿っていることにとても幸せを感じていた。

ミハール・オ・リービの家での時たまのレッスンを別にすると、楽器のレッスンは正式には他には何も受けていなかった。でも初期に、フランシー・マックピークや、パダー・ブロー、パディー・モロニーのような人々から可能なことを教わった。僕はUCCでのキョールトリ・クーランの最初のコンサートの後数回彼らを訪問した。そのコンサートで、「六ペニーのお金」というジグを演奏する時のパディーのチャンターの技に実に魅せられたのを覚えている。自分のパイプス演奏が今でもパディーのスタイルに感化されていると思う。ファーモイに住んでいた親友のパダー・ブローは優れたパイパーだったが、彼の演奏を初めて聞いたのはクラダレコードの「ドローンとチャンターズ」だった。後に彼に会った時、彼がディスクで演奏している曲は決して自分の最高作品ではないと熱心に言った。彼の家で多くの機会に感動的なパイプス演奏を聴いて、それを実証できた。パダーのチャンターの厳格な演奏スタイルとレギュレーター（メロディーを伴奏するためのキーのついた管）を扱う能力は当時の僕のような初心者には優れた手本となった。彼は軍隊を早期退職してから、自分の魅力を音楽学部の学生として楽しんだ。UCCにおける彼の存在そのものが他学生への刺激になった。パダーは真の伝統音楽家で、主題を蘇らせた。同じ時間にその場にいる他の者、つまりシヨーン・マッキアナン（コネマラ出身の素晴らしいパイパー）、マット・クラニッチ（「ナ・フィリー」の仲間）、そしてパダー・オ・リアダ（ショーン・オ・リアダの息子）と同様に。僕はパダー・ブローの葬儀でパイプスを演奏した。大きな名誉だと思った。

ミハールがコーク音楽学校でイーリアンパイプスの講座を始めたのを思い出す。学校がそうさせてくれたことによって、自分の愛する楽器が評価されていると知って彼は喜んだ。最初の講義は、実際にはウェリントン通りにある学校の別館に数百ヤード移動して、ドゥーン・リー出身の最高のパイパー達で構成された。ミハールは音楽学校の支援を受けて、ユーニオン・キーにある講堂で年一回のパイパーズコンサートを始めた。ミハールの以前の教師の一人、レオ・ローサムがそこで数回演奏したし、「ナ・フィリー」も何回か出場した。何年か後には娘のヌアラ、ウーナそして僕自身が、それぞれフィドル、マンドリン、パイプスを演奏した。例年のコンサートの司会はミホール・オ・ムラクー、さもなければアン・ガウ・ゲールッフ（ゲール人の鍛治屋）として知られている人物だった。彼はいつもイヴェントを最も正式に紹介し、間に一つの自作のアイルランド語の詩を朗唱したものだ。リムリックのフィドラー、カイチ・ニ・クーシュは、やはりリムリック出身のコン・フォーリーと彼の伝統音楽グループ同様、レギュラー出場者だった。彼らの音楽には独特の美しさがあった。コンサートの後は、ドン・ウラ（ホールの名前）、すなわち当時のグランド・パレードにあったザ・リージョン・オブ・メアリホールに席を移すのが慣例だった。そこではサンドイッチが出され、さらに音楽が演奏され、お喋りが楽しまれたし、たぶんミハールの演奏もあった。しかし、そのコンサートは意外にも間もなくして終わってしまった。一九七六年、メイフィールドのセント・

ジョセフ教会で行われたミハールの葬儀ミサに出席した時、誰もがコーク社会の独特の特徴が去ってしまったことを実感した。

この時には、ブリジェット・ドーランがバーナード・カーティスの後を継いでコーク音楽学校の校長になっていた。彼女にイーリアンパイプスを教える気はないかと尋ねられて、僕は快く引き受けた。年長の学生がどんなふうに僕を受け入れてくれるか少し心配だった。しかし、彼らは授業が継続されることを喜んでくれた。僕が彼らに提供したレパートリーは長年、「ナ・フィリー」と共に演奏していたものに基づいていたので少し異なっていたと思う。クラスのメンバーは年を経るにつれて変化した。しかし、とりわけ正式の授業が終了して、学生と一緒にひたすら演奏し続けたある段階でのそこでのロザリーン・オリアリー、アンジェラ・コーカリー、メアリー・ミッチェル、そしてキアラン・ライアンとの楽しいセッションの思い出が心に残っている。僕にとって、彼らは霊感を呼ぶ時間に心を奮い立たせてくれる学生達だった。たぶん彼らはそのことが自分達自身ではわかっていなかっただろう！　また、別の時期に、クラスに二人のディアミッド、つまりディアミッド・グレインジャとディアミッド・モイナハンがいた。また、コーク女性パイパーの中でもきわだったメンバーに上げられるもう一人のクウィーヴァ・ヘールーンも、そして最近では、将来の有望株である若手のフローリ・ネフもいた。皆、今なお優れた音楽を演奏している。もちろん、教師よりずっと上手に。いつだってそうあるべきものだ。教師は絶えず自分が不要な存在になるように努力しなくてはならない。とりわけ伝統音楽家を扱う時には。学生が速く自分達自身の問題を処理して最初の教師の感化の他の影響を求めれば求めるほど、彼らのパイプス演奏にはそれだけ良いことなのだ。もちろん、教師として、優れた学生を生み出しても、いかなるスポットライトを求めるべきではないのは言うまでもない。彼らの音楽家としての成長の証人であることに満足できることで十分なのだ。彼らは自由に飛ぶことが許されねばならない。日が当たる庭で羽化する蝶のように、そして意志の赴く所に着地するように。かくして最初のレッスンは終わるのである！

僕の最初のアイルランド音楽の外国への演奏旅行は一九六〇年代にやって来た。ジェイムズ・マックピークが、彼ともう一人のアコーディオン奏者のヒラリー・ゴールウェイと一緒にフランスに行かないかとベルファストから電話してきたのだ。目的はイングランドのタインサイド地域出身のダンサーたちのために演奏することだった。彼らはディレクターのフィル・コンロイと共にいくつかのフェスティヴァルに参加することになっていたのだ。これらのフェスティヴァルが毎朝行う大行列の理由を理解するようになったのはそこでだった。それは夕方のパフォーマンスに観衆を誘い込む手段にすぎなかった。ディジョンの暑い太陽の下で重いアコーディオンを演奏するのは冗談ではなかった。とりわけ絶えず丘を上ったり谷を下ったりする時には。でも、我々はそこでも楽しい時を過ごした。名前もわからないフランスの小さな町を練り歩いていると、窓敷居に座っている老人のグループから一人のとても年取った人が走り出てきた。そして僕達が持っている三色旗を指差したのだ。「アイルランド人かね」と彼は訊いた。そして僕がそうだと言うと、彼は僕の目を覗き込んでたった一つの語を口に出した、「マックスウィーニー（McSweeney 一八七九―一九二〇）」と。僕は、老人がもう何年も昔にイギリスの獄中でハンガーストライキで死んだコーク市長を思い出しているのだろうと考えてびっくりした。我々はマックスウィーニーの死が当時世界的ニュースであったことを忘れがちになっている。僕がその老フランス人に自分がまさにそのコークからやって来たと告げると、彼は顔中を笑みでいっぱいにして握手をしてきたのだ。その出会いの後、僕は実に誇らしげに小躍りして行進したものだ！

ミハール・オ・リービに組織されたパイパーズ・クラブについてはすでに話したが、それはコークで唯一の伝統音楽のグループではなかった。コールタス・キョートリ・エーレン（アイルランド音楽家協会）が当時地方の支部——クライヴ・フランシス・イー・ニール——を持っていたので。これは僕のコーク移住の初期、サウス・メイン・ストリートのグループシアターで集まっていた。そこで一緒に演奏した音楽家の幾人かが亡くなってもう久しい。スライゴーのフィドラー、ディック・ナングル、ホイッスルとフルート奏者のネッド・マッハーとその兄弟パディー、フルート奏者のチャーリー・オサリヴァン、西コーク出身の素晴らしいフィドラー、ミック・ミレン、その他多くのミュージシャンたち。時々、他の地域からも演奏家達が演奏にやって来てはコークにしばらく滞在したものだ。そんな中に二人、僕達の音楽に刺激を与えてくれたクレアからのシェーマス・コノリーとリートリムから来たベン・レノンがいた。シェーマスは長年ボストンに滞在していて、僕は最近そこで彼に会った。ベンはまた北に行ってしまった。ちょうど僕達二人はグランマイアの我が家で数回、素敵なセッションを楽しみ始めたばかりだったのに。

僕達はコールタスの支部でケイリーバンドを持っていて、時々フラーアナ（アイルランド伝統音楽の祭典）で競い合った。今でもマット・クラニッチに、僕達がキラーのコーク・フラーアナで彼らの家族のケイリーバンドを打ち負かした時のことを思い出させる。自分達に比べて彼らの方が良い音を出したし、調子も合っていたと僕は思う。しかし、審判者は我々のグループの方が少しばかり伝統的だと結論づけたのだ。マットは、僕達がある時、移民を描く――と僕は思うが――ある催しのために協力し合った演劇グループのメンバーだった。その同じ出し物の中で、年がずっと若いリーナ・バン・イー・ヘイは失恋した小娘の役を演じた。リーナは今日、ニーモ・レインジャークラブの中のコールタスの別のコーク支部に参加している。そこでは、彼らは若者達の訓練に特別の注意を払っている。僕はそこで、元々のコールタスの会員の別のメンバーであるディック・トビンに会った。そしてその時、リーナ――彼女はグランマイアのザ・ヘロンズ・パーチ・パブでの僕たちの毎週の音楽セッションに初めて顔を出したのだが――に、若者達相手にアイルランド伝統音楽について話し、何曲かをパイプスで演奏してやってくれるようにと頼まれた。

ザ・ヘロンズ・パーチのセッションはおよそ五年前に始まった。その時、パブのオーナー、タイグ・オ・リンシが我が娘のヌアラにセッションを始めてくれるように依頼したのだ。彼女はちょうどアメリカから戻ったばかりで、伝統音楽を演奏する機会を得られるのを喜んだ。というのは、それがタイグが望むことだったから。僕はパイプスで彼女に合流し、約一年間続けた。他にも時々立ち寄るいろいろなミュージシャンや、シンガーたちが加勢してくれた。それからヌアラはゴールウェイに行って、ストリート劇場グループ「マクナス」と一緒にフィドルを弾き始めた。一方、僕はセッションを続けた。様々なミュージシャンが来ては去って行った。時には僕だけが演奏した。そして今では、コンサーティーナのチャーリー・ヒーリー、ハープのボニー・シャルジーン、マンドリンのトニー・キャニッフ、ボズラン（片側だけ皮を張ったドラム）のタイグ・オ・スルワイン、そしてパイプスの僕から成る中核グループが引き継いでいる。もう一人レギュラーメンバーに、ビル・マイヤーズがいたが、彼はアメリカに戻ってしまった。彼はギタリストでシンガーであるだけではなく、僕が出会った中でも最高のコンピューターと音楽の達人だった。彼がいなくなって本当に寂しく思う。自分自身も含めてたいていのミュージシャンは歌も歌う。しかし、メアリー・キャニッフ、シネード・カーヒル、アン・メリック、トム・マリンズ、クリッフ・ウェジベリー、ティム・ナイハン、ジョン・A・マーフィ、フィンバラー・オ・キャリー、ドナ・マック・アワージのようなレギュラー歌手もいる。そしてもちろん、ファール・ア・ティー（パブの主人）自身のタイグ・オ・リンシも。我々のところにはストーリー・テラー、詩の朗読者、ダンサーも（ソロダンサーもセットダンサーも）そして分類できないエンタテイナーもいる。火曜日の夜のザ・ヘロンズ・パーチ・セッションについてたった一つ確かに言えることは、二週間同じ内容がくり返されることはないということだ。

僕のギリシャ語の教師、リディア・サープナがそこにある晩参加していたことがあった。その時、僕がアイルランド語で北の歌を歌うと発表された。実際には、それは僕の最高のギリシャ語で入念に練習したテオドラキス（Mikis Theodorakis 一九二五―、ギリシャにおける二十世紀最大の音楽家と言われている。左派政治家でもある。国会議員、大臣も経験）の曲だった。他のミュージシャンが伴奏してくれた。彼女はものすごく楽しんでくれ、百点満点をくれた。しかし、それがアルスター・アイリッシュだと本当に信じた聴衆がいたか疑わしい。だから明らかに、ともかくもわけがわからないも同然だった！　リディアのお父さんが別の晩にギリシャからやって来た。そして僕達は同じ策略をしでかした。今回、リディアがむしろそれを期待したと思うけれども。彼女の父親アレコースは素晴らしい夕べだったと思ってくれ、今でも、ギリシャの友人にそれらの素敵なアイルランドの人々について語るのだ！　彼からの手紙にはいつも、グランマイア・セッションの歌い手や演奏者について尋ねる文が見られる。このセッションには、世界中からの見知らぬ訪問者がある。というのもセッションのニュースをインターネットで流しているからだ。

チャーリー・ヒーリーと僕は、しばしば我が家で日曜日の夜にセッションを行っている。忘れかけた曲を掘り起こして、火曜日の夜のセッションでのレパートリーに加える目論見なのだ。他の演奏者がセッションで仲間入りするのに役立つように、僕がコンピューターでレパートリーリストを作っている。それはどんどん膨れあがっていく。それでも、僕はそのリストから特別にまとまった曲を突然リハーサル抜きに弾くように迫られたくはない！　たとえこの長いリストを自分達のレパートリーとみなしはしても、いつもそのリストをひっかいてばかりいればいいとは思いたくない。そうではなくて、学び続けることは進歩の推進力なのだ！　僕達はいつだってセッションに他の楽器演奏家やシンガーを歓迎するので、彼らが望めば、リストは気楽に参加するのに少しは役に立つのだ。

ヘロンズ・パーチ・セッションは、これまでの経験の中で歩いて行くことができたまさに最初のアイリッシュ・ミュージック一夜興行だ。長年間、バスか車、あるいは飛行機か列車で出かけていたので、僕にとっては新しい経験なのだ。開始時間のほんの三分前にパイプスを包んで、グランマイアの村までアード・バーラから丘をぶらぶら歩いて下りていくのは実に贅沢なことだ。このことについて他にも嬉しいことは、セッションに来る未知の人に出会えるだけではなく、グランマイアの地元の人々にも会えることだ。主人のタイグ・オ・リンシは数年前に、地域を向上させるという公認の目的をもって、地元の団体「グランマイア事業委員会」を作ったグランマイアの人々の小さなコミュニティの一員なのだ。その活動はすでに進んでいる。社会的行事や実際的環境改善についての州議会の代表者たちとの接触をみても、また、そういったものが彼らの進行中の優先事項になっていることにおいても。昨年、タイグが地元のカトリック教会で人々が集まって僕のミサ曲を歌うことを提案した。我々は、彼らの友人達と一緒に何とかしてヘロンズ・パーチから聖歌隊を作り上げてミサ曲を歌った。キャノン・バークが賞讃してくれた。一九九六年のセント・パトリックス・デーで、我々は同じミサ曲をヒッキー神父の指揮の下に歌った。

それより以前に、僕は村の人々と音楽的接触をしていた。およそ二十年前のこと、僕たちは国民文化祭典の聖歌隊コンテストに出るために女性聖歌隊「コア・ア・グラシャ・ヴウィー」(「グラシャボーイ《村を流れる川の名前》聖歌隊」の意)を結成していた。我々は、僕が以前、例年のフェスティヴァルの文学・音楽部門で国民文化祭典の賞をもらったことのあるいくつかの合唱曲を歌った。イベントのために練習することはとても楽しく、ダブリンへの小旅行はすばらしかった。でも、コークのポープス・キーにあるセント・メアリー・ドミニカン教会の見事な聖歌隊によって二位に落とされた。これは僕の親友フィンタン・オ・マラクーが指揮していた。寛大にも、我々は新しくてオリジナルな曲を歌うことで適切なことをしている、とフィンタンは評してくれた。

コークに住み始めた最初の年に、チェスにも夢中になった。僕は当時サヴォイ映画館のカフェで集まっていたコーク・チェス・クラブに紹介された。でも、それは僕には今一つだったので、郵便チェス・クラブに仲間入りしなくてはならなかった。このクラブは、六人の対戦者のそれぞれから最新の六つのこま動かしを受け取り続け、直ちに郵便で反応しなくてはならないことを意味した。僕の対戦者の一人に、ロンドン付近出身のチャーチ・オブ・イングランドの牧師がいた。彼は予想以上に競争心を見せつけてきた。我々は二回対戦した。僕は一回戦で一点リードしていた。一方、彼は二回戦でわずかに有利だった。僕は引き分けだと思って、手紙でそのように仄めかしてやった。彼が即座に、僕がリードした試合の引き分けを受け入れたのだが、もう一回試合を続けるべきだと言ってきたのにはショックだった。彼は次には勝てると思ったのだ！　それが活動中のキリスト教なのだ！

　チェスで「うんざりしていた」時、写真に気が移った。僕の家族はとても忍耐強いに違いない。というのは、台所を暗室に変えなくてはならない羽目になったにもかかわらず、不平をちょっとこぼしただけだったから。カラー写真が標準になる前の時代に僕が作り出しているカラープリントに彼らはかなりの関心を示してくれさえした。

　でも、写真は他の多くの趣味と同様に消滅した（ビール作りも含めて！）。僕は引き伸ばし機と備品を売り払って、他のものを見回し始めた。その一つは絵画、特にパステル画だった。妻のヘレンは我が家ではずっと画家を続けており、彼女の名義になる多くの素晴らしい作品がある。彼女はまた、前世紀の有名なコークの画家の名にちなんだマクリース絵画会に深くかかわっている。ヘレンが使うオイルの代わりにパステルを選ぶことは競争から距離を置く方法だと思っている。僕は、ここで教えていた優秀な画家ヴァージニア・サンドン――彼女が夫のニックと一緒にイギリスに移る前に――から何回かレッスンを受けた。彼女はマクリース絵画会に作品を提出するように激励してくれた。一つは却下されたが、数作品が展示された。僕は大胆にも、北に本部があるアイルランドパステル画協会に作品を提出した。それが年一回の展覧会に展示された時には少なからず驚いた。

僕は一九六〇年代半ばにグランマイアに移り住む前にも、この村の中を流れるグラシャボーイ川を夜に訪れる常連メンバーだった。当時、川を自由に泳ぐ大きな白い鱒を捕まえようと我慢強く頑張ったものだ。暗闇の中で突然バシャンとしぶきが上がった時の興奮を今でも思い出す。一匹がかかったのだった。でも、僕の釣り糸には一匹もかからなかった。ここに住み始めてからは、魚が上ってきていると言われる時でさえ、一度も釣り竿を持って岸に行ったことはない。今振り返って、グランマイアのシートラウトを一匹も捕まえなかったことを僕は嬉しく思うのだ。その訳が理解できますか。

9. ナ・フィリー

マット・クラニッチと僕が、トリオとして一緒にやってくれるホイッスル奏者を捜していたのは一九六七年のことだった。当時、僕達の仲間は音楽祭協会に加わっていて、ほぼ楽しみのためにコンクールに出場したものだ。実際、当時の演奏活動は全くの楽しみだった。我が家でのセッションであろうと、フラーでのストリート演奏であろうと。マットは、僕達の友人の一人ですぐれた歌手、かつピアニストのパスカル・オ・フールカインが指揮しているグループでレイモン・オ・シェイと一緒に定期的に演奏していた。彼らは大抵キャロラン（Turlough Carolan 一六七〇―一七三八、アイルランドのハープ奏者・作曲家。痘瘡のため十八歳で全盲となりながら、アイルランドを演奏して回った。約二百曲を残している。アイルランド民謡とイタリア音楽の影響が大きい）音楽であるレパートリーとキョールトル・クーランのアレンジ版を演奏した。パスカル自身はショーン・オ・リアダのピアノ様式に深く影響を受けていたので、グランマイアの我が家での多くのセッションで僕達のためにオ・リアダの役割を果たしてくれたものだ！　ショーン・オ・リアダの奥さんルースが僕にある時、彼女とショーンが、パスカルがピアノを弾く社交的な集まりにいたと話してくれたのを覚えている。パスカルが自分流のオ・リアダの弾き真似をした、と。ルースもショーンもとても不思議な、ちょっと不愉快にさえ思ったとのこと。ルースがこの話をしてくれた時に彼女が使った言葉は「薄気味悪い」だったと思う。

レイモンが、彼はUCCで音楽の修士の学位を取るために勉強していたのだが、喜んで僕達の仲間になってくれた。僕達は当時、音楽上の思想を交歓したり、それを実際に演奏に生かしたりして充実した時間を過ごした。その結果、さまざまなコンクールに優勝し、一九六八年には全アイルランド・トリオ最終戦まで到達した。僕達が優勝しなかった時には多くの人が驚いた、と言わねばならない。審査員の批評によると、僕達の演奏は整いすぎ、調和が取れすぎていたというのだ！

しかしながら、翌年、再びその旅をたどった。そしてキャッシェルでの全アイルランド最終戦に到達した。今回は異なった審査員だった。しかし、再度同じやり方で演奏すれば同じ結果になるだろうという気がした。コンクールの舞台に上がる直前、僕はマットとレイモンにおずおずと、審査員が求めていそうな様式で音楽を大胆に演奏し、ハーモニーと体裁を忘れようと提案してみた。もちろん、三人ともこの策はたぶん優勝をもたらすだろうと気づいていた。

喜んで言おう。仲間達はいつものやり方で、そして自分達が正しいと信じているやり方で演奏すべきだと主張した。その年の審査員には、ザ・シムサ・ケイリーバンドを持っていたダンドークの故ローリー・オ・ケネディと有名なジョン・ジョー・ガードナーが入っており、僕達の音楽に対して全く異なった見方をし、前任者が公然と非難したものを惜しみなく賞讃してくれたのだ。僕達は易々と優勝した。そして僕はその日、自分達の信念をあくまでも守ることについての教訓を学んだ。

僕はいつも言ってきたのだが、キャッシェルで優勝した年はパイパーにとって大きな年ではなく、審査員にとって良き年だった。その証拠に、審査員はウィリー・クランシーとウィリー・レイノルズだった。彼らは審査において大変親切だった。それは、ナ・フィリーが全アイルランド・トリオ・コンクールで優勝したフラーでも同じだった。僕達はこのお陰で直ちにマーシア・プレス社からレコードを作るようにという招待を受けたのだ。西ケリー出身の友人、シェーマス・クウィーバナフは僕達のグループ名「ナ・フィリー」（「詩人」の意）をアイルランド語であり、しかも発音できるかららと推薦してくれた人だった！　それにはこんな話もあった。僕達が最初に選んだ名前は「ナ・フィアンナ」（神話に登場する戦士団の名）だった。この名前は良さそうだった。ある日、ダブリンで夕刊を開いて、そこに次のように――そう、ご推測の通り！――「ナ・フィアンナ」と呼ばれるグループの写真を見るまでは。そのグループはまさに最初のレコードを出したばかりだったのだ。僕達はすでに何百枚もの宣伝カードをヘビーブラックで印刷していた。そこには「ナ・フィアンナ」という名前の上にレイモン、マット、そしてにっこり微笑んでいる僕自身が写っていた。写真は音楽関係の大の親友ドーナ・オ・マーチンに撮ってもらったものだ。彼は最近亡くなってしまったが。だから、それは新しい名前と新しいカードと交換して製図板に戻された。レコードの名前が「ナ・フィリー」、タイトルがシェーマス・クウィーバナフに提案してもらった通り、「アン・グウィッヒ・アニア／ザ・ウェストウィンド」になることをマーシアに約束の時間内に知らせることができた。レコードのジャケットに詩を載せたのはシェーマスの提案によるものだった。

西風は心優しい風／そして網を魚でいっぱいにしてくれる
（原詩にはアイルランド語と英語が並記されている。）

シェーマスはいつも、自分が僕達のグループに洗礼名をつけた人物だと誇っていた。他にこの企画にかかわった者は、最初にこの実現性に言及したマーシア・プレスのロレッタ・マクナマラ、プロデューサーのパディ・ヒュー、そして今なお良き友人であり、コークのサウス・テラスにあるその音響スタジオを僕達が録音に使ったノーマン・ヤングだった。当時、ノーマンは音楽と演説の多くのレコーディングに携わっていた。パディ・ヒューは僕達のレコードに入れる若干の挨拶と詩に熱心だった。僕が「オーン・ルアへの哀歌」の詩を朗読し、マットがフィドルで旋律を弾いたのもそういうわけだった。

全アイルランドコンクールに優勝後、「ナ・フィリー」から初めて発送された公式文書は、北アイルランドでの最近の紛争によって追放された人々を助けるための行事を組織するどんなグループにも音楽で貢献する申し出だった。僕達はそのようなコンサートを無料で開催する約束をした。すると様々なグループから反響があった。僕達はボンベイ・ストリート基金（一九六九年、王統派によって焼き払われたベルファストのボンベイ通りの人々を救う基金）のためにデリーのボグサイドで、ベルファストで演奏した。北アイルランドを廻って歩き、どこでも大変暖かい歓迎を受けて過ごすのは刺激的な時間だった。

レコードはいくつかの素晴らしい批評を受けた。その一つのお陰で、リヴァプールに行き、当時のイギリスの舞台で大きな位置を占めていたイギリスフォークグループ「ザ・スピナーズ」が僕達の後援者になるという境遇にも恵まれることとなった。ことのなりゆきは次のようだった。

「ザ・スピナーズ」のリーダー、トニー・デーヴィスはこの時、マージーサイドのフォーク雑誌『スピン』の編集長だった。彼は大変熱のこもった批評を書いてくれた。僕は確信があるのだが、その批評が少なくとも僕達の後の、イギリスのフォーククラブや、イギリス民俗ダンス・歌謡協会運営のアルバート・ホール・フォーク舞踏会での大々的な広告取り扱いだけではなく、ラフバラ、ケンブリッジ、シドマウス、インヴァネスのような大きなフェスティヴァルで何年にもわたって出場して成功を収めるのに力となったのだ。エリック・ウィンターやフレッド・ウッズは当時、影響力のあるコラムニストでありジャーナリストだったが、たまたま「ナ・フィリー」のファンであった。

何回か、リヴァプールのスピナーズクラブに主賓として招かれたことを思い出す。グループの友情と、最後の曲のために舞台で伴奏役を引き受けてくれるという親切に感動した。聴衆から受けた暖かい歓迎ぶりには簡単には忘れられないものがあった。

イギリスにおけるクラブの聴衆のことだが、ヨークシャーのウォータサンズ・クラブの訪問を特別なこととして覚えている。日曜日の夕方、週末のラフバラ・フェスティヴァルの後のことだった。ウォータサン家とマーティン・カーシーは素晴らしいホストだった。ヨークシャーの聴衆はありのままに言うことで知られており、アーティストに度を超した敬意を表さなかった。そしてそれは他の誰に対する場合と同様、彼ら自身のホームグループにも当てはまった。マイク・ウォータサンは一つ歌い終えると、舞台の後ろに歩いて行って、後ろの壁に手を置き、頭を腕にもたせかけた。明らかに、次の歌について深く考え込んでいるようだった。その姿はいわば地面を見ながらミューズに相談しているかのようだった。気取らないヨークシャーの聴衆は彼らのクラブのそういう気取った態度が好きではなかった。だから後ろの席から、「誰かバケツを持ってないか」と質問する大きな声が芸術に相応しい静寂を破った。ホール中がどっと爆笑に包まれた。そして、ウォータサン家の人々は聴衆に報いるために、その滑稽な側面を理解するのに手間取らなかった。

僕達のグループのホイッスル奏者レイモン・オ・シェイの演奏は、彼の教授によれば、大学の幾つかの試験で全く期待の水準に達していなかった。だから彼は音楽学部長のアロイス・フレイシュマン教授に呼び出された。彼は、最終試験に受かりたければ自分の勉強に集中しなくてはならない、そして「ナ・フィリー」にはあまり時間を使わないようにと言われた。可哀相に彼は動揺し、即座にグループとの関わりを諦める決心をした。彼は僕達に自分の決意を伝えてきた。そして教授のと

「ナ・フィリー」のメンバー、マット・クラニッチ（フィドル）、
トム・バリー（ティン・ホイッスル）とともに

ころに戻り、「ナ・フィリー」を去ったこと、そして以後、真面目に改心して音楽学位に全神経を集中する旨を伝えた。彼はその年、音楽の学位を授与された。こうして僕達は素晴らしいミュージシャンを失ったのだ。

レイモンが「ナ・フィリー」をグループの歴史上極めて早い時期に去った理由を尋ねられると、彼は僕達の音楽を本当に愛していた、でも大学の音楽の定義に偽りなく関心があることを大学に示すためにだけ止めざるをえなかったのだ、と僕は話している。そのことは今なお僕の心の中で疼いている。

レイモンは自分の補充として、当時やはり音楽の修士課程の学生であった、僕達の友人トム・バリーを推薦してくれた。トムはホイッスルとフルートの優れた奏者で、レイモンのポジションを受け持ってくれた。そして、長年後に最終的に解散するまで残ってくれた。僕達の初期の新しいグループとのかかわりは、第二のレコード「コノートよ、さようなら」を作ることだった。当時の簡素な時代には、アルバムの計画やレコーディングに何週間も何週間もかけることはしなかった。実際、二番目のレコードは、ベルファストのいくつかのクラブで演奏するための週末の訪問の一部として作られた。コンサートは、以前アイルランドのオリンピックボクサーだったジョン・マックナリーに組織されていた。彼自身のグループ「自由なる人々」には、僕の大の親友であり、ベルファストの有名なマックピーク家の一人、ジェイムズ・マックピークがいた。

当時、多くの伝統音楽のレコードを出していた会社、ビリー・マクバーニー・オブ・アウトレットに紹介してくれたのはジョンだった。彼が関わっているアーティスト達の中には、ショーン・マグワイア、ロジャー・シャーロック、ジョー・バーク、フィンバー・ドワイア、シェーマス・タンシー、トム・マクヘイル、その他大勢の人々がいた。彼らは当地や外国で多くのラジオ放送に出演していた。音響効果係はダンギヴン出身のセル・フェイだった。僕は長年にわたってビリーやセルと接触し続けた。が、数年前にセルの早すぎる死を知って悲しかった。

初めてスタジオを訪れた時に起きたことを決して忘れないだろう。セルがマイクをセットしていた。そして僕達の周囲に彼が適切だと考えた数の人々が配置された。マットはフィドルの配置が気に入らなかった。僕達はちょっと前にロンドンのBBCでのセッションから戻ったばかりだったのだが、マットはそこでの予備のマイクの配置に感動していたのだ。それは彼の後ろから左肩に向かって置かれていた。

マットはセルにBBCの技師がしたことを懇切丁寧に説明した。セルはマットが話し終えるまで忍耐強く聴いた。「うーん」とセルは言いながら頷いて、「ちょっぴり賢明なやり方ですね、なんとか」と言った。しかし、彼は自分のマイクの設置を変えようとはしなかった！　ベルファストでその週末の金曜日と土曜日の夜にコンサートで演奏し、そして月曜日の朝の仕事のために車でコークに戻れるように、土曜日一日中と日曜日の大半をかけてレコーディングし、完成させたのだった。実際、それが「ナ・フィリー」のいつものやり方だった。僕達の演奏活動は外国旅行には週末とホリデー期間に、国内のコンサートとテレビ出演には平日の夜に限られていた。

当時、ＲＴＥのアイルランド音楽番組にはもっと多く出演していたようだ。僕達はジョー・オドンネル、ショーン・コッター、ノエル・オブライアンによって企画、監督される多くのテレビのシリーズ番組の常連グループだった。当時の覚えている番組名は、「あなたと共に」と「音楽を創る」だった。普通、日曜日にドニーブルックでいくつかの番組を録音したものだ。ショーン・オ・シェイも、彼はずーと友人だが、時々そこに居合わせた。「ホースリップス」がそのようなある番組でテレビデビューしたのを覚えている。僕達はそのシリーズ番組の常連グループだったのだ。

僕達は日曜日の早い時間をリハーサルに、次に午後遅く一つの番組、または複数の番組の録音に費やした。フロアマネージャー――彼は絶えず二階のプロデューサーと連絡を取り合っていたのだが――が手を振って、やり直しを求めながら前に進み出なくてはならないような重大な災難を起こさないように願いながら。

番組の一つでの「ナ・フィリー」による最後の曲を思い出す。それは素晴らしいリールのセットで、どんどん盛り上がりつつあるところだった。僕の低音ドローン管の一番下のジョイントが落ちて、パイプがあまり調子の良くない濁った音を出すまでは。幸運なことに、すでに関係者のリストがスクリーンに写し出されており、シリーズ番組のテーマ音楽のボリュームが大きくなっていたので僕の困惑ぶりは覆い隠された。何週間も後になって、ＲＴＥでその番組が放映された時、他の誰も見なかったものを見て大喜びをした。つまり、別の素晴らしいパフォーマンスの後で僕のパイプスの一番下の部分が床に転げ落ちるのを見て！

10. 再びナ・フィリー

一九七一年の八月にアウトレットから出た僕達の新しいレコード「コノートよ、さようなら」はかなり賞讃された。イギリスの新聞『アイリッシュ・ポスト』のフォーク・コラムニストがその前の週に読者に、「ザ・スピナーズ」のトニー・デーヴィスが惜しみなく褒めている「この若き人々」について何か知っているかどうか訊ねていた！　彼女はレコードを手にしてから次の週に大変好意的な批評を書いた。彼女は僕達がロンドンに出向くことを希望していた。僕達はそうした。そして、BBCのいろいろな番組やザ・シンガーズ・フォーククラブで演奏した。このクラブはペギー・シーガーとイーヴァン・マッコールが主催しており、当時、おそらくイギリスで最も有名だった。この頃、僕達は、キャリックファーガス城での大規模なルーナサ・ミディーヴァル・フェスティヴァル（八月一日、収穫を祝う伝統的な祭典）で、その頃北アイルランドのレコーディング・グループのチーフだったザ・パタソンズと一緒に演奏した。偶然なことに、僕達のプログラムの前書きに別のパタソンが書いてくれていた。彼はその時、たまたまキャリックファーガスの市長だった。その催しについての僕の主な思い出は、出場者全員が長い礼服で着飾って、木製の剣を身につけていることだった。僕はそんな装いでパイプスを演奏できないと主張した。だから、大いに満足し、ほっとしたことに、多かれ少なかれ現代的な服装で出演することが許された。あちこちに広がっている北の家族に、中世の服装をしているところを批判的に見られるのを楽しみにはしていなかったのだ。

二番目のレコードを出した後の、トムとマットと一緒の度重なるアメリカやヨーロッパ旅行についてのとても良い思い出がある。当時、一九七〇年代の初期、僕はまだアコーディオンとイーリアンパイプスの両方を演奏していた。ということは、可哀相にトム——彼は自分自身の演奏にはホイッスルかフルートしか必要じゃなかったので——がいつも僕のアコーディオンを半ば世界中に運ぶ仕事を負わされていたことになるのだ。彼はよく冗談を言ったものだ。彼の片腕はひとえに、そのためにもう一方の手より長いのだと！　僕達はその前は、ニューヨークのアイリッシュ・アーツ・センターで演奏していたが、その時は多分、別のスター、ベン・ギャザッラの奥さんとしての方が知られていた映画スターのジャニス・ルール監督の演劇のための音楽を担当していた。愛国者ジェームズ・コノリー（James Connolly 一八六八—一九一六）の孫ブライアン・ヘロンが、かなり漠然と構成された放縦な演劇をまとまったものにするために彼女を招き入れていたのだ。ジャニスはその仕事にうってつけの女性だった。俳優の中には、その過程で降格された者もいた。「ナ・フィリー」は彼女によって予期せぬ重要な役割が与えられた。彼女は役者達を傷ついたままに、そして彼らが反感を抱いて険悪に不平を言うままにしておいた。コネマラの歌手、ショース・オ・ヒーニーも該当者だった。僕にとって、ジョー・ヒーニー——アメリカでは知られた人物で、僕の長期間にわたる英雄——との友情が始まったことがアメリカ旅行を思い出深いものにしてくれた。僕達は二人ともジャニス・ルールが全体をひっかきまわし、音楽を勝利者にすることにユーモアを見ていた。ジャニスは、その演劇が批評家達に良い批評をされると、正当視されてアーツセンターの序列を上っていった。

アメリカは全体として新しい経験であり、多くの思い出を残してくれた。例えば、アメリカでの最初のコンサート後の夜のこと、煙草の煙が充満している部屋の床で皆が座っていた時のことなどを思い出す。あるアメリカ人の学生が別の紙巻きたばこを巻いて、僕の左に座っていたトム・バリーに差し出した。「草だよ、君——草」と間延びした答えが返ってきた。「あー、あ、な、何ですか」とか彼は神経質そうに訊いた。「いいや、けっこう」トムは申し出を拒否して言った。そのアメリカ人は彼を子どもでも見るように、保護するかのように見た。ある意味、僕達は子どもだった。少なくとも、アメリカ、音楽、ドラッグの点では。僕達は、自分達は知らないが、僕達を最初の二枚のレコードを通して知っている人々に出会って、ニューヨークでの最初のコンサートで大きな反応を体験していた。

セント・パトリックス・デーのパレードでアーツ・センターのグループと一緒に行進するように招待されたのは、その訪問時だったと思う。それはデリーの「血の日曜日」事件以来初めての五番街パレードだったので、まだ緊迫した雰囲気が続いており、当局はこのパレードが派手な宣伝に利用されるかもしれないと神経を使っていた。我々は五番街の脇道で、大胆に進み出て、他の行進者に合流できる順番を長いこと待たねばならなかった。待っている時、真っ黒に塗った平たい木の板のような、何かわからない物を持ったグループが目に入った。彼らは、奇妙な仕掛けがあちこちにいる世話人や警察の眼に触れないように上手に隠していた。行ってよいという合図に、我々は皆前に波のように進み出た。「さあ、皆、進め」という声が発せられた。すると、彼らは肩に乗せた物を高く掲げた。そうしながら、それを広げて黒い棺桶を形作った。彼らは明らかにそれを行進中運ぶつもりだったのだ。世話人や警察のあのような速やかな対応をいまだ見たことがない。彼らは十秒もたたないうちに我々の中をせかせか動き廻っていた。棺桶は空中に舞い上がって落ち、たくさんの無用なかけらとなって周囲に砕け散った。さらに十秒たつと、――もはや何もなかった――解体業者たちは去り、我々のグループは行列の元の位置に戻った。他に誰も抗議に気づかなかったようだった。確かに、五番街の群衆ではなかった。どちらの側にも抗議は起きなかった。それはあまりにも突然起きたことだったので、僕はそれが現実のことなのかどうか不可思議に思い始めた。しかし、本当のことだった。

一ヶ月後、アイルランドに戻っていた時のこと。四月のあるとても寒い朝五時に電話に出て、再び現実を疑わねばならないことが起きた。電話の主はジャニス・ルールだった。僕達に翌日の夜、再びニューヨークに出て行ってアーツセンターの基金募集係、ベン・ガザッラの贅沢なアパートでの大きなパーティーで演奏してもらわなくてはならない、くり返そう、「ねばならない」と彼女は言うのだった。テッド・ケネディを含めて多くの重要な政治家達や一流の社交界の名士で基金募集係のベッラ――彼女が大きな花の帽子をかぶるのが好きだったのはよく覚えているが、姓は忘れた――の出席が確認されたところのようだった。それで、ニューヨークの最高の人物達からの多額の寄付金が得られて、その晩の財政上の成功は保証済みとのことだった。「ナ・フィリー」を飛行機で呼ぶ費用を払う余裕ができたことも意味していたのだ。謝礼は含まれていなかったけれど。その朝、我が家の寒いホールで震えながら、僕は彼女に、僕達がベン・ガザッラパーティーで三十分演奏するために仕事を投げ出してアメリカに飛んで行けると思っているとしたら彼女は狂っていると伝えた。彼女は僕の返事を求めて、六時間たったら電話し直すと言った。僕は、彼女が望むなら電話をかけてきてもいいと言った。でも、無駄だとも伝えた。

トム、マット、そして僕はその日遅く、そのことで大笑いした。物事が可笑しかった。それにともかく、僕達は二日後にはクロナキルティーでのコンサートで演奏することになっていたのだ。その気違いじみたことについて話せば話すほど、僕達はもう少しで「イエス」と言いそうな気分に流れていった。ジャニスが電話してきた時、それがまさに僕が口に出した言葉だった。そしてショーは旅に出たのだ。エア・リンガスからチケットが獲得できたと電話がかかり、楽器はともかく他にはほとんど何も持たずに機内に送り込まれた。飛行機がケネディ空港の上空を三十分ぐらい旋回する間、僕達三人は次第にいらいらしていった。というのは、ものの数分後には地上で演奏し始めることになっていたのだから。もしパイロットがその時速やかに僕達を降ろしてくれなかったら、方向転換してシャノン（アイルランド中西部の空港）に送り返してくれてもよかっただろう。ニューヨークショーは僕達抜きに終わっていただろうから。トム・キングがセントラルパークを見下ろす会場のアパートまで僕達をびゅーんと送り込むために車のエンジンをかけて待っていてくれた。僕は紹介された人々全部は覚えていないし、何を演奏したかも記憶が定かでない。皆が喜んでいるようだったし、僕達の演奏が何とすばらしいかと言ってはくれたが！

僕達はアイルランドに戻る飛行機に乗る前にしばらく睡眠をとったと思う。が、気づくとクロナキルティのホールにいた。そこでは、ショーン・オ・シェイがアナウンスしていた。「……さあ、はるばるアメリカから今宵、クロナキルティの皆さんの前で演奏するために――『ナ・フィリー』が到着しました」そう、少なくとも、それが偽りのない宣言だったのだ！

イギリスの有名なラフバラ祭（ラフバラはイングランド中部レスターシャーの町）に初めて出演した時、当時の大きな二つのフォーク雑誌『メロディー・メイカー』と『ニューミュージカル・イクスプレス』から熱烈な評価を受けた。『メロディー・メイカー』によると、「『ナ・フィリー』は深い感銘を与えた。」一方、『ニューミュージカル・イクスプレス』のエリック・ウインター・フェスティヴァルのレポートはグループの見事な評価について語り、「ナ・フィリー」は翌年出演契約を決めることができるだろうとも述べた。翌年、『ニューミュージカル・イクスプレス』の新年賞で、「ナ・フィリー」は最高楽器グループ賞を授与した。素晴らしい年月だった。

第三番目のレコード、「ナ・フィリー3」を出す時には、僕達はヨーロッパ旅行に出発していた。ドイツのオスナブルック・フェスティヴァルではプログラムの最初に名が出、ニヨン・フェスティヴァル（スイス）には数回参加した。「プランクスティ」はこの時初舞台を踏んだ。僕達はスイスのレンズバーグ・フェスティヴァルで彼らと会った時、一緒に楽しい一日を過ごした。それは優れたイベントだった。当地のワークショップでパイパーのリアム・オフリンから立派な音楽を聴いたとても暖かい思い出がある。僕達の演奏のすべてはよく晴れた暑い日曜日の午後、レンズバーグ城で行われた。

一九七〇年代の初めのこの時、ファクナ・オケリーが伝統音楽についての総合的な批評を次のように書いた。

……我が国に生まれている唯一、本当に改革的音楽は伝統音楽の分野においてである。真のアイルランド音楽が田舎でのみ聞かれ、チャーリー・マックギーと彼の「ドニゴールの家々」のステージ・アイリッシシズムが実権を握っていた日々は遥か昔のことである。彼らに代わって今、「ザ・チーフテンズ」、「ナ・フィリー」、そして「プランクスティ」のような素晴らしい音をかなでるグループが存在している。彼らは皆、基本的な伝統的センスを維持している。が、七〇年代の自尊心のあるいかなる音楽愛好者ももはや無視できないところまで進歩もしている。

誰かが今後、ようやく伝統的アイルランド音楽の全体史を書くように説得される時には、七〇年代の性急な日々は最も刺激的だったと判断されるのは無理もないだろう。「ザ・チーフテンズ」、「ナ・フィリー」、そして「プランクスティ」のようなバンドが活動していて、誰が非難できるだろう。

僕達はもてはやされすぎている、と僕は思ったものだ。だから、妬む者達が均衡を取り戻すために踏み込んできたのだ。ドルフィンによって出された四番目のレコード「ようこそ」が、RTEの番組「長い調べ」でミホール・オ・ドーナルによってけなされたのだ。彼の非難は、大部分が彼が受け取った欠陥レコードに基づくものだった。番組のプロデューサー、トニー・マクマホーンがしばらく後でそのことについて手紙をくれた。手紙の中では、番組の不道徳な内容を弁明しようとしているように思われた。「長い調べ」の露骨な偏見が出演者自身によるものなのか、プロデューサーによるものなのか、その時、僕には全くはっきりしなかった。ＲＴＥの人々は、新しいグループの船出の前にライバルをやりこめようとする目論見とむしろ関係があるという見解だった。理由が何であろうと、その番組によって、以前には三つの主要なアイルランド音楽グループ、「チーフテンズ」、「ナ・フィリー」、そして「プランクスティ」の間の関係に悪影響を及ぼしたことなどなかった新たな障害が表明されたのだ。三グループはお互いに高い敬意を抱き合っていたのに。アイルランド音楽は誇大宣伝と商業主義の中へと新しい旅を始めていたのだ。

この後、グループは激増していった。「ボシー・バンド」は若い層の好みを捕える刺激的で、とても速いサウンドを生み出した。彼らは多くの初心者たちにとってモデルとなった。僕にとっては、彼らのスターはパディー・キーナンだった。彼のパイプス演奏は見事だったから。僕は今でも彼がかつて一緒に演奏していたグループのレコードでの彼の演奏にひどく驚いたことを覚えている。お陰で、当時執筆中の本、『アイルランドにおける伝統音楽』（出版は一九七八年）のために彼にインタビューしたくなった。一九七〇年代の半ば、オランダでコンサートを行った後、そこのグループ、デ・ナニー（と思うのだが）に会ったことを覚えている。時間が経っているので何年だったかはっきりしなくなっているが。一九七〇年代の後半、僕達はイタリアで何度も愉快なコンサートを行った。そして「クラーナッド」に会えて嬉しかった。彼らはいつも音楽の才能を示していた。当時は後に有名になったほどではなかったが。そのような出会いはいつもありがたかった。でも、期待するほど体験できなくなった。各々のグループがそれ自身のコンサートでプログラムのトップに載る傾向にあったからだ。大きなフェスティヴァルでは別の問題だった。そこでは、多くの一流のグループが参加し、より打ち解けた雰囲気だったから。

僕はいつも、マットやトムからパイプスについてからかわれていた。たいていは気さくなもので、ステージの演出に助けになることだってあった。プログラムについて聴衆に語りかける役割は主に僕が担っていた。仲間達がマイクを通さずにさまざまなコメントを加えてくれたが。とりわけ、あるコメントが僕の心の中にはっきり浮かび上がる。法王の訪問を迎えるゴールウェイのミサで演奏するように頼まれていた時のことである。それは刺激的で興奮させる儀式となった。儀式が終わると、法王が観衆を見渡しながら大舞台の周りを歩いた。彼が通り過ぎる時、僕達はちょうど舞台にいた。僕は熱狂的にパイプスをかざした。すると彼はこちらに視線を向けて微笑み、空中に十字を切ってくれた。「ほら」と僕はトムとマットに言った。「法王は僕のパイプスを祝福してくれたよ」二人は僕ほど感動しなかった。「そんなことをものすごいことに思わせるのは法王の祝福以上に解することになるよ」と彼らは同意し合った。明らかに、僕は自分のパイプス演奏に自惚れる運命にはなかったのだ！

主たる仕事を維持しようとする努力と、それでいてグループの活動にやりがいのある多くの時間をさくことを巡って、事態が少してんやわんやになりつつあった。ロンドンの大レコード会社トランスアトランティックが僕達と新しいLPを出す契約署名をしたところだったので、会社は僕達がマネージャーを持つべきだと熱を入れていた。ロンドンに根拠地を置くアン・デックス・エイジャンシーを推薦してきたのは彼らだった。彼女は彼らのリストに載る多くの他のアーティストに対処していたからだった。僕達は家族連れでワージング（イングランド南部、イギリス海峡に臨む保養地）のスタジオに一週間通い、一つのレコーディングにそれまでの経験以上の時間を費やした。常勤者達がどんなふうに仕事をするか知るのはいかにも楽しいことだった！　アルバートホール・フォークプロムナードコンサートでプログラムのトップに名前が出ることは忘れられない体験だった。そして、ザ・シドマス・フェスティヴァル（シドマスはイングランド南西部、イギリス海峡に面する町）に何度も出場した。ジャスパー・キャロットを含め、アン・デックスの他のアーティスト達とキプロスにコンサート・ツアーに出かけたのはこの頃だった。僕の主な思い出は地中海がいかに暑いか、にもかかわらず、足を海に浸した時、身体に何のショックも受けなかったことだ。それも新しい体験だった！

　最近のトランスアトランティックレコード「ザ・チャンターズ・チューン」は上出来だった。材料においても音の質においても、それまで出したものの中で最高だと僕達は思った。僕は特に声と楽器の見事なまとまり、つまり「ナ・フィリー」が誰よりも見事に成し遂げたといつも思ってきたことに満足した。しかしながら、そのレコードは実際には売れ行きがまともに伸びなかった。十年以上ヨーロッパとアメリカを演奏して廻った後、一九七九年に僕達は遂に幕を閉じる決意をした。僕達は世話役の人々に、もう終わったと知らせる手紙と書類を発送した。あの時以来、僕達は僕達の心を変えさせようとする多くの企てに抵抗しなければならなかった。しかし、僕達は当時のあの名の売れたグループが歩く道を辿るまいと決めていた。彼らはさよならコンサート、次に最終さよならコンサートを行って、結局は最後の、また最後のお別れという道化芝居にたどり着いたのだ！

自分自身にとっては、すべてを振り返ってみると一九七〇年代の前半は見事だったと思う。僕達には当時、無垢さ、依然として新しくて新鮮だった全現象に対する一種の驚嘆の念があったのだと思う。僕達は主として、少なくともある程度満足できるぐらいに創造的であることを許す未踏の道を旅していた。音楽におけるマットとトムとの協力関係に僕は鼓舞されたし、二人から多くを学んだ。僕達の音楽の業績全体に僕が自分なりに貢献したことを疑っていない。三人は歌のエッセンスに対する本能的感覚を持っていたと言わなければならないが、僕の貢献はたぶん、歌うことと調べを演奏することに関わっていたと思う。マットとトムはいつも、僕がダンスミュージックの領域で発揮した以上の貢献をしてくれた。しかし、僕はそこでも理にかなった学び手であったと思いたい。実際、そのことについて思いを馳せるにつけ、学ぶことは我が人生の第一のスキルであり、自分が積み重ねてきた様々な努力の共通の特徴なのだ。

11. 北アイルランド警察庁に出くわす

一九六〇年代にパイプス演奏において激励してもらったり、実際に役に立つ援助を受けたことで、フランシー・マックピーク（一九一七―一九八六）への恩恵に感謝できるのは嬉しい限りである。フランシー自身と彼の父親（一八八五―一九七二）が身につけていた独特のスタイルを思い出す。父のフランシーはゴールウェイ出身の有名な盲目のパイパー、オライリー（Martin O'Reilly 一八二九―一九〇二）に教わっていた。そして蒐集家のフランシス・オニールに言わせれば、彼は一九一二年のダブリンの国民文化大会でのジュニアー・パイプス・コンテストで優勝し、自らパイプスを演奏しながら歌って以来、それがマックピーク家のスタイルの特徴とのことだ。北のパイパーであり、パイプス製作者でもあるオミーリーもまた父親のパイプス演奏に影響を与えた。アメリカ人に「バックスティッチング（返し縫い）」と呼ばれる、曲を飾る込み入った一家の様式は僕がフランシーから習ったものだ。殊に、今語っているフランシー父子の両方ともこの世にいないので、そのことを感謝できることに喜びを感じている。

父のフランシーが亡くなった後もなお、僕は時々息子のフランシー・マックピークを訪ねた。一九六八年に、フランシーとのパイプスセッションのためにベルファストに旅した時のことである。RUC（北アイルランド警察庁）と衝突事件を起こし、裁判沙汰にもなり、しばらく投獄されてしまったのだ。今から説明しよう。

僕はその日曜日の午後、フランシー・マックピークとのセッションを楽しみにしていた。ベルファストに滞在中は母親を訪ねていた。そして、練習用パイプスセットをコークから持ってきていた。太陽が輝いていたので、アントリム道路を渡ってザ・フォールズ（道路の名前）を上がっていくことに決めた。わずか数ヤード行ったばかりの時、左側の広場からボールが転がり出てくるのが見えた。広場ではグループがフットボールをしていた。一人の若者がそのボールを取りに走り出て来た。ちょうどその時、RUCのオートバイがフォールズを走って来て止まり、その若者を捕まえたのだ。僕はまだ、このすべてのことがあっという間に起きている場所に到達していなかった。しかし、その出来事を自分の真正面ではっきり見ることができた。ちょうどその時、ＲＵＣの車がやって来て止まった。ＲＵＣのバイクの運転手が若者を捕まえたまま彼らに話しかけた。車はその場を移動して、すぐそこの所を曲がって脇道に寄った。

驚いたことに、バイクの運転手がその時、若者をアームロックした。同時に車が猛スピードでバックするかん高い音が聞こえた。脇道から出てきてバイクの男の傍で止まったのは警察の車だった。一人の警察官が飛び出てきて、後ろのドアを開け、若者を中に押し込んだ。その時、別の男がゲームをやっていた広場から道路に走って出て来た。そして警察に抗議し始めた。それはたぶん若者の父親だろうと僕は思ったが、後でそうだと確認された。他にも何人かの人々が広場から出てきて、警察の車の近くに集まっていた。僕は現場にたどり着くと、警察の車の運転手に話しかけて、車の中の二人をどこに連れていくのかと訊いた。「ヘイスティングズ通り」が返事だった。後で知ったが、それは嘘だった。僕は運転手に、ことの顚末を目撃していたので説明したいと言った。車は今にも発車しようとしていた。そして実際に動き始めた時に、一人の婦人が何か言いながらトランクの上部を手でたたいた。彼女が何を言っているのか僕には聞こえなかったが、推測するにＲＵＣにはあまり好意的な言葉ではないと思った。もちろん、今日なら、ＲＵＣはそのような些細なことなど気にもとめないだろう。しかし、当時は違っていた。ＲＵＣはザ・フォールズから出て来た者にそのように身勝手な扱いを受けることに慣れていなかった。彼らはこういう場合にそれを受け入れる用意ができていなかった。

車はすぐに止まった。そして助手席にいた警官が出てきて群衆を怒って睨みつけた。「誰がやった?」と彼は訊いた。バイクの警官が群衆の後ろにいる男を指差して「あの男だ」と言った。その言葉に反応して、質問した警官が、車から数ヤード離れた所にいて、おそらく車をごつんとやることなどできそうもない男の方に歩いて行った。僕は腹を立てて運転手と会話を始め、ことはすべてRUCのバイク運転手のせいで始まったようだと指摘した。運転手はとても愛想の良い男で、僕と話すのを面倒がらなかった。もちろん、事件に関する僕の説明に同意はしなかったけれど。

他の警官が大股で戻って来て、「公務執行妨害で逮捕する」と僕の腕を掴んで言った。そして、車の後部座席に他の者と一緒に僕を押し込んで走り去った。

もちろん、僕は自分が巻き込まれた新しい事態に驚いた。しかし、実際に起きたことを話すチャンスが得られるだろうと満足した。我々はヘイスティングズ通りではなく、別のシティーセンターにある兵舎に連れて行かれた。その名前は忘れてしまった。我々は中に入って机のところに連れて行かれ、名前、住所、職業、その他にも細かいことが記録された。僕は公務執行妨害で訴えられて驚き、さらに生まれて初めて独房に閉じ込められた時にはますます腹が立ってきた。

しばらくたつと、おそらく三十分後に、バイクの警官が独房のドアにはまっている格子窓口のところにやって来て、覗き込んで言った。「お前を、平和を乱したかどでも拘留してるんだ」この時は、――それは一九六八年に起きたが――彼の言葉そのものがあまり確かではないが、それに、僕は法律を十分知らなかったので、告訴するのに本人からの何らかの形式の承認が必要なのかどうか知らなかった。それで僕は何も言わないことに決めた。が、彼を睨んでやった。すると彼は去って行った。

やがて、巡査部長が覗いて、家に電話をかけたいかどうか訊いた。翌朝の出廷を未決定のままにして、保釈金が受け取れるからというわけだ。母は品行方正な息子がRUCに捕まっていると考えるだけで取り乱すだろうから、彼女に電話をかけるなんてできないことはわかっていた。だからジェイムズ・マックピークと連絡を取ろうとした。彼は当時、タクシーの運転手をしていて、町の中心地の鉄道駅を根拠地にして働いていた。この時彼はそこにいなかった。でも、僕が知っている彼の同僚が力になれるかどうか確かめに出向こうと申し出てくれた。彼は二十五ポンドで保釈できると言い渡された。この額は当時では少額ではなかった。その時、僕は小切手帳をポケットに持っていた。最後の小切手だった。何か具合の悪いことが起きて、彼が保釈金を払わねばならない場合に備えて、僕は二十五ポンド小切手を作成して彼に渡した。巡査部長はとても親切で、翌朝の尋問の前に事務弁護士と連絡を取ることを勧めてくれた。

当時知っていた唯一の事務弁護士はシェーマス・ネーピアだったので、彼に連絡をした。彼は用があって町から出るので自分は役に立てないと言ったが、彼の兄（弟）のオリヴァー・ネーピアと連絡を取れるようにしてくれた。彼は何年か後に北アイルランド連合党のリーダーとして有名になった人物である。翌日、僕は出廷した。すると僕の事務弁護士に、裁判を延期させるように努力してみようと告げられた。理由は、彼の意見では、その日、我々がその法廷にいた特別裁判官からは僕がRUCに勝つ判決を得られる見込みがないというのだった。

オリヴァーが言うには、裁判では、僕の大学の講師としての地位のために、僕が訴訟の準備をきちんとすることは極めて重要なことなのだった。そして彼の申し立てに基づいて、少なくとも二、三週間、たぶん一ヶ月もの延期が認められた。これはザ・フォールズの男と彼の息子に対する訴訟でも適用された。

僕は後に新聞記者たちからインタビューされた。新聞に翌日何と書かれようと、ただ僕が突然自分を見失っていたのではないと知らせるために、UCCと接触していた方がよいということをそこで知ったのだった！　僕はコークにいるヘレンと連絡を取っていた。ヘレンは後になって、当時UCCの副学長だったシェーマス・クウィーバナフに話していたことを教えてくれた。彼女は大学の態度について心配していると何か言ったに違いない。シェーマスは彼女に言ったそうだ。「何人かのトマースの同僚は心配どころか、もし自分達が彼と同じ状況に置かれたなら、メダルを楽しみにするだろう！」と。当時、僕の研究生にジョー・キングという良き擁護者がいた。彼は、新聞記事を見て、僕がベルファストで自分に関わりのないことに巻き込まれるより自分自身のことに気を遣う方がましだったろうと暗に言うある大学のスタッフに適切な叱責をしてくれたとのことだ。

裁判にそれほど悩まされるとは予想していなかった。が、実際にはそうだった。これは裁判が再び開かれるまでの待ち時間が長いことにより関係があったとのだ思う。第二回目の出廷の前日、僕は母親にさえちょっと苛立っていた。その時、僕は母に、ザ・フォールズであの日曜日に起きたことについてRUCが嘘を言うのを聞きに法廷に入ることに気をもんでいること、そして、一九六九年より前のあの時代のことだから、自分が何もしていないのに有罪になるのはほぼ避けられないだろうと説明する必要を感じていた。何よりも一番に思ったことは、人の弁護に巻き込まれただけで、僕は生まれてこの方、利己的なことは何もしていないということだった。最近、デリーの従兄弟、ハリー・コイルに、僕が当時、処罰が下るのを見て、もし必要なら我が家を抵当に入れると言ったことを覚えていると言われて驚いた。その異常な会話中に妻のヘレンがいなかったのは救いだ！

オリヴァー・ネーピアは二回目の尋問にＱＣ（勅選弁護士）トゥールロフ・オドンネルを巻き込むことに決めた。彼は北アイルランドの法廷では評判の高いバリスター（法廷で弁護をする資格がある弁護士）で、数年以内に裁判長になる人物だった。僕の弁護に勅選弁護士を活用することには、我々がいかにことの全体を重く考えているかを裁判所に示す意図があった。また、ザ・フォールズの男もいたが、彼にはソリシター（バリスターと訴訟依頼人との仲に立って法律事務を取り扱う弁護士）がついていた。ＲＵＣが最初に主張を述べた。彼らの陳述に耳を傾けると、ちょっとばかり腹が立つどころではなかった。彼らは、僕に悪意はなかったかもしれないが、僕が急場で役立たずの善意の社会改良家であるかのように仄めかし続けた。僕は、召還された時に、ことのすべてを話す機会があることを自認することで自らを慰めた。トゥールロフ・オドンネルが警察に対する反対尋問をしていくつかの価値のある考えを述べた。次に、大変ぎょっとしたことに、オドンネルは僕を証人召還しないと言ったのだ！　僕はすばやくメモを書いてオリヴァー・ネーピアに回した。彼はザ・フォールズの男のソリシターの横に座っていた。「彼に僕を召還させて」と僕は伝えた。オリヴァーは首を振った。でも、一方のソリシターが僕のメモに「僕が君を召還します」とだけ返事を書いてくれた。僕は自分がたぶん彼の花形証人なのだろうということを忘れていたのだ。

ちょうどその時、裁判官が両者に審議のために彼の部屋に来るようにと要請した。両方の法律チームが、残された我々が待っている間にどんな陰謀をもくろんでいるのだろうかと怪しんでちょっと不愉快な気分になっていた、と白状すると恥ずかしくなる。僕の厄介な猜疑心はカトリックならではのRUCに対する体験や法律のシステム全体のせいだった。実際には、それは根拠のないことだった。裁判が再開されると、裁判官が僕に対する告訴をすべて却下すると宣言した。何と安堵したことか！　後になって初めて聞いたのだが、裁判官はRUCに告訴を取り下げるように要請したのに、彼らは拒絶したのだそうだ。きっと違った種類の法律闘争を免れないことになるだろうと危惧したのだろう。

満員の法廷には、母親を含めて僕達の家族が全部揃っていた。もちろん、友人の故フランシー・マックピークもいた。僕は彼のところにあの運命の日にパイプスのセッションをしに行くところだったのだ。フランシーは僕が勝つことを熱望していた。それは僕自身のためだけではなく、注目すべきことだが、周囲の人々が過去にRUCの手にかかって苦しめられてきた多くの不正義と彼が見なしたことの埋め合わせをするためでもあった。僕はその目的を達する手段になることができたのだ。彼は僕の母や姉妹のそばにいた。彼が裁判官の陳述に大喜びしたのは明らかに彼らに向けてのことだった。

次にザ・フォールズの男性を相手に裁判が始まり、彼のソリシターが警察に反対尋問をした。やがて僕が召還されて、起きたことを述べるように依頼された。僕は様々な質問に答えながらそうした。他のことも含めて、バイクの警官がどうやってその男性をアームロックしたかを陳述した。その時、裁判官が言葉を差し挟んだ。「あなたは突然そこに居合わせた時に、状況について完全に間違った印象を受ける可能性があることに気づいていますか」僕は、その通りだと言った。すると裁判官はこう続けた。「次の質問に答える前に慎重に考えていただきたい。警察官がその青年をアームロックしたのは確かですか」僕は、しっかり考えるようにという裁判官の指示を存分に受け入れているると彼にわからせるために、しばらく時間をおいた。

僕は知りようもないので、後で聞いたことなのだが、フランシー・マックピークは僕の母親のそばに座っていて、僕の沈黙がとても心配になったそうだ。きっと、彼は突然、過去が消えることに対する復讐に希望をかける気になったのだろう。母は彼が息をひそめて僕に熱心に促しているのを聞いた。「君は彼を見たのだ、トム。彼を、畜生、見たと言うのだ!」と。彼は、僕が裁判所に既に述べた通りに確かに見ましたと言うのを聞いてほっとした。それが転換点のようだった。裁判官はザ・フォールズの青年に対する告訴も却下すると宣言した。

裁判所の外で一人の女性が僕のところにやって来て、神からの最高の祝福の言葉をかけてくれた。彼女はザ・フォールズの男性の妻だった。彼は僕の証言に基づいて嫌疑を晴らされた。さもなければ、彼には犯罪歴があったので事態はとても悪いことになっていただろう。僕は訴訟の後、何人かの記者からインタビューを受けた。その一人がこんな興味深い質問をした。「もしザ・フォールズを歩いていてまた同じことが起きたら、今回こうむった災難を考慮しても再び同じことをしますか」と。僕はその記者に、本当のところはわからないが、もし同じことをしなかったら自分を恥ずかしく思うだろう、と答えた。そのことが翌日の『デイリー・プレス』に大きな見出しとして取り上げられた。その夕刊版の『ベルファスト・テリグラフ』には、「大学教師　告訴却下される」という大見出しが載った。裁判の後、僕はロイアル・アヴェニューを歩いていて、ベルファストを我がもののように感じた。それほど僕は結果に意気揚々とし、ほっとしていた。しかし、そのすべてはRUCの絶頂期に起きたことだった。形勢は間もなく変わっていくのだった。

一九六八年のその夏の初め、北アイルランドで、「オニールは去れ」（Terence M. O'Neil 一九一四―一九九〇、一九六三―六九北アイルランド首相。分断社会の融和に努力）キャンペーンがペイズリー（Ian Paisley 一九二六―二〇一四、プロスタント系過激派の指導者）とその支持者に強く押されて情勢がきわめて激化しつつあった時、ヘレンと僕はバンファイアの夜――北では七月十二日の前夜―サンディ―・ロウを歩いた。それぞれの通りの外れでは古い家具や燃える物は何でも持ちこまれて火が勢いよく燃え、雰囲気は緊迫していた。重い物がくべられる時は、それらには、法王に関する明らかに真剣で強力な願いが伴っていた。貧者のためではなかった！　バンがやって来て、人々がイアン・ペイズリーの新聞（『ザ・プロテスタント・テリグラフ』と呼ばれていたと思う）を売り始めた時には、事態はすでに小さな分派以上の状態になっていた。その新聞は当時、「イエズス会士」という題名の過激な反カトリック物語を連載中だった。

翌日、僕は映画撮影用カメラを携え、良い写真が撮れるのを期待して、「ザ・フィールド」までオレンジパレード（一六九〇年、ボイン川の戦いでオレンジ公ウィリアムがキング・ジェームズⅡに勝利したことに由来して毎年七月十二日に行われる）について行った。スピーチが行われる、周囲から遮断された一角があった。僕はそこに行って、針金が張ってある外側に立った。そしてかなり挑発的で感情のほとばしった演説を聴いていた。一つはカーク氏によるものだった。彼は覚えている限りでは、テレンス・オニール政府の教育大臣だった。彼の支持者たちがかなり頻繁に拍手をした。一方、「オニールは去れ」と叫ぶ者達もいた。僕はかなり人目を引く状況にあって、聞いていることに拍手する気になれなかったので、映画撮影用カメラを目の位置まで持ち上げて拍手のタイミングの度に写真を撮っているふりをした。僕は目をつけられていたに違いない。後ろにいる男が叫んだ。「我々の中で喧嘩しているべきではない。フィニアンズ（アイルランド民族主義の支持者。カトリックに対する蔑称として用いられることもある）こそやっかい者だ」。こう言うと、彼は後ろから両手を僕に回して針金のフェンスに押しつけ、僕を動けないようにした。「お前は仲間じゃないな」と僕の耳に向かって叫んだ。

誰の人生でも、脅しに揺るがず堂々と意見を表明すべき時がある。その時人は自分が信じることを認める覚悟ができていなければならない。明らかにこの時がその瞬間だった。自分の祖先について、祖先の信条についての思い、そしてその他そのような崇高な概念が頭の中をぐるぐる回った。僕はあまり説得力のなさそうな少し掠れた声で、自分の立ち位置を明瞭に宣言した。「ノー」と僕はしわがれ声で言った。すると彼は僕を放した。その後はそう長くはうろつかなかった！

12. 人生のための詩

僕はこれまでに多くの詩を書いてきたが、自分を詩人と呼ぼうとはしなかった。詩に対する興味がいつ始まったのか、特定の時を思い出せない。なぜなら、詩はいつもその辺にあったし、詩のない人生が想像できないから。以前、このことについて書こうとしたことはない。しかし、詩への関心は息をすることとほぼ同様に自然なことで、何の説明も正当化の根拠も不必要な気がする。詩を書く能力とも関係はない。詩人であることは、言葉を糸でつむぐ器用さより、人生への精神的アプローチに関係があると強く考えるからだ。

初めて詩の解釈のようなものに出合ったのは、デリーでのセント・コルンバズ・カレッジでのことだった。僕達の英語の教師はフランク・マコーリー先生だった。彼は『デリー・ジャーナル』という地方紙に定期的に書いていたので、僕達にとっては本物の作家に思えた。彼は、公的な試験の準備として詩人とその詩についての講義を僕達に骨折って口述筆記させることの意義を確信していた。僕達はマコーリー先生の授業を筆記し、暗記しなくてはならなかった。セント・コルンバズの多くのクラスメートと同様、僕もいつも記憶力が良かった。今でも、以前のクラスメート、ショーン・マクマホンやレイモン・オ・ギャルホーに会うと、一つの言葉をきっかけにしてフランク・マコーリーの一対の詩のノートを解き放つことができるのだ。例えば、フレッカーという名前が挙がると、次のように言葉が途切れるまで無誘導飛行の中に突入していくのだ。「ジェームズ・エルロイ・フレッカー（James Elroy Flecker 一八八四―一九一五）はイギリスの最も前途有望な現代詩人の一人だった。それほど若くして死ななかったなら。彼はスミルナ（トルコ西部、エーゲ海に臨む「イズミル」の旧名）の英国領事館で働いた……」などと。学校には、この方法を軽蔑して、詩に対する、おそらくもっと文学的アプローチをとる別の英語の教師がいた。僕はフランク・マコーリーを弁護して、彼の方法は人の注意力をその詩人に集中させてくれたと言わなくてはならない。中には、生徒に覚えさせて、翌日の授業で暗記させるための詩の個々のスタンザに対するマコーリー先生のやや独断的な解釈に対して中傷する人々もいた。しかし、彼はその後の人生の参考になる固有の規範を持った学生を何世代にもわたって養成した。何百人、いや、おそらく何千という教え子たちがその証言者である。フランク・マコーリーのやり方は公的試験の狭い分野で効果的だったし、成功が立証済みであった。しかし、それにとどまらず、もっとずっと大きな意味を持っていた——それが彼の業績であり、値打ちのあるものだったのだ。

僕の最初のいくつかの詩はアイルランド語によるもので、三十歳になるまでは文字にしなかった。最初の詩は生まれたばかりの、驚くべき子ども、ヌアラへの思いを表現したものだった。彼女が這い始めた頃のことだった。僕は、周囲のすべての父親のように、その時期が何と素敵なのかという思いを抱いた。そして彼女の這う動作が、僕達に祝福されながら、僕達から離れて自らの未来へと進んでいく最初の歩みだと理解できた。二番目の詩はエチオピアでの最初の大飢饉、そして飢えによるすさまじい苦痛は別にして、あらゆるまっとうな思考を知力から追いやってしまう大惨事の恐ろしさに対して感じたものだった。

飢饉

笑う喜びも
賢いおしゃべりも
見られない

飢饉の時には。
ただ飢えの苦しみだけ
それは知性を失わせる。

骨を覆う
ぴんと張った皮膚
与えるものが何もない
乳の出ない乳房。
命の終わりがもたらされる、
泣き叫ぶ子どもに。

死者達は嘆き悲しまれることはない
嘆く理由などない
苦しみが解かれるのを。
飢餓が苦しみを増す
心を怒りっぽくするから
それが終わるまで。

嘆く理由などない
すばやく飛ぶ雲雀を。
雲雀は目指す
太陽を。
歌いながら
自由の歌を。

偉大なる神よ
あなたは冗談を言っていたのですか。
あなたが定めた時
腫れあがったお腹は
やせ衰えた亡骸の上に
刻まれる飢餓の印だと。
何と哀れな取引だこと
一つの命に
一塊りのパンとは。
かつてはあんなに価値があったのに、
十字架上の死

僕が本当の詩と呼んでもいいもの――それが何であろうと――を作り始めた時、ブリッド・クロッティとパット・クロッティの友人であったのは幸運だった。「本当の詩」とは、そのメッセージと同様に、その言語のお陰で一般的な読者が惹かれる詩のことである。文字通り写真家の前でポーズを取ったり、バレーダンサーがつま先旋回することを意味していない。それは言うべきことがなくて、大変美しく飾りたてる乱筆家達が自己満足するサークルではしばしば詩として通用するのだ！ブリッドもパットもウェールズで仕事に就く前、コークで教師をしていた。そしてパットはその後、『現代アイルランド詩　アンソロジー』の編集長をしていた。パット・クロッティーは詩や言い回しの正しさについて優れた鑑識眼を有していた。そして詩的構成の弱点を指摘する際、直感的、かつ確かな腕前を持っていた。何よりも、詩行が思考を表現するのにより有効な表現手段になるまで取り組むことの重要さを彼から学んだ。パットならそのようには言わないだろう。しかし、それが彼のアプローチに対する僕の解釈だ。彼なら詩を書き直さないで、どこで手を加えられるかについてかなり明確な考えを伝えるだろう。最初、僕はパットの考えに必ずしも賛成できなかった。しかし、僕が要求された仕事をした時には、いつも彼がやはり正しいことに気づいた。

　パットの奥さんブリッドには、僕が数年前に出版した自伝的小説『故郷デリー』を書いている時、大変お世話になった。彼女の散文を評価する才覚は、まさに詩における彼女の夫のそれと同様に確かだった。僕はよく、ダブリンから家に帰る途中、ハケッツ・テラスの彼らの家に立ち寄ったものだ。コーク―ダブリン間の列車に乗ると、必ずある種の詩を書きたくなった。ただし、お喋りしたがる人懐っこい人々に出会わずにすむ限りではだったが！　そういう人々を「約束の敵」（「有望な将来を邪魔する者」の意）の部類に置いた人（『約束の敵』の著者シリル・コノリー Cyril Connolly 一九〇三―一九七四、イギリスの批評家・小説家）はそれほど間違っているわけではなかった。ロンドン行きの飛行機はかつては親切で、着陸の許可を待って長時間町の上空を旋回する時、一遍の詩を書かせてくれた。機体が傾いて方向転換するたびに、テムズ河が片方に上昇し、あるイメージを提供してくれたのだ。僕はそれをすかさず詩に表現した。当時、僕は公共交通機関の寛大さを詩で表現した。しかし、アイルランド語で「ジミー・シン・アガース・ハニック・ショー」と言うように、物事はすべて時とともに変化する。外務省の文化関係委員会の会議に列車で出かけた当時を思い出すと、ある夕方、帰りの旅の道中で偶然にできた詩がある。

列車から見る風景

マローでは、ブラックウォーター川が飲み込んでしまっている
チャールビルから僕達について来たイグサの野を
――そこでは牛たちがピチャピチャ音をたてて歩いていた
そして白い花で縁どられた野の中を流れる鱒で膨れあがった小川を
――汚れなきイバラがぎょっとしていた

サフラン色のハリエニシダのちくちくする強い痛みに。

空中には、投げ矢のように飛びかう一群れのツバメが
旋回し、速度を落とし、ギアをチェンジし、急降下する。
そこでは、一対のサラブレッドがイグサのない野で草を食んでいたが、
急にふざけて通過する列車と競争し始める。

のんきな雌牛たちが草を食む、
壊れた車が捨てられたカラフルな干し草積み場で。
テレビのアンテナが空にそびえる
雪の降る信号をキャッチするために、緑多き野から。

身動きせずに、黒い土壁の囲いの中で
老木たちが会議を開いてぶつぶつ言い合っている。

詩は、口で話すべきであっても、実際にはそうしない事柄を表現させてくれる。その理由はいろいろあるのだが、概して自分自身のバックグラウンドや一般に認められているしきたりと関わりがある。散文を書く時には、僕は大抵、事実またはそれらに直接関係がある意見を扱っている。しか

し、詩は自分自身の中により深く入りこんでいくことを要求する。それについてそれほど凝ることを望まなければ、僕は詩を普通の言語より高いレベルにあること、そして普通の書き物がその題材を提供する表面的な扱い方より深く入るものと見る。それは書く人なら誰でも経験する共通のことである。それは書き言葉が引き受け、どういうわけか書く人から独立した勢いやエネルギーを生じさせる。それは確かに、たまたま僕に起きることだ。そして結果はしばしば驚くことに、その時まで表現されずにきていた自分自身の本当の感情を新たに理解することになるのだ。僕は確かに、詩を書くことを自己探検であると見なす人々とお付き合いをした。間違いなく、それはある意味で治癒力がある。しかし、セラピストを訪れる代わりに詩を書く人々——詩のクラブにはそういう人もいるが——は、詩そのものを目的として詩を書くという重要な点を見落としている。彼らはそのことに気づいて初めて、心の奥の扉を開ける黄金の鍵を手にするだろう。

一九七三年、ロッテルダムでの詩の国際大会で、かなり多くの優秀な詩人に出会った。その時、僕はアイルランド代表団と共にパイパーとして出席を要請された。その年はケルトの詩に力点が置かれていたからだ。そこにはヒュー・マクダーミッドがスコットランドから来ていた。そしてアメリカからアラン・ギンズバーグ。他に有名なアメリカ人ロバート・ローウェルもいた。アイルランドのグループには、ジョン・モンタギューとミハー・オ・フナカイン、そしてパイパーの僕自身が含まれていた。ケルティック・ワークショップでは、スコットランドとフリースランド（オランダ最北部の州）のグループとゆるやかに協力し合った。ヘレンと僕はスウェーデンの詩人、アイヴァン・マリノフスキーと彼の妻ルースととても親しくなった。二人はその後アイルランドの僕達を訪れて、コークに数日滞在した。長年にわたって、アイヴァンは様々な詩集を出版するたびに送ってくれたものだ。しかし、もうそんなことはない。彼は数年前に亡くなってしまったのだ。偉大な優しい詩人が逝ってしまった、という不運なニュースをルースから受け取って悲しかった。彼はその年、ロッテルダムで会った数少ない「本物の」人々の一人だった。他の大変多くの人々は自らを派手に表に出す人達だった！

ギュンター・グラスの講義に皆が出席したが、ほとんどの者が理解できなかった。彼の演劇の一つがディ・ドリーという巨大な劇場で超モダンなセットで演じられた。大部分のフェスティヴァルの行事がそこで行われた。他に、ロッテルダムの詩の国際大会についての僕の低レベルの思い出の中に、シティーセンターのレストランで皆に提供された二十種類ものコース料理からなる大規模なインドネシア料理がある。ロッテルダムでは文化の享受を十分受けた。しかし、食べ物も申し分なかった、と強調しておこう！

数年前にアイルランド語の詩に関して、もう一つ別の小さな試みをした。コーク州のクーレイで年の初めに行われる「コート・オブ・ポエトリ」、すなわち「コールト・クーレイ」に出席したのだが、それはムスケリーの中心地で開かれるので、アイルランド語で「バウソーア・ムスケリー」と呼ばれる。毎年、違ったテーマが設定され、詩人は見聞の広い聴衆を前にしてそれに詩的に応えなくてはならない。多くの詩人が終生、毎年一月にここに出席し続けているのだ。

ヘレンと僕は一九八七年に、時折の詩集を出版する小さな会社を設立した。僕の最初の詩集は「ミーロス」という題名だった。その名は、メロディーという語を意味するギリシャ語の語源だったから相応《ふさわ》しく思われた。ジェラルド・ゴールドバーブがコークのキャリーズ通りにあるコリンズ書店で売り出した。かなり速く売り切れた。僕はこの詩集の中で、家族の詩と呼べるものを音楽についての詩、そして北アイルランドを横からちらっと見たものとさえ結合させようとした。というのも、僕は北を南から見ていたから。悪くない詩もあった。しかし、中には以前話した乱筆家のスタイルに変化し始めたものもあった。つまり、あまり言うことがないために美しく飾りたてる傾向に。僕は初期に書いたいくつかの詩について、「田舎者」の時期と呼んでもいいものから考え始めた。すなわち、メッセージそのものが実際に自分がきちんとさせたいものであった時のものだ。そのような詩は「ミーロス」には入れていなかった。この詩集はもうちょっと格調の高さを狙っていると僕は思ったから。その一つの詩、祖父のことを歌ったものを思い出す。それは今まで何処にも引用したことがないが、おそらく多くのことを語りながらもより単純な詩になっている。

フランシー

フランシー、あなたの音楽は消えてしまった、カーナンバンから。
畑は今も作物を実らせ、木々は成長しているのに。
あんな時があったなんて、あなたが今、思うことはほとんどないだろう、
皆があなたのフィドルが歌うのを聞きに集まった時のことを。

でも、あの素敵な歌は久しく歌われ続けている

そしてあなたの息子パトリック、彼もあなたの歌を歌った
そのパトリックも連れ去られてしまった。彼のフィドルももうない
そしてカーナンバンでは鳥がカーカーと鳴く。

あなたと共に若かったあの木々は高く伸びている
そしてこの三世代が逝ってしまうのを見守ってきた。
キリストよ、木がそこに留まっていられるというのは正しいのですか
フランシーと彼の音楽が吹き飛ばされても。

でもどんな木もフランシー・マーフィー、あなたに打ち勝ちはしないだろう、
あなたの歌の種子は僕の口の中に飛ばされているのだから
そしてあなたは歌う声も指の幅も僕に劣ることはないだろう
カーナンバンでこだまに花を咲かせるために。

13. ショーン・オ・リアダ

初めてショーン・オ・リアダに会った時、僕はテレビ番組での彼の歌い方は調子がずれていたと厚かましくも言った。それはしばらく前に放映されたものだった。一九六三年のことで、ショーン

はＵＣＣのスタッフに仲間入りしたばかりだった。僕は他の何人かと一緒に学生レストランでのある大きな行事で彼に紹介されたのだった。僕達は皆立ち話しをした。でもショーンは、すぐに自分の歌い方についての僕の指摘に反論してきた。彼は、自分が歌手だとは思っていないので、上手には聞こえなかったかもしれないが、歌の調子ははずれていなかったと言うのだった。僕はその後の八年間彼との友情を大事にすることになったのに、その出会いは必ずしもさい先の良いものではなかったわけだ。彼は素朴で礼儀正しく、自信家かと思えば全くそうでもない、でもいつも人を惹きつける人物で、それまで出会ったことのない無類の天才だった。

家族で一度、日曜日の午後のお茶に招かれてクーリー（コーク州の中西部寄りにある町でゲールタハト）のショーンを訪ねたことを覚えている。それは初めての訪問だったが、ショーンはセッションをやろうと、僕にアコーディオンを持って来るようにと提案した。僕達が演奏した曲の一つはドニゴールのリールの北アイルランド版だった。彼はフィドルを演奏した。そんなことは何も驚くべきことではない、と言われるかもしれない。でも、ショーンのアンチ・アコーディオンの見解は、彼のラジオ番組「我が音楽の遺産」以来、有名だったのだ。僕がその見解のことで彼を咎めると、彼は笑ってこう言った。「強調するには、時にはおおげさに言わなくてはならないんだよ」と。それは彼が議論するのにしばしば使うテクニックだったのだ。彼は誇張することを信条としていた。彼は後になってから自分の見解をもっと詳しく明らかにするのだが、その時には、対抗者はすでに完璧に打ち負かされていた！

彼は自分の最初のミサ曲をとても自慢しており、その一部「我らが父」をクリスマスカードとして上品な手書きで何人かに送った。後ほど、それが出版される直前に、彼はそのミサ典書のカバーを見せて、その優れたデザインについて詳しく話してくれた。彼はクーリー聖歌隊のために少しばかり何か特別なことをしているのをいつも意識していた。その聖歌隊は彼の家で行われたセッションから始まったもので、地元のストーリー・テラー、タイグ・オ・ムイランが司会をしていた。ショーンは神父ドナハ・オ・クロクァに、自分の家で練習を兼ねて歌っている若者達が教会で歌えるように提案した。彼らは聖別式から始めることに決め、「ああ、犠牲者を救おう」、「これゆえに我らは大いなる秘蹟をあがむ」、そして「三聖母の嘆き」を歌えるようになった。彼らのレパートリーは次第に広がり、ショーンが彼らのために作曲した「私の神は私の愛」や、新しい「我らが父」まで歌うようになった。ショーンは、彼らが歌う歌の正確な意味を学ぶことに厳格だった。聖別式賛美歌用に巧みにネイティヴに翻訳することを彼ら自身の間で競争させた。この最初のミサ曲用の音楽は確実に地方の伝統に基づいていた。そしてこのことは「日曜の王」と「私の心を照らせ」のセットに最も明確に感じられた。この最後の曲はマート・シェイから集められた伝統的な歌の旋律に合わせられた。しかしクーリーでは、この新しい、現地の言葉で歌うことを許可する「第二ヴァチカン《ヴァチカントゥー》」は少しばかり極端すぎると感じる教区民もおり、ミサで歌うことは一般的には受け入れられなかった。それればかりか、それは彼らのロザリオの祈りの妨げになったのだ！

一九六八年に、僕は音楽の学士号を取ることに決めた。アイリッシュ・ミュージック、キーボードハーモニー、そして歴史の講師としてショーンが来てくれていた。彼はアイルランド音楽では僕達の精神を鼓舞してくれ、鍵盤の授業では想像し得る限りの鋭敏な耳の力を発揮した。しかし音楽史では、驚くような独断主義の傾向があった。彼に言わせれば、モーツァルトは素晴らしく、ベートーヴェンは悪く、バッハは美しく、ヘンデルはひどかった。イギリス人の通勤試験官が、彼はジョージ・フレデリック・ヘンデルの権威者だったが、ショーンの何人かの学生が彼の愛する作曲家について思うことを書いた文章を読んだ時、怒りで卒倒しそうだった！

　ショーン・オ・リアダはショーン・ニースンの退職後、音楽学部のスタッフの一員になっていた。オ・リアダはアイルランド音楽と西洋音楽史の両方の講義をした。彼は優秀で、学生の意欲を奮い立たせる教師だと僕は思った。彼の見解が誰とも共感し合えるわけではないことがわかっていたけれども。確かに、僕達のクラスはいつもショーンとの大変良好な関係を楽しんだし、彼の授業を楽しみにした。後のフレイシュマン教授との議論から、そのようなことは必ずしも評価されるべきことではないこと、以前、彼が講座に関わることに不満があったこと——彼とフレイシュマン教授との間に大きな対立がおきて、ショーンが退くように脅されるまでに——を知った。

　ショーンは鍵盤技能における指導者だった。彼の指示に従って各々が順番にピアノで転調をしてみせた。僕達は皆、彼の音楽的聴力の鋭敏さに深く感じ入っていた。どんなに多くの音符を和音にしようとも、離れた所からでも、どの音符が聞こえないか、どの指で弾いているかをすぐに言い当てることができたのだ！　キーボードを演奏する時の主な秘訣は連続する並行5度とオクターヴを避けることとだった。僕はすぐに、ほぼ確実にそのようにできる方法を発見した。それで試験に大いに役だった。が、僕の音楽教育には何もならなかった。テストのもう一つは、ショーンが和音をピアノで弾いた時に、それとその転回を聴きわけることだった。これは、彼が正式の口頭テストでは僕達の味方であると感じていたので少し簡単だった。

ショーンは技巧的な物にかなり関心を持っていた。とりわけ、凝った仕掛けがしてあれば。ぼくは当時、電気メトロノーム用のトランジスター回路――音楽作品に要求されているテンポをカチカチと音を鳴らして教える小さな装置――に夢中になったことを覚えている。音楽店の在庫品の中で一般的な品物になる随分前のことだった。僕は、それ自身のバッテリーとスピーカーをつけてマッチ箱の中に収まる物を作り、ショーンに見せた。彼はポケットの中に入る物なら何でも満足したので、僕は自分のものを彼にあげて、もう一つ作った。

この時期、僕はもちろん、電気工学部でフルタイムで講義をし、研究をしていた。同学部の我が教授チャーリー・ディロンはいつも僕の他の活動に好意的だった。音楽部の講義は、フレイシュマン教授が音楽学士課程に招いていた多くの教師の都合に合わせるために夕方遅くか、土曜日の朝に組まれていたので、実際には電気工学部に関わることとかち合うことはなかった。しかし、工学部学生、特に定期的に音楽部学生と会っていた聖歌隊協会の学生の中には、ちょっと普通ではないと思っている者もいた。

僕はその最初の年、一生懸命に頑張った。コーク音楽学校でブリジェット・ドゥーランについてピアノを、セント・フィンバーズ・カシードラルでジョン・T・ホーンについてオルガンを。そして自己弁護をすれば全く弱点はないと確信していた。口頭試験では、アイルランド音楽の試験の一部としてアイリッシュダンス・ミュージックを笛で吹かなくてはならなかった。そのペーパー試験では、十五パーセントの得点はとれた可能性があると思っている。僕はパイプスを演奏した。ショーンはそれを受け入れてくれた。彼は後に大変賞讃してくれた。彼は僕がパイプスを演奏するのを聞くのは初めてだったのだ。というのは、クーリーでの彼との以前のセッションでは、僕はアコーディオニストだったから。

それまでは前例はなかったけれども、たぶん音楽学士コースの僕の主要な楽器としてパイプスを演奏する許可をもらうことはできただろう。しかし、僕は他の誰とも同じようにバッハ、ベートーヴェン、モーツァルト、ドビュッシー、ショパンをピアノで弾くことを魅力的だと思った。もちろん、ピアノ教師に恵まれていた。当時、ブリジェット・ドゥーランは両手と座る尻があれば誰にでも上手にピアノを教えられる、と僕が仲間に言ったのを覚えている。その言葉が彼女に伝わるとは思ってもみなかった。ところが伝わったのだ。彼女はそれを賛辞と受け取った。間違いなくそうだった。

一学年の試験で自分が優秀な成績を収めたと知って驚いた。僕がそれから熱心な勉強を止めて、初めの約束に従って努力しなかったことを今や歴史が示している。二、三学年でブリジェットは僕の練習不足にかなり落胆して、やや皮肉っぽく、僕が最近主楽器として取り上げたばかりの楽器、チェロを弾くべきだと示唆した。同様にフレイシュマン教授も、十分なハーモニーと対位法の宿題の提出が十分ではないと不平をこぼし始めた。クラスメイトの一人、メアリー・オ・カラハンが教授の「ドクター・オ・カネン」という正式の宛名を真似て、僕にドクター・ドゥーリトル（イギリス生まれのアメリカ児童文学者ロフティング作の連作小説の主人公の名）と名付けた。アロイス・フレイシュマンが十分に打ち解けて僕をトマースと呼んだのは、僕が講師として彼のスタッフの仲間入りをしてやっと何年も経った後になってからのことだった。念のためにつけ加えておくが、彼はメアリー・オ・カラハンがつけてくれた僕にふさわしい名前をとても楽しんでいた。

学士コースの最も楽しかったことの一つは、オーケストラの指揮だった。学士音楽コースの一年毎に一曲の点数をつけられることになっており、コーク交響楽団の演奏による曲の指揮をしなくてはならなかった。学士音楽コースのために最初の年だけは弦楽器演奏、二年目には弦楽器と木管楽器、そしてフルオーケストラだった。一学年が終わってから、大多数の学生と同じように、既存の作品で得点するというよりむしろ、オーケストラ用に自分で曲を書いた。フルオーケストラの前に立って、自分が望むことを彼らにさせることは、わくわくはするけれども、やっかいな仕事だった。あらゆる種類の無謀な音楽概念を頭に詰め込んだ。しかし、後の出来事が僕の狂気を幾分防いでくれた。僕は悔やんでいるのか、そうでないかわからないのだ！

僕達のクラスはショーン・オ・リアダがチャールズ・アクトンとの論争中に、彼の別の面を見た。というのは、チャールズ・アクトンが、コークマンがピアノでアイルランド音楽を弾く時にセンチメンタルなメンデルスゾーンのハーモニーを使った、とショーンのコンサートの一つのレビューで書いたからだった。ショーンはそのコメントに傷ついて、授業中、そのことを僕達に話したのだ。彼はその音楽を少し弾いて、メンデルスゾーンのハーモニーだと思うか、僕達に訊いた。僕が感じたのは、そうであるか否かという事実は別として、ショーンが僕達から安心させてくれる言葉が欲しいと感じていることの悲しさだった。彼をそんなことから超越している人物だと僕達は見ていた、と思うのだ。彼は当時、僕がそれまで見ていた以上にうんと傷つきやすくなっているようだった。間もなくして、『アイリッシュタイムズ』に彼自身とチャールズ・アクトンとの往復書簡が登場し始めた。その中には、もし彼らがその後数ヶ月間の悲劇を知ることができていたら、どちらも言わなかったであろう事柄が書かれていた。

僕はショーンの学生であると同時に同僚でもあったので、彼に無遠慮なところがあった。しかし、周知の通り、彼も同様だった。音楽史に使っていた教科書はメラー教授（Wilfrid Howard Mellers 一九一四―二〇〇八、イギリスの音楽評論家・作曲家）の『人類と音楽』だった。僕達はだいたい一時間ごとに一章を勉強した。僕はある段階で、シューツ、シャイン、シイートという印象のよくない名前の三人のバロック前期のドイツ人作家を勉強することになっていることがわかって好奇心を持った。彼の講義に向かう途中で、修道女や修道士もいるクラスの前で彼がこの下品な響きのある名前をどんなふうに扱うつもりか聴くのを楽しみにしていることを彼に伝えた。彼はちょっと微笑んで言った。「今にわかるよ」と。彼は教室に入ると、僕をまっすぐに見おろして、「今日扱う作家について、トマースが僕達に話したがっている」と言った。そういうわけで、僕はその汚い言葉を口に出す嫌な仕事を任されて、皆を大いに楽しませたのだった。

ある時、母をショーンに会わせにクーリーに連れ出した。彼はその日、川岸におり、長期間そんな表情を見せたことがないほど幸せそうだった。鱒を誘うために釣り糸を操っていたのだ。母は彼の大いなる賞讃者であり、彼が釣り竿を片づけると喜んだ。皆でバリーヴァーニーのミルズパブに出かけて一杯やり、お喋りを楽しんだ。ショーンは実に魅力的な人物で、母は彼が素敵な人だと思っていた。彼女はフィドラーだった自分の父親フランシー・マーフィーのことを話した。僕は母自身もフィドラーだと、彼女はいつも会話の中ではそのことを隠そうとしたけれども、ショーンに教えてやった。母は長年、その日のことを話題にした。彼女は、ショーンに対して母親らしき関心を抱いていた。それは僕にしか表現できないものだったが。

一九七一年のあの夏、僕達はバン・スクールズ病院に彼を見舞った。彼が実際にはどの程度重症なのかも知らないで。彼の母親が部屋に入ってきて、枕元で泣きごとを言い始めた。ショーンは僕達に彼女の心配を謝らんばかりだった。同時に彼女をからかうのだった。その日、僕達は彼と冗談を言い合った。一緒に笑い合える時間がほとんど残されていないとは、その時、どうやって知れただろう。

ショーンの姉（妹）ルイーズ・ヴァーリングがその九月に、ジェームズ・グッド神父から、彼女の弟（兄）を病院に見舞ったところ、彼は重篤であると伝える緊急の知らせを受け取った。事実、ドナハ神父が教会の最後の儀式を執り行いずみだった。ヴァーリング家の人々はコネマラの彼らの家での休暇から戻ってきたばかりだったが、ショーンに会いに真っ直ぐにコークに向かうことにした。彼らは、彼が重体であるために病室に入れないことを知ってショックを受けた。

翌日、病院では、どうすべきかについて高度な議論がなされた。家族はセカンドオピニオンを求めるよう助言された。ガラハ・デ・ブルーンが、ロンドンのキングズカレッジ病院の肝臓の専門家と連絡を取れるように援助した。ショーンはそこに移ることに決まった。が、彼を運べる飛行便がなかった。ガラハはエアリンガスの最高責任者と連絡を取った。彼らの議論の結果、飛行機がコークでショーンを乗せてロンドンに運ぶべく転送されることになった。

ショーン・オ・シェイは九月十四日、オ・リアダを見送りに飛行場に出向いたところ、ある問題があることを知った。彼を病院から運んできた私有救急車の所有者が、二度と返却してもらえないといけないからと、ストレッチャーが飛行機に運び込まれることを承諾しなかったのだ。そこでショーン・オ・シェイは友人の歌手、ジョン・オシェーに電話をかけた。彼は自分が働いている消防署からストレッチャーを送ってくれるように手配した。彼らが待つ間、病院から付き添ってきていた医師がオ・リアダの腕に注入している点滴を調整し続けた。二人のショーンが話している時、ショーン・オ・シェイは突然、友人のことを罠に捕らえられた兎が捕獲者を見ているかのような印象を受けた。ストレッチャーが飛行機に運び込まれる時、ショーン・オ・シェイは「さようなら」を言い、お互いにすぐに再会できるとも言った。しかし、オ・リアダはもう会えないと思うようなことをそれとなく仄めかしたのだった。その日、患者が最終的にキングズ・ホスピタルの部屋に落ち着く前に、さらにストレッチャーの問題が起きた。コークのストレッチャーが大きすぎて病院のリフトに収まりきれず、ショーンは建物の外の非常階段を運ばれねばならなかったのである。然も、病室の鍵が見つかるまで、階段を上がった所で長いこと待たされたのだ。

　ショーンはロンドンで手術を受け、申し分なく快方に向かっているようだった。がついに、二回の心臓発作の後、十月三日の日曜日に亡くなった。僕はその日曜日、そのことを知らずにいたところ、近所のシェーマス・ルシェールが——彼はカーラジオで聞いたばかりだったのだ——僕達の居間の窓をノックした。そこでは「ナ・フィリー」が練習中だった。彼の言葉がまだ脳に刻まれている。「タアン　リダッハ　カルチェ（リアダが死んだ）」。その恐ろしい知らせの後では、もうそれ以上一曲も演奏できなかった。気の毒に、ショーンは快方に向かっているとばかり思いこんでいたのに。

彼の遺体は十月五日の火曜日にコーク空港に戻ってきた。そしてすさまじい人々がクーリーまで付き添った。僕は、有名なコークの彫刻家シェーマス・マーフィーにクーリーまで彼を車に乗せて行って、その夜教会でオ・リアダのデスマスクを作る手伝いをしてくれるように、未熟でも構わないから、と頼まれた。僕達はその夜、儀式の後、教会に何時間か閉じこめられた。葬儀屋が早朝に戻ってきて外に出された。そして仕事が終わった。僕は可哀相なショーンの最後の最後の顔を見たので、不気味ではあっても、思い出深い夜だった。神よ、彼を安らかに眠らせ給え。翌日は荘厳な葬儀だった。パイパーのアルフ・ケネディが大勢の群衆を導いて教会から墓地までの数マイルを演奏して行った。参列者の中には、オ・リアダが会えば喜んだであろう、二人の人物、西コークの愛国者トム・バリーと前首相チャーリー・ホーヒーもいた。その葬儀を見れば、ショーンが国民的に高い評価を受けていたことを誰も疑わなかったであろう。クレアのフィドラーで、キョールトリ・クアラン（オ・リアダが率いていたグループ）のメンバーでオ・リアダの特別の友人ジョン・ケリーがその日、他の多くの人々も同様に感じていたことを言った。「彼は我々皆を引きたててくれた」と。

14. 学長と慣行

僕の大人になってからの人生は常に、二つの面を備えていたと言える人生だった！　いつだって、少なくとも二足の草鞋を用意してきたということだ。それは自分が願った人生だった。しかしながら、大学での体験を通して、ある教訓を学んだ。そのような機関における権威者たちは、この点に関して自由に口出しする一方で、僕の二つの顔が現実に提示されると、必ずしも愉快ではなくなるということなのだ。彼らはいつも理論的には「イエス」と言う。しかし、実際問題にぶつかると、頑固に「ノー」と言うのだ。そんな機関で大抵は愉快に過ごしたけれども、少なくともそれが、時には不愉快な体験を通して気づいたことだ。

公平を期するために言えば、この十年かそこらの間に状況は変わったと思う。ここでの大学はむしろアメリカの大学のようになってきた。アメリカの大学では、無謀にも一人分のサラリーで二つの仕事をしてしまう人物がいて、その人が二つの職務を引き受けられるのなら、何事も平等という理念に基づいて長期間にわたってゴーサインを出してきた。これはこの国を最低レベルに位置づけることだ。C・P・スノー（Charles Percy Snow 一九〇五—一九八〇、イギリスの物理学者・科学者。著書『二つの文化と科学革命』で自然科学と人文科学間に交流がなさすぎると嘆き、世界の教育の偏りを批判した）と、彼の「二つの文化」は申し分なかった。そのような事柄を深刻にとらえ過ぎなければ。もちろん、二つの文化は卒業式用のスピーチに良いテーマだった。しかし、それだけのことだったのだ。

僕が一九七一年に音楽の学士号を取ってすぐ、思い出せる限りでは、ショーン・オ・リアダがロンドンのキングズ・カレッジ病院で重態の時期、九月のことだった。フレイシュマン教授が僕に、一学期間の学部のアイルランド音楽の講義ができるかどうか訊いてきた。ショーンの入院期間が予想以上に長びきそうだったからだ。驚いたが、電気工学部のチャーリー・ディロン教授が反対しなければ引き受けると伝えた。チャーリーはいつも世話好きな人物で、新しい取り決めに同意してくれた。ところが、ショーンが一ヶ月もたたないうちに亡くなったので、無期限に講義をしてくれるようにとアロイス・フレイシュマンに頼まれた。

新しく決まった講師として、学生達が気の毒だった。彼らはショーンのアイルランド音楽についての講義を聴くのを楽しみにしていただろうから。彼らは僕に優しかった。僕はアイルランド音楽観とインドの伝統の概観を講義しようと努めたが、両方とも必然的にショーンの見解に彩られていたから。最初の音楽学士コースのクラスには、ミーホ・オ・スルウェイン、アイリッシュ・クラニッチャ、ノーリーン・ニ・リアン、モイラ・ニ・ウハラ、そしてその後コーク合唱フェスティヴァルの監督をしているショーン・フィッツパトリックのような人たちがいた。

僕がアイルランド音楽を教えるにあたって唯一要求した重要な変更事項は、学生達に外へ出かけて生きたアイルランド音楽を蒐集させるという必修課題を導入したことだった。彼らの多くにとって初めて、ゲールタハトを訪れて本物のシャーン・ノスの歌い方だけではなく、おそらくバイオリン演奏を聴いたり、録音したりすることになった。これは彼らにとって、教師の見解をゴスペルとして受け入れるというよりむしろ、アイルランドの伝統に関して自分達自身の意見を形成できる機会となった。その結果、初めのうちはいくつかのアマチュア録音とおおざっぱに書かれたレポート程度だったが、UCCの視聴覚学部の助けを得て、学生達が後になって有益なアーカイヴを始められるようになる基礎を築いたのだ。嬉しいことに、このアーカイブは主としてミーホ・オ・スルウェインの働きのおかげだった。彼は僕が四年ぐらい後に退職した後を引き継いでくれたのだ。

フレイシュマン教授の下での音楽学部とその学生達との関係に関する限りでは、楽しい四年間だった。ところが、二年目に入ると、大学の学長、M・D・マッカーシー博士が、僕は法的には電気工学の教師なのだから、アイルランド音楽の講義をすべきではない、とフレイシュマン教授を説得するためにしつこく圧力をかけ始めたのだ。元はといえば、この取り決めを認めたのは学長だったにもかかわらず、彼はこういう態度に出たのだ。教授は彼に、自分が僕に音楽学部で講義を続けてほしかったこと、そして、僕がアロイスに、そういう事例が依然として残っているのなら留まる意思があると正式に伝えたという経過を話した。暫くするとマッカーシー学長は、現状を止めさせることを願って、僕自身の教授、チャーリー・ディロンに接触してきた。チャーリーは彼に、僕が音楽部の学生に講義をすることによって音楽部に貢献できて嬉しく思っていること、さらに、僕の電気工学の講義と研究のあらゆる面に大変満足していることを伝えた。その都度、学長は怒りを爆発させたが、その後何も起こらず静かになった。その間、僕は一週間に三時間の講義を静かに続けた。そのドラマチックで茶番とも言える実態を知っていたのはフレイシュマン教授と僕だけだった。僕達は、このもめ事が少しでも学生達に漏れていかないように気をつけた。学生達は概して、アイルランド音楽の勉強に熱心だったし、僕の講義も同様だった。

マッカーシー学長がフレイシュマン教授を自分の部屋に呼んで、僕に支払われていたわずかな講義料を引っ込めると言い渡したのは、僕が音楽部で教え始めて二、三年ぐらい経過していた時だったと思う。アロイスは困窮して僕のところにやって来た。彼は、音楽部の財源不足を補填する資金がないのでどうしたものか悩んでいた。僕は彼に、そもそも元々の取り決めの際にお金のことは触れられもしなかったし、支払われたのは講義がしばらく進んでからやっとのことだったという経過があったので、お金は僕にとってたいして重要な問題ではないと伝えた。お金が支払われなくても講義を喜んで続ける意思が僕にあることを知ると、彼は大変喜んでくれた。とりわけ彼の意見では、ことを自分の思う通りに進めるのが学長の流儀なのだから、と。

普通の生活が再開し、一九七五年の一月に検査入院するまで講義を続けた。過労のために体重が減り、僕の健康は蝕まれ始めていたようだ。以前、学長に、イースター休暇中にアイルランド系アメリカ人文化協会のためにアメリカ講義旅行に行く許可を願い出ていたのだが、この入院中に許可を受け取った。その後で、その協会のマッキアナン博士からツアーを少し延長してくれるようにという手紙が届いた。それに応えると、アメリカからUCCに戻るのが一日遅れて、最初の日の講義ができないことになった。学長にこの許可を求める手紙を、正式の手続きになることを予期して書いた。すると、イースター休暇中に出かける許可はすでに出した、それ以上何も言うことはないという趣旨の、ぶっきらぼうな返事を入院中に受け取って、僕は驚いた。彼の最初の手紙が石に刻み込まれてしまったようだった。

僕にとっては、それが忍耐の限界を超えるものだった。学長への手紙に、彼の決断を残念に思うこと、そしてそういう次第で、音楽部の特別講師の職を辞退するしかない旨を書いた。妻のヘレンが僕に知らせずに、UCCの学長に会いに行った。そして彼女は学長の態度と、それがもたらしている影響についての彼女の思いを伝えたのだ。学長の部屋で大変激しい口論がなされたことが理解できる。その日、壁をはう蝿のようにその現場を観察できたらどんなによかっただろう！　マッカーシー学長はそんなふうに物事を話す人々、特に異性に慣れていなかったのだ。

フレイシュマンは翌朝、僕に踏みとどまらせようと病院に駆け込んできた。学長の馬鹿馬鹿しい流儀はうんざりだと僕は彼に言った。しかし結局のところ、学生達が試験で不利にならないように、戻ってコースの最後まで勤めるようにと、アロイスに説得されてしまった。夏まで残ることを承諾した。しばらくしてから、アロイスが問題を管理課の前に突きつけさせた時、彼らの対応が面白かった。学長の先の決定は撤回され、僕に当然支払われるべきお金が払い戻されるものと決定されたのだ。マッカーシー博士がそう願ったのではないと僕は思うのだ！

僕は大学の学長と絶えず仲たがいする運命にあるに違いない。UCCの大学協議会中、タイグ・オ・キアガに怒鳴られては長時間を過ごした。彼とは協議会室の外では、普通はかなり親しい関係にあったのに。僕の問題はタイグが協議会のメンバーに対してひどい扱い方をすることにあった。僕はいつも、大学の首脳陣を含むことになっている公開討論会で、彼のいじめの戦術を受け入れるのがつらかった。問題は、彼らの多くが大学にかかわる問題で彼に恩義を感じていることだった。大学の古い選挙制度では、仕事が能力よりもそのことに拠るように取りはかられており、過去の好意に対する恩義が続行していたのだ。僕はある時、自分の信念に従って、協議会のあるメンバーに、タイグの協議会の扱い方が意見の相違を無視して続けられるのは許せないと意思表示する必要があると感じていることを説明しようとした。そんなことをすれば学長をもっと悪くするだけだと彼は言った。協議会にそれ自身のためにもこの点を認識させることが必要だという僕の見解は理解してもらえなかった。タイグと僕はその間ずっと親しい関係を維持していたことを記録しておかねばならない。というのは、彼は断固とした、時に融通のきかない意見の持ち主だが、実際には悪意を持った人物ではなかったからだ。

一九八〇年代の初期、僕と彼との闘いは続いた。イーリアンパイプスの学際的研究とみなされることを実行に移すためにサバティカルを取らせてもらおうとした時のことだ。その計画には、イーリアンパイプスについての調査をするためのアイルランドとアメリカの旅行が含まれていた。彼は、その企画は学際的ではないと言うのだった。このことは、彼にとってははっきりさせなくてはならない必須のポイントだった。なぜなら「学際的」とは、当時は大学の「中」を意味する言葉の一つになっていたからだ。しかしながら、UCCという少しばかり「不思議の国のアリス」的世界では、「学際的」という語はタイグが主張する意味でしか通用しなかった。そういうわけで彼はあくまでも拒否した。彼を窮地から救い出すために、大学の学部長で構成される委員会が開かれた。目的は、サラリーよりずっと少ない値打ちしかない特別研究員の地位を僕に認めることを提案することだった。思うに、僕がサバティカルを辞退し、それによって問題が「ソロモンの知恵」で解決されることが期待されていたのだろう。功罪はいずれにせよ、僕はお金を受け取った。そして翌年、アイルランドとアメリカを駆けずり回った。

アメリカにいる間、調査を仕上げようとパイピングセンターからパイピングセンターへときちんとお金を払って訪ね回るために、講義やリサイタルを重ねた。講義をしたボストンのノースイースタン大学が僕に、一年間工学と音楽の両方の講師をやれる可能性を仄めかしてくれたのは皮肉なことだった。そのような学問分野に対しての僕の両刀使い的アプローチは当時、彼らにとって大変魅力的だったのだ。しかし、僕は彼らの申し出を決して受諾しなかった。

僕の研究には、曲の伝統的な伝達と実際のメロディーの口承伝達についての調査が含まれていた。僕の方法は演奏者に曲を教え、次に彼らにそれを誰か他の人に伝えてくれるように依頼することであった。すると、頼まれた人はそれを同じ口頭による方法で次に継承するだろう。そうして曲は伝達されるごとに記録されるのだ。僕はこのようにして、口承伝達についての事実を立証したかったのだ。曲は、「リール・シング」という題名の伝統的スタイルの、自分の作曲による素朴なリールだった。ワシントンで講義の後のことだったと思う。ある婦人がその曲を教えてほしいと頼んできた。彼女はその先、それを人に伝えるつもりだったのだろう。しかしながら、彼女は実験の大事な部分を落としたらしいのだ。彼女は一ヶ月後に手紙をよこした。そこには、コータス（アイルランド音楽家協会）の支部で皆に教えたこと、そして彼らはそれ以来グループとしてその曲を演奏しており、気に入っていると書かれていた。彼らは次に何をすべきか、彼女は知りたがっていた。

僕はリード製作を以前より精緻な科学として設立することをもくろんで、イーリアンパイプスのチャンターの科学的実験について野心的なアイディアを抱いた。しかし数年先に、似たプロジェクトに関してUCC音楽部の学生を実際に援助したにもかかわらず、これは全く実現しなかった。僕は直接会ったり、手紙を通したりして、全部で二百人ぐらいのパイパーと連絡を取り合った。彼らは僕が調査のために用意したアンケートに答えてくれた。その調査の中の一つの項目によると、「プランクスティ」（キルディア出身の音楽グループ、一九七二―二〇〇五）のリアム・オフリンが最も人気のあるパイパーとして最高の票が集まり、有名なダブリンのパイパー、シェーマス・エニスが最も影響力のあるパイパーと見なされていることが明らかになった。

マッカーシー学長とのアイルランド音楽事件の数年後、タイグ・オ・キアガの御代に――聖書でも言うように――、ミーホ・オ・スルウェインが、サバティカルにベルファストのクイーンズ大学へ行くから、と留守中にアイルランド音楽の講義を進んで引き受けてくれるかどうか訊いてきた。僕は音楽学部でのあの時期のことを思い出しながら、学長室の許可が出れば喜んで引き受けると伝えた。彼は大丈夫だと安心させてくれたので、代講を始めた。数週間は無事に進んでいた。ところが、学長室から「許可されていないので直ちに止めるように」というメッセージが届いたのだ。僕は授業に行って、学生達にこのことを知らせなければならなかった。学生の代表は教授と学長の両方に文句を言うことにした。僕はタイグとの面会を求めた。すると彼は、許可されていないと言った。このことが起きた時、僕が学長室にいる間に、ミーホがベルファストから学長に電話をかけてきた。僕には両者の会話の一方しか聞こえなかった。耳に入ってくるのはほとんど、タイグが「いいや、君は……なかった。私は決して許可しなかった」と繰り返す言葉だけだった。会話のベルファスト側の言葉は想像するしかなかった。その出来事の結果としては、学長とミーホが彼らの食い違いを解決した後にやっと僕は講義を続けることが許されることになったのだ。思い出すにつけ、UCCらしい以前の争いそっくりで、自分の好みには合いそうもなかった。

もっと最近になってのことだが、僕は工学部長である上に、音楽学部でフォークロア部門のためにアイルランド音楽の講義をし、さらに再編された音楽学士課程のためにも音楽の物理学に関して講義をしてきた。後者での講義は、それは主として音響学についてだったが、自分自身が音楽学士課程で学んでいた時代を思い出させた。当時、フレイシュマン教授がそのテーマに関するウッド

（Alexander Wood 一八一七—一八八四　スコットランドの物理学者）の著書に密着して音響学を教えていた。教授は僕に、そのテーマの講義では僕に会いたくない、決して、と警告した。講義内容がすべて『音楽の物理学』というウッドの著書に基づいていたので、その内容すべてをとっくに知っているはずの工学技術者が受講生の中にいては不愉快だと教授は言ったものだ。僕はこの科目の試験が免除されなかったことを明らかにしてもいいだろう。

しかし、人生は続く。僕は数年前にＵＣＣを早期退職し、正式に退職して何年経っても繋がりを壊せない大学人の寄り集まりには仲間入りしまいと決心した。僕は確かに自分の決心を固守したのに、別方面では優柔不断になった。コーク音楽学校が昨年、音楽分野の学士コースを新設し、気づくとそこで二つのコースを教えていたのだ。一つはアイルランド伝統音楽への導入。もう一つは音響学に関して。そのうち悟るだろう！

15．夢のスペイン

思い出せないほど長期間、スペインは夢の国だった。それは随分昔に始まった。以来、スペインは僕の人生の中にいつも存在している。おそらく、その間接的な理由はフランコだった。今日多くのスペイン人が嫌いだと打ち明ける人物だが。マンチェスターにいる時、パークロードの下宿家で、仲間達は議論が起きる時にはいつでも、僕をカトリック教会擁護の立場に置き、何もかもをそれに関連づけることが習慣化していた。その理由は間違いなく、六人の下宿生の中で僕だけがカトリックだったからだ。たぶんその結果として、僕はスペイン内戦でカトリック側のフランコ支持に利する議論をしようとしたのだろう。アイルランドに帰省中、僕は以前の教師であるマクファーランド修道士からそのテーマに関する本を何冊か借りた。彼はフランコの熱烈な支持者だったのだ。マンチェスターの下宿でそのテーマで討論した時、勝利者がいたかどうかは覚えていない。しかし、その議論が僕の関心がスペインの風物に大きく傾いていった第一歩だと思っている。

だいたいその頃、メトロヴィックに高等数学の教師がいて、彼はスペイン語は将来の世界的言語なので、我々のような若い技術者はそのことを考慮に入れて頑張るべきだという意見を持っていた。この教師の世界的言語に関する予想が間違っていたことはたいしたことではない。僕はすでにスペイン語を勉強しようと心に決めていた。どこかで、いつか。「どこか」はリヴァプールになった。そして、「いつか」は七年後になった。リバプール大学スペイン語学部主催の公開講座の広告を見たのだ。そこで、リバプールに住む同年齢のスペイン人を知っているという女性に会った。その男は果物輸入業に携わっているとのことだった。彼女は彼を僕に会わせたがった。彼の英語を上達させるためにも、僕のスペイン語の勉強にも役立つからと感じたからだ。

彼女の狙いはその両方の点で正しかった。ハイメ・アルメロは最近、スペイン軍のモロッコでの兵役を終えたところで、その時はスペイン政府の果物輸出部門に就職していたか、その直前だった。ハイメを通して、僕はリバプールにおけるスペイン人の人脈とつながるようになった。彼らは皆、果物業に携わっていた。僕にとってこのことの利点は、そのグループは自分達の間ではいつもスペイン語を話すので、自分もそうするようにしむけられることだった。僕のスペイン語は最初のうちはかなりたどたどしかったが、時間がたつにつれて上達した。特に、初めてスペインに行った後で。その時、弟と僕はヒッチハイクをして大きな果物トラックの後ろに乗ってフランスを横断してスペインとの国境を越えた。それについて覚えているのは、旅行中窒息しそうだったということだ。しかし、弟の主な記憶は、僕が彼にスペイン語の「to be」を意味する動詞を教えたことだった。それは、彼が間もなくスペインのマルコーニ社で働きながら大学院の工学の勉強をすることになってゆる年に備えてのことだった。歴史が示すところによれば、レイ（弟の名前ヒューのアイリッシュ名）は一年間スペインで過ごした後に、母親の観察通り、街で嬉嬉として女の子を探し求める習慣を身につけて、流暢なスパニッシュ・スピーカーとなって戻ってきた。母親はそのことをそんなには好意的には受け入れていなかったと思うのだ！　彼がスペインでの一年間に活性剤のお陰でスペイン語力を上達させたことに僕は感動し、羨ましく思ったものだ。僕は本当のところその時には、いつか一年間スペインに住もうとは決断できなかった。しかし、その国で長期間過ごさなければスペイン語が容易には流暢にはなれないことをしっかり認識した。それが実現するには三十年ぐらい待たねばならなかった。しかし、ついにその時がやって来た。一九八九年のことだった。

UCCから二回目のサバティカル休暇を獲得した年、それは工学部長としての第一期を終えた後のことだった。当時は、三年間の打ち合わせやら、会議、学生指導などで大変多忙な学部長職に対して現物支給にしろ現金支給にしろ全く無報酬だった。しかし、サバティカル休暇を申請してそれを手にする大変良い機会が得られる選択肢があったのだ。僕はスペインの二つの機関——バレンシアの工科大学とマドリードの工科大学——のそれぞれに一九八九年の半年ずつを過ごせるように前もって手配した。かくして、一月に車一台分の物品と家財道具と共に出発し、ロスレア（アイルランド南東部）からフィッシュガード（イギリス南西部）行きのフェリーに乗った。そしてウェールズの友人ブリッド・アンド・パット・クロッティ（第12章参照）のところに立ち寄り、プリマスからサンタンデル（スペイン北部）行きのフェリーに乗り、バレンシアに向かってドライブして行った。プリマスからの渡航は穏やかだった。悪名高きビスケー湾に入る前にフランスのブルターニュと例のとんがった左端のコーナーを回った後でさえ。ビスケー湾には「荒海」の名がついている。しかし、その日はそうではなかった。実際、大変恐れていたまるまる二十四時間の船旅は極めて幸運なものだった。一つには、とても愉快な仲間と刺激に満ちた会話のお陰だった。それがあれば、二十四時間だって楽しい時間を提供してくれるものだ。

　サンタンデルの外に出るやいなや、自由を実感させる愉快な気分が体中にみなぎってきた。この気分は完全に期待以上だった。僕は「右側通行」に従わねばならない市内通行の厄介さを切り抜けた。すると、目の前には広々としたハイウェイが続いていた。その日は晴天で太陽が明るく輝いていた。翌日まではバレンシアに到着する予定はなかった。バレンシアに一晩だけホテルが予約してあった。旅の途中で見る顔は皆幸せそうだった。自分もそうだった。なぜなら何もかも自分の思うままにできたから。道路脇のレストランで停まった。確実に目の届く所に車を停めた。ラップトップ・コンピューターやプリンターも含めて所有物のほとんどすべてが車の中にあったから。いつものように、自分のスペイン語で物事をやりくりできるのを再確認できて驚き、嬉しかった。その時にはすでに、たえずアマチュア無線送信機でかなり円滑に生きたスペイン語を操り、スペイン語の広告チャンネルを頻繁に聴いていたのだが。昼食に「メルルーサ」（タラの料理）を注文した。というのも、以前スペインの魚料理を味わった経験によると、スペインのタラ科の魚がいつだって美味しかったからだ。念のために言っておくけれど、無害なタラ類はアイルランドの海で生きるのを諦めていたのかもしれない！

現実の時間に神経質にならなくてもすむのは良いことだった。僕はすでに、バレンシアへの距離の半ばぐらいの所にあるサラゴサでその夜の宿泊場所を探すことに決めていた。スペインの「ホスタル」は標準のホテルに匹敵するわけではない。しかし、それでも政府に監督されていて、概して清潔度、衛生度が高い水準を保っており、値段も非常に手頃だ。ホスタルによっては、善し悪しがあるので、公式の等級システムがある。が、一番低い等級でさえ、常に最低限の良い水準を期待できる。僕はサラゴサのホスタルを予約した。そこは鍵のかかる駐車場が完備しているので、車に積んである貴重品のことを心配する必要がなかった。たいていのホスタルと同様、ここも食事ができる設備がないので、近くのレストランで朝食をとった。半分揚げて、前もってバターを塗って半分焼いた「トスタード」と言われるスペインのトーストは美味しい。僕はその朝、それをいつもバラエティに富んだフランスのコーヒーよりうんと美味しく思われるコーヒー、そしてお決まりのピーチジャムと一緒に食べた。自分もジャムを塗り重ねて、現地のスペイン人が朝食を食べるのを観察していると、とうとう再びスペインに戻ったことを実感した。昼間のその時間でさえ、ゲーム機にコインを入れる人もいた。その機械はチャリンチャリンという音楽を、また稀には勝利を知らせるお金の音を鳴らし、席で朝食を食べている人たちは賞讃の声をかけるのだった。

バルセロナを通過し、東海岸を南下する旅は何の問題もなかった。つまり、バレンシアの郊外に到着するまでは。ところが、その日のホテルは町の反対側にあって、そこまでは夕方のかなり恐ろしい交通量の中を進んで行かねばならなかったのだ。やっとのことで到着して部屋にチェックインした。そこで、UCCを退職した同僚のショーン・ティーガンが連絡を取るようにと教えてくれていたアイルランド人夫婦ケヴィン・アンド・アグネス・アーリーに電話をした。彼らは親切にも、ヘレンと僕が住める所を見つけられるまで、自分達のアパートに住んでもいいと申し出てくれた。

翌朝、僕の教授であるホセ・ルイス・マリン・ギャランに会いに大学に出かけた。彼は温かく歓迎してくれた。僕がアイリッシュウィスキーのボトルを差し出すと、大いに喜んでくれた。僕達はその学部での実情とこれからのこと、自分がそこで何ができるかということについて、楽しくお喋りをした。二人は最初から終わりまでスペイン語で話した。教授はと言えば、時々英語を話してみた。どうやら僕の滞在中に自分の英語を上達させたかったのだろう。彼は学部の秘書ロベルタやその他大学のスタッフに僕を紹介してくれた。ロベルタとはバレンシア滞在中かなりの知り合いになれた。僕はディーツ・カバイエロース博士と同じ部屋に自分の机を持つことができた。彼は医学と工学の両方の資格を持ち、学部内では大変有用な人物だった。というのも、この学部での研究は医療電子工学に関わっていたから。彼は、僕が自分の制御工学ノートをスペイン語に翻訳し始める際におおいに助けてくれた。

僕は当時、かなり流暢にスペイン語が話せるものと思われていた。しかし、数学や工業技術面でのスペイン語は全く駄目だった。つまり、最初のうちは、最も単純で基礎的な制御概念もスペイン語で表現できなかったのだ。バレンシアでの初期はたいていこの問題に関係していたので、僕のラップトップ・コンピューターは制御工学ノートのぴかぴか光る新しいスペイン語版でいっぱいになった。そしてどんどん膨れあがっていった！　一連の人工知能研究セミナーにも出席した。そのセミナーでは、専門用語の翻訳にかかわる者なら誰でも知っている基礎的なこと、すなわち、その専門用語は多くの点で、それぞれの言語で改めて学ばなくてはならない決まり文句の集合にすぎないということを発見した。基礎的な語彙を予習しておくと、人工知能の講義にいかに容易についていけるかがわかって驚いた。それは自分自身の講義を準備するのに間接的に大変役立った。

この間ずっと、シティセンターの地下駐車場でオペル・アスコナのために法外な代金を払い続けていた。住まいを確保するまで、アーリー家に二週間滞在した。その期間、ソックス、靴、下着、清潔なシャツの着替えに車に通ったものだった。つまり、後部座席が更衣室だったのだ。盗みにあっていないか、ずっと脳裏で少し心配していた。しかし、嬉しいことにそんなことは起きなかった。何か適切な物件を得られることを期待して、その時期に開いている夏のアパートを計画的に調査し始めた。調べれば調べるほど、本当のところはそんな所には滞在したくないと思った。というのは、本来のスペイン人のものとは縁のない荒れた軍の兵舎に似ていたからだ。

そういった物件を見た帰りに、セダーヴィという小さな町を案内する看板をたどってみた。そこに着くと、中心部に車を停めて、銀行から出てきた二人の人物に住居を貸している人を誰か知らないか尋ねてみた。すると、彼らはフェデリーコという人物にあたってみるようにと助言してくれ、その住所も教えてくれた。その人は不在だった。しかし、彼の奥さんが間もなく貸せる上等のアパートのことを教えてくれた。翌日の夕方に再度来て、その場所を見せてもらう約束をした。事態がやっと上向きになりつつあった。フェデリーコの奥さんジュアニータはその住まいを見に、僕を車に乗せてベネトゥーセーという村に連れて行ってくれた。それは二階にあり、大変美しい家具つきの、裏には素晴らしい花壇のある大きなパティオ（スペイン式家屋に見られるテラス）が備わった夢のようなアパートだった。僕はすぐさま、期待通りの場所を見つけたという気になり、六ヶ月間、この素晴らしい住居の女主人になれるヘレンの喜びを想像できた。ただ一つ問題点は、所有者がまだ確実に貸してくれる気になっていないかもしれないことだ、とジュアニータが言った。僕達はセダーヴィの彼女の家に戻った。そこで彼女は僕がバレンシアで何をしているのかしつこく質問し、大学の特にどの学部に所属するのか訊いてきた。僕は質問に答え、すぐにでも彼女から連絡があることを期待して電話番号を教えて去った。ところが連絡がないのでこちらから電話した。しかし話は依然として全く同じだった。もちろん、彼女が要求している家賃を進んで払うことに同意していた。標準より高かったが、自分のお金で払うわけではなかったので。

翌日大学で、あるカップルが僕に挨拶した時、僕は朝のコーヒーを飲みにレストランに向かってぶらぶらと歩いているところだった。最初、彼らが誰なのかわからなかった。しかしその時、その婦人はジュアニータであることがわかった。夫のフェデリーコが付き添っていた。二人は少し決まり悪そうだった。彼らの目的が、僕が本当に大学のスタッフの一員であることをチェックすることだったからだ。彼らは僕の資格をチェックするために教授のところに行くつもりだった、と言うのだった。しかし今や、いわば本来の場所で僕に会ったので満足していた。我々はその時その場で僕がそのアパートに入れること、そして実際に入って支払いの詳細について打ち合わせをすることで同意した。その後、そのアパートが実際にはジュニアータのお母さんのものであることがわかった時の僕の驚きを想像してくれたまえ。彼女は暫く前に彼らと一緒にセダーヴィに引っ越してきていて、フェデリーコの老両親のアパートの上に住んでいたのだ。セダーヴィとベネトゥーセーについてもうちょっとわかると、どうして彼らのアパートにそんな見事な家具があるのかが理解できた。セダーヴィはスペインでは、「クーナ　デル　ムエブレー」、つまりスペインの家具産業の発祥地として有名なのだ。ベネトゥーセーでも、村の全ての利用可能な小さなガレージや部屋を扱う家具生産者がいるのだ。

ベネトゥーセーの近くの小さな工場の一つでは木馬が製作されており、いつもその小さなショーウィンドーに選ばれた木馬が展示されていた。そしてアイルランドから僕達を訪ねて来る客が最初に立ち寄る所の一つになっていた。美しく彫刻された頭のついた大きな木馬を未完成品とともに眺められるのが毎日というわけではなかったからだ。それらは皆一列に並べられており、とても珍しい眺めだった。

ヘレンはファジャスのお祭り（火祭り）に間に合うようにアイルランドから出てきていた。大きな行事の準備中である賑やかなバレンシアに彼女を案内できて嬉しかった。彼女は予想通り、アパートに感動した。でもベネトゥーセーにちょっとがっかりしていた。彼女は全く違ったイメージを描いていたのだ。もっと旅行ガイド風のスペイン、つまり様々な色の植物が生い茂った白い建物――まさに「プエブロ」（村、町という意味）という語が思い起こさせるようなイメージを想像していたのだ。ベネトゥーセーは、僕が彼女に話したように、独自の市長や議会を持つ、れっきとした町なのに、単なるバレンシアの郊外の町にすぎないように思われていた。そこには著名な建物があったとしても極めて少ないのだ。その時期は三月で、全体的にくすんだ色合いである上に、人々はまだ夏の衣類を着ていなかった。しかし、間もなく繋の強い共同体の温かさ、友情を体験することになった。人々は、自分達の中に降り立ったアイルランドの新参者カップルと懇意になっていった。

バレンシアの「ファジャス」という毎年の大祭典は、町中のどの地域でもバンファイアで興奮する時期だが、それは本当に家具産業のお陰である。バンファイアの本来の動機は、工場で一年間に出た余りの木材をすべて処分するための試みだった。今日では、バレンシア人は政治家や話題の出来事を諷刺する巨大な張り子人形を作る。人形は地域ごとに作られ、最優秀賞を勝ちとることに熱狂するのだ。巨大な人形はすべて、一つだけ例外を除いて、労働者の守護聖人サン・ホセの祭日（三月十九日）直前の日曜日の夕方に一斉に燃やされる。一方、無秩序な騒々しい爆竹が空気をつんざき、鼓膜を脅かす。お祭りが近づくと毎日、バレンシアの中心地にある市庁舎の外では、正午に化け物のような花火が打ち上げられる。僕には理解できないが、癇癪玉や爆竹はスペイン人の生活では、特にバレンシア周辺では主要な重要性を持っているようだ。教会でも、結婚式、初聖体、祝日、堅信式で見られるだろう。ファジャスの夜、市の全ての消防士は勤務日で、どんな危険な状況にも備えて消防車を走らせる。市の中心地では、建物が接近しているために、夜通しホースで水を撒かなくてはならない場所がある。一つだけ燃やされない人形は最優秀作品であり、ファジャス博物館に収容される。人形製造産業の全体がこの火祭りと連携して.何年にもわたって築き上げられてきたのだ。このような行事の注目すべき悲劇の一つは、かなりのスペイン人が花火で死んでいることである。僕達がそこにいる間でさえ、一人の若者が大きな花火の束を抱えていて、それが爆発し、即死してしまった。後には彼の傍らにぽっかりと穴が開いていた。

ファジャスの週には、こんなしきたりがある。皆が花を持ち、自分自身のバンドに付き添われて行列を成し、バレンシアの中心のビルヘン広場まで行進し、その花を本物の髪の聖母マリアの頭をかざしたピラミッド形の建造物の高いところに上っている男達に差し出すのだ。彼らは手にしたすべての花を織り始め、色彩豊かで素敵なマントに仕上げる。そしてそれは最後には、真下の地面に降ろされるのだ。広場の片側は聖母バシリカ教会堂と、もう片側はカテドラル大聖堂と接している。両方とも、周辺のカフェでコーヒーを飲む観光客、そこを住処にしている鳩に餌をやる子ども達に人気の場所である。ヘレンはファジャスが終わり、月曜日には誰もが好きなだけ美しい花を持って行ってもよいと知ると、もちろん、彼女もそうした！　この祭りに参加することは素晴らしい体験だった。

ベネトゥーセーとセダーヴィの多くの住人は村の外に数エーカーの土地を持つ兼業農家だった。彼らはそこでアーティチョークやその他の野菜、オレンジを含む果物を栽培している。朝、彼らが自転車をこいで行く姿をしばしば見たものだ。たぶん、後ろの駕籠には犬を入れて、横棒には鋤を結びつけていたと思う。一本の道路がベネトゥーセーを出て列車の駅に続いていたのを覚えている。そこでは、春の早朝、オレンジの花の香りが漂い、幸せな気分を味あわせてもらったものだ。

村のすぐ外では、何エーカーもの稲田があった。僕達が住み始めたばかりの頃は、それは何の特徴もない、荒涼としてぬかるんだ月面写真も同様の風景だった。しかしながら、複雑な網の目のような水路を通して水が投入されると、その地域全体がそれまでにない美しさを帯びた。間もなく、稲が水面から顔を出し、ついに辺り一面が広大な緑なす海と化した。バレンシアの内陸地域では、水源の管理はたえず重要だった。だから、毎週木曜日の朝、シティセンターで「水法廷」の公の屋外会議が開かれる。それは独自の儀式を伴った古くからの伝統であり、僕達は司会をする裁判官と共に特別に傍聴する特権が与えられた。すべて、もちろん、友人であり、恩師のホセ・ポルタールレスがとりはからってくれたのだ。

16. スペインの文化

僕達のアパートはベネトゥーセーのど真ん中にあった。隣には学校があり、早朝のミサに出席できる礼拝堂があったので、僕達もしばしば出席したものだ。神父がミサの開始十分ぐらい前に教会の鐘を鳴らし、さらにもう一回直前に鳴らした。最初の鐘はベッドから出る合図、二回目が家を出る時間であることを告げてくれたのだ。全く、悪くないシステムだった！　僕達の住処の下には、高齢者の市民のためのレクリエーションセンターがあり、午後にはよくカード遊びやドミノゲームをする音が聞こえてきたものだ。彼らのカードの置き方は騒々しかった。皆、負け方が派手だったし、善戦するために相手に向かって叫び声をあげて挑戦するのだった。ドミノの場合もほとんど同じだった。テーブルの上でもっと大きな音を出すので、参加者の間でいっそう興奮を掻き立てることになるようだった。我がアパートの裏側の花が咲くパティオはセンターの屋根の上にあった。だからオーナーが置いておいた多くのエキゾチックな花々に水をやる間、階下の活動を監視できた。夕べの暖かい太陽の下にすわっていると、ときどき詩が浮かぶのだった！

バレンシア

日没時、我がパティオの上空に輝く夕陽に照らされてまごついているうちに
電波探知機に導かれて目に見えない蝿を目指し、
見習い中のツバメのように早いコウモリがさっと飛びかかる。

穀物で胃袋を膨らませて、我が隣人の鳩が、
重そうにバルコニーに着地し、ヨタヨタ歩く
恥らいもなく囲いの所まで。そして目の前の針金のドアに鼻をこすりつける。
棚からずる賢いシャム猫が
僕達の両方を見つめる。鳥は距離がありすぎる、
猫の曲がった爪から。だから猫は僕に何を望んでいるのだろうか？
猫よ、お前が暖かい夜にぞくっとさせる声で鳴くのを初めて聞いたとき、

そのほぼ完璧な音楽的第三音は子どもの口から発したのかもしれない
その子は怖くないんだよ、と表現するために歌ったのだ。
僕はほぼ夢を見るたびにその声を聞く。そして今では、
妻がお前の忌々しい第三音であくびをし始めた！

僕達の住まいの反対側には、地元のカルチャーセンターがあった。そこでは昼間、いつでもコーヒーを飲んだり、一杯やることができ、地元の人々に会うこともできた。彼らはしばしばビリヤードをやった。我々がやるのとはそっくり同じではないが。そしてカード遊びはもっと頻繁に。センター長ホセ・ポルタールスに会ったのはそこでだった。彼は僕達を夕方の会合に招いてくれた。そこでは誰かが論文を読み、その後で議論をしたものだ。ホセは僕達の住まいからほんの数軒離れた所に住んでいた。我々の文化をその地域に紹介するのに大きな役割を果たしてくれることになった男性――ホセ・ルイス・ヴェガと彼のガールフレンド、シルビアに初めて会ったのはそのセンターだった。彼女は工学を勉強しており、彼は大学を卒業したばかりの教師で、美術、詩、演劇に情熱をもっていた。僕が詩を書き、音楽を演奏することを知ると、彼は僕のいくつかの詩を翻訳して、センターでポエトリー・リーディング、そして音楽会ができないものか尋ねた。そして翻訳に必要ことならどんな援助もすると申し出てくれたので、非常に充実したコラボレーションが始まった。お陰で、多くの訪問客が彼自身とシルビアの両方によって僕達のアパートに招かれることになった。僕達はお互いに多くを学んだ。というのは、彼が外国の風物、特にアイルランドとその作家に強い関

心を抱いていたからだ。彼は間もなく、僕の制御工学の講義の専門用語に関する部分も多少援助してくれた。そして僕はアイルランドとその二つの言語についての彼の質問に答え続けた。彼はヘレンと僕自身が会話しているのを聴いていて、いくつかのアイルランド語を聞き覚えることもできた。ホセもシルビアもバレンシア語を話した。それはベネトゥーセーで誰もが普通に話しているカタロニア語の方言だった。僕はベネトゥーセーに滞在中、その幾分かを聞き覚えた。しかし、僕達がバレンシア語よりむしろカスティーリャのスペイン語を話しているせいで、別のタイプの新参者として注目されていることを知って興味深かった。

ホセ・ルイスがセンターで組織した一連の講義には、一般に期待されるようなスペインの話題、例えば近くのアルブフェラ湖やそこでの釣り人について沢山の小説を書いたブラスコ・イバニェスの書いたものが含まれていた。しかし、外国の作家、音楽、哲学、そしてナショナリズムについても語り合った。僕はセンターの二階の部屋に詰め込まれた大勢の人々を前にして、ポエトリー・リーディングをしたり、イーリアンパイプスでアイルランド音楽を演奏したりした。それが終わると、ホセ・ポルターレスがセンターを代表してバレンシアの三人の文化人を表現した額をプレゼントしてくれた。三人とは、本を持ったブラスコ・イバニェス、楽譜を前にした作曲家ロドリーゴ、そして手にパレットを持つ画家ソローリャだった。彼らの下にはアルブフェラ湖に浮かぶ帆船が配置してあった。ポルターレスはスピーチをし、ベネトゥーセーにようこそ、と僕達に対する歓迎の意を表し、彼らの村が僕達に見つけてもらえて皆がどんなに嬉しく思っているかと言ってくれた。僕達は突然、その「プエブロ」の一員になったのだ。以後、地方警察署長までもわざわざ差し迫る通行

トマースに贈られた額
（バレンシアの３文化人）

変更について教えてくれ、どの通りのどちらの側に偶数日付の駐車場があるのか知らせてくれた。それはベネトゥーセーの狭い通りでは、重要な情報だった。スペインの他のすべての場所と同じように、違法駐車に対する牽引撤去策が実施されていたからだ。僕達はまた、社会主義者の村長とファーストネームで呼び合う関係にあった。

僕達は聖週間《ホーリーウィーク》（復活祭前の一週間）に有名な儀式を見にセビーリャに行くつもりだった。しかし、ベネトゥーセーの友人達には、村でも同様の長い伝統を持つ自分達の聖週間の行列と儀式があるのに、どうして南まで行く必要があるのかわからなかった。だから僕達は出かけないことにした。ベネトゥーセーでの最初の日々から、ポルターレスの兄弟の一人が——彼は地元の治安判事で起業家であったが——ベロニカがイエスの顔をベールでぬぐってやった、そしてイエスが最初に、そして二回目に倒れた道路上のまさにその地点を見せてくれたのを覚えている。僕達は聖金曜日《グッドフライデー》（復活祭の前の金曜日。キリストの十字架の受難を記念する教会の祭日）に、ある家具工場の上のバルコニーに上がらせてもらうという特別な特権に恵まれた。そこでは、全体を正面観覧席から見るような眺めを味わった。ポルターレスの兄（弟）は正しかった。十字架を運ぶすべての行事、磔の刑がまさに彼が予知した通りに行われたのだ。地元のバンドがその週末に果たすべき重要な役割をになった。賛美歌が歌われ、ゆっくりした行進がなされた。その独特のすべるような行進は聖金曜日の葬儀の音楽にぴったりだった。

容赦なく教会に反対している人々でさえ、復活祭《イースター》の儀式を見に外に出てきた。彼らの子ども達が中で初聖体を受けている間、教会の外に立っているのと同じように。彼らはいつも自分達とスペインは「ムイ　カトリーコース」、つまり敬虔なカトリック教徒であると主張した。しかし、そのことは彼らが普通の教会行事に出席する特別な義務を感じているということではなかった。彼らの義務とは、子ども達がスイーツ、贈り物、美味しい食事、さらに爆竹を持って祝福するのを手伝いに来ることだった。ともかく、キリスト、マリア、ベロニカ、カヤパ（ユダヤの大祭司）、ピラト（ローマ帝国のイスラエル地域の総督）、軍人の役を演じるのは彼らの友人であり、俳優だった。彼らが催し物を楽しみに出かけて来るのは当然だった。

イースターの物語のすべての場面がベネトゥーセーの通りで上演された。僕達は「最後の晩餐」、「ゲッセマネの園」（イエスが処刑の前日、ここに赴いて祈祷したとされる）、そして「ピラトによるイエスの裁判」を観た。それらは即席に作られた舞台で行われ、我がアパートの正面の部屋から見られた。礫は主教会の外で行われた。そこは僕達の部屋から四分の一マイルぐらいの所だった。ベネトゥーセーの通りを歩いてきたばかりの現実に生きているイエスの像に替わる像が十字架が立てられる直前に巧妙に仕立てられ、兵士の監視下におかれた。その日遅く、像が同じように巧妙に十字架から降ろされた。イエスの像は釘が抜かれるとすぐに、腕が体の側に置かれるように、腕に蝶番が取り付けられていることが知れ渡っていた。こうして、埋葬される墓にいとも自然に運ばれていった。

イースターの日曜日の朝、イエスとマリアのいわゆる「出会い」を観た。二つの別々の行列、一つは復活したイエスの像を持つ行列、もう一つはマリア像に続く行列だった。二つはちょうど我がアパートの玄関の外で盛大な音楽と共に合流した。そして、地元の鳩クラブがそのイベントを祝うために特別に用意された何十羽もの鳩を解き放った。鳩は燃え立つような色彩を呈して飛び立っていった。というのは、それぞれの羽の内側が持ち主によって、全部異なった色で染められていたからだ。この感動的な光景は、それがどんなふうに起きることになっているかちゃんと知っている観衆からの激励の拍手を浴びた。彼らはその光景を一年おきに見ていたからだ。いろいろな団体が村の様々な所から、歩道で見ている我々皆にスイーツを投げながら練り歩いて来た。そして、ミサが壇上で行われて、ベネトゥーセーのイースター週が締めくくられた。僕にとって、この儀式から伝わった一つの重要なメッセージは、ここでは我々は緊密に織られた、相互依存し合うコミュニティを有しているということだった。しかもこのコミュニティはそれ自体に心からの誇りを抱いていたのだ。

復活祭の翌日に、大学が休暇中だったので、僕達はスペインの南部に向かって出発した。そしてシェラネバダ山脈――名前の通り、まだ雪があった――を通って南下して行った。グラナダ、セビーリャ、そしてコルドバの素晴らしい旅を、それぞれの場所で一晩、あるいは二晩泊まっては楽しんだ。イースター後の日曜日には、セビーリャにいて、そこのカテドラルでミサに出席した。その後、行列が作られるのを目にしたので、僕達もついて行った。聖体を入れた顕示台を持つ神父が誘導し、後ろには祭壇奉仕者、ブラスバンド、五十人から百人の群衆が従った。ブラスバンドが音楽で挨拶をするたびに、行列は様々な家で立ち止まり、神父は聖体を運んだ。目的は教区の病人慰問だということがすぐにわかった。神父が中に入って病人の世話をしている間、行進者はタバコのケースを開けた。フォーマルな行列はインフォーマルなお喋り、友人同士の懇親会と化した。神父が再び姿を現すやいなや、喫煙とお喋りは止まり、我々は再び宗教的な務めに戻った。行進は小さな礼拝堂での短い礼拝式で完全に終わった。そこは外から見ると、どこにでもある平凡なガレージに見えた。しかし、内側は見事に装飾されていた。

僕達は真っ直ぐに家に向かって出発することに決め、アスコナの鼻先をバレンシアの方向に向けた。見事に晴れて暑い日だった。だから皮ジャケットを後部座席に投げた。セビーリャを出る交通量はかなり激しかった。二人の男が乗った、現代のスペインではごくありふれた黄色のバイクが僕達の車に寄ったり離れたりしてくねりながら進んでいるのに気づいた。信号で止まると、同乗者が降りて、道路脇で何かを探しているように見えた。僕達はその男にそれほど注意を払わずに、ガソリンスタンドに到着するまで運転し続け、満タンにするためにスタンドに入って行った。というのも、そのようなガソリンスタンドはスペインでは自国にあるほどありふれてはいなかったから。ガソリンを入れるためには並ばなくてはならなかった。黄色のバイクもすでに入ってきて僕達の近くに止まっていた。ヘレンが突然そのバイクの同乗者がこちらに近づいて来るのに注目した。彼女は僕に窓を閉めるように言った。僕はそうした。彼女は後になって、その男が僕に危害を加えようとしているのだと思って怖かったと話した。僕は男が近づいて来るのを見て、それ以上近づかないようにと合図をした。すると男はにこっと微笑み、無邪気に首を振った。次の瞬間、腕を上げたかと思うと石を投げつけて車の後の窓を粉々に割ってしまったのだ。ガラスが飛び散った。そして、何が起こっているのかわからないうちに、男はぱくりと開いた穴から手を伸ばして僕の皮ジャケットを奪い取った。そしてバイクに乗って友達と一緒にスピードを上げて走り去った。

僕はガレージのスタッフや客達のほとんどがこの事件を見て幾分楽しんでいるように思えてちょっとショックだった。後ろでガソリンを入れようと並んでいた女性が近づいてきて、この災難のせいでガソリン代が足りないのではないかと尋ねてくれたことを言わなくてはならないけれども。幸運なことに、ジャケットの中にお金は入っていたが、大半のお金はまだ手をつけないままベルトで腰につけていたのだ。警察に電話をした。ようやく警官がやって来て、僕達をシティセンターの警察署まで連れて行ってくれた。そこで待合室にいる二十人ぐらいの他の人たちと一緒に待つように告げられた。隣の部屋からゆっくり、難儀そうにタイプを打つ音が聞こえてきた。そして時々、警官が現れては誰かを奥の部屋に呼び入れた。二時間以上も待った頃に、彼が出て来てその日はもうお終いで、翌朝再開すると告げたのだ。皆、僕自身とヘレンを除いて静かに立ち去った。僕はドアをノックして、警察にそこに連れて来られたのだから事件の報告をさせてくれるように、と伝えた。どこに行ったらいいのか告げられるものと期待したが、彼は対応がややのろかったものの、実際にはとても愛想が良かったと言わなければならない。彼は新しい紙と十一枚ぐらいの別々のカーボン紙を古いタイプライターに挿入して、僕達がガソリンスタンドで被った災難について詳しく訊ね始めた。先にそれぞれのケースがどうしてあんなに時間がかかったのかわかり始めた。調査が終わると、僕はどうすべきか彼から聞き出そうとした。彼にできる最大限のことは机の引き出しの中をひっかきまわすことだけだった。その結果、彼は車の割れた窓ガラスを専門に修理するセビーリャの会社のビジネスカードを提示した。この事件が初めてのケースではないことは明らかだった！

セビーリャはその日でもううんざり、と僕は決着をつけた。だから割れた窓ガラスを厚紙で覆って、コルドバに向けて出発した。そこで一晩泊まって、翌朝オペル（ドイツの自動車メーカー）の整備工場を探すことを考えたのだ。バレンシアへの帰途につく前に整備工場が見つかり、思い通りに修理してもらえたのは幸運だった。この時、コルドバは以前に去った時と変わらないように見えた。自分達だって全くそうだったが。ところがそのことは、外見だけでは当てにならないこともあり得るということを示しているのだ！　ベネトゥーセーの友人達は同情してくれた。しかし、彼らは「愚かにも南部の人々の中に混じりに行くとしたら、何が期待できるのか、何も期待できない」と言いたそうだった。地元の警察署長はあまり変わらないように見えた。が、それ以降、よそ者に対して以前に増していっそう親切に保護の手をさしのべてくれているように思われた。

セビーリャでの冒険は損失だけだったわけではない。詩が書けたのだから。その詩に「セビーリャ」という題をつけた。

黄ばんだスペインの聖人の顔を持つ待者が
銀色の香炉を揺らしている、

香の煙を辺りに吹き散らしながら、すでに
オレンジの花の香りが満ちている空中へ。

腕を広げて救世主を抱きながら、
神父は天蓋をかざす待者に向かって頷く、
禿げた頭を太陽から守るように促して、
向き直ると、ギザギザの切り込みが入った聖体顕示台を
最後の病人の家に運び込む。

もう一度、休んでいたバンドがすばやく演奏する
聖体に向かって挨拶の音楽を、次に皆がタバコに火をつける。
待者達が、儀式用の鋼鉄のようなビレッタをかぶっていながら、
聖人であることを今にも止めようとしている。

マリア・オルテガーが蝋燭の煙にむせている
よろい戸の閉まった寝室で、彼女は力をふりしぼって囁く。
「セニョール、ノー　セイ　ディグノー……」主よ、私にはその値打ちがありません
あなたに我が家に入っていただけるような……

セビーリャを出て走っているとき、僕達の車は脅されている
何度も、恥知らずのホンダに。僕達は引き離せない。
ガソリンスタンドでその同乗者が
香りが漂う空気を切って石で襲いかかる

そしてギザギザ状の偽の聖体顕示台を作る
僕達の車の後の窓ガラスで。突然の一組のにわか聖人が
僕のジャケットとお金を持って加速して逃げる、そしてすでに
セビーリャからかなり離れた所を走っている、
あいかわらず香りが漂う空気の中でぶんぶんうなり声を立てながら。

夏期を控えて大学はちょっと様子が変わった。屋外のスイミングプールが開いたので、僕はしばしば昼食時間をそこで泳いでは、また明るい太陽の下で体を乾かしては、と交互に過ごした。太陽は毎日輝いていた。バレンシア工科大学がＵＣＣもどんなアイルランドの施設も対抗できない何かを提供しているように、僕は感じ始めた。アイルランドについて言えば、スペインをサッカーでアイルランドチームが打ち負かしたばかりだった。こんなことは大変稀な出来事なので、僕はオフィスのドアにコメントをつけずに結果をピンで留めてお祝いした。スペイン人の同僚の中には、あま

り趣味が良くないと感じる者もいた。

僕はそばにある自動制御学部で、非直線制御について一連のゼミを行うことになっていた。その講義は最終学年の学生向けのものだと想定していたので、どの学生も満足させ、願わくは、スペイン語による専門用語を用いた質問がそれほど必要がないようにノートとオーバーヘッドプロジェクターを用意していた。学部長が僕をクラスに連れてきて紹介しようと言った。それは学部生の講義に対する非常に形式張ったアプローチに思われた。受講生が学部のスタッフや他に姉妹校からも来ていることを知って、どんなに驚いたか想像してくれたまえ。もちろん、彼らは質問することを恥ずかしがらなかった。僕はそれらを扱おうとする新しいスペイン語の専門用語をたくさん学んだ。その過程において我々は良い友達になった。

予期していなかった大学の特徴の一つは、それぞれの学部には独自の守護聖人とその祝祭日があることだった。その日には、すべての講義と研究が取りやめになった。そして、誰もがバレンシア料理の中でも最も典型的なパエリアを共に味わうべく招待されるのだった。マリーン・ガラン教授がその楽しみの先頭に立ち、パエリアをかき混ぜながら、その進歩について報告していた。一方、他の人達はパンを切ったり、ワインを準備したり、あるいは火を燃やし続けた。それは学部近くの草で覆われた芝生で行われた。配偶者のための行事でもあったので、ヘレンも参加して、大学や工業技術スタッフ、彼らのパートナーと会った。スペイン人は楽しむことに長けているが、バレンシアの人々も例外ではなかった。彼らはくつろぎ、どんなどんちゃん騒ぎもしかねない。自分達の祝祭日が終わると、学部のスタッフは別の学部の娯楽日に目を向け、招待してもらおうとするのだ。かなりの数の異なった学科のある工科大学のような所では、夏期にはそのような定期的な気晴らしを楽しみにすることができた。

友人のホセ・ルイスに励まされて、僕はアントニオ・マチャード（Antonio Machado 一八七五—一九三九）とミゲル・エルナンデス（Miguel Hernandez 一九一〇—一九四二）の詩にまともに取り組み始めた。見事な作品だったので、その幾分かを学ぶことでベネトゥーセーでの時間を有意義に使おうと決心したのだ。ホセ・ルイスはカタロニアの歌手ジョアン・マヌエル・セラート（Joan Manuel Serrat 一九四三—）によるレコーディングに二、三回僕を案内してくれた。彼はこれらの詩人の作品を作曲したものを歌ったのだ。僕はセラートの声と詩へのアプローチにすっかり惹きつけられた。彼はまた、詩人エルナンデスと彼の人生についての自分自身で作った素晴らしい歌を歌った。ミゲル・エルナンデスはフランコの時代に長年、刑務所に入れられていた。彼は多くのバレンシア人とカタロニア人に代わって、前の指導者に対する抗議を表現した。歌手ジョアン・マヌエル・セラートは資質が実に興味深い人物だった。というのは、彼は何年か前、ユーロビジョン・ソングコンテストでスペインの代表に選ばれたのだが、カタロニア語で歌うのを当局が許可しようとしないと、出場を辞退した。僕が気に入っている彼のレコーディングはカタロニア語ではなく、カスティーリャ・スパニッシュだった。しかし、僕達がそこにいる間に、彼は以後のレコーディングはすべてカタロニア語でやると発表した。彼がライブで歌うのを聞きたかったのに、僕達の滞在中にはバレンシアに来なかった。その年の秋には、マドリードで彼のコンサートに行けたが。

夏が近づくと、センターでの文化の夕べは戸外の行事になった。我々は皆、夜の九時頃に隣のレクリエーションセンターの暖かい壁に背中をつけて座ってスピーカーの話に耳を傾けたものだ。その間、カルチャーセンターからのウェイターが皆の間を縫って注文をとっていた。進行には時間の制約はなかった。特に話題がバレンシアの心に密着していれば。僕はそのようなある晩、真夜中頃に席を立って寝に上がったことを覚えている。議論はまだ激昂していた——文字通り激昂していた。というのも何時間もロルカ（スペイン南東部ムルシア州にある都市）と内戦に関する議論だったからだ。彼らの興奮した議論を耳にして何回か眼を覚ました。そしてバレンシアの小さな郊外の村で、普通の人々がこんなふうに真剣な議論集団と化すことをいつも不可思議に思った。コークやダブリンの郊外に住む人々が文化問題をそんなに真剣に扱うのを想像できなかったのだ。簡単には定義づけできないが、僕が会ったことのある大変多くのスペイン人の中には、文学と芸術の文化的問題に心を傾けさせる何かがあるのだ。それは僕が彼らを特別な人種とみなしたくなる要素の一つであり、スペインが夢の国であり続けている理由の一つなのだ。

その夏、コークから百人の訪問者があった。というのは、コーク音楽学校のオーケストラがバレンシアの中心地にある大コンサートホール、カタルーニャ音楽堂で開かれることになっている若者オーケストラの一大祝賀行事に招かれたからなのだ。僕はデクラン・タウンゼンドに、彼のイーリアンパイプスとフルオーケストラのための作品の中でイーリアンパイプスを演奏するように頼まれた。彼は楽譜を送ってくれたので、彼らが到着した時の連続練習に備えていた。しかし、簡単に説明するが、それは実現しなかった。彼らが到着する前にアドリアン・ペフトゥがコークから電話をかけてきて、カタルーニャ音楽堂に出場する前に演奏者達を新しいコンディションに慣れさせるために公のオーケストラのコンサートが手配できないか訊いてきた。ホセ・ポルターレスにその可能性を打診すると、彼は直ちに、村長、協同組合、そして文化センターが協力してタウンホールの前の広場で野外コンサートを開けるように提案した。間もなくホセ・ポルターレスはオーケストラのための広場のそばでの大パエリアパーティーを含めて、そのすべてを組織した。僕はその後でさらに彼らが皆元気を回復できるようにと、我がアパートに来られる計画を立てた。オーケストラの初出場の日、ホセは僕を彼の車に押しこんだ。僕達はアイルランドとの連携がある学校に向かって三十マイル走った。お陰で、彼はステージに置くための大きな三色旗を手に戻って来られた。彼は、アイルランドのオーケストラがアイルランド国旗を掲げるのはとても適切なことだと感じたのだ。

あっという間にコンサートの時間が近づいていた。広場は人々で埋まり始めた。村長も地元の重要メンバーも揃っていた。バイオリニストのシェーマス・コンロイとトランペッターのマーク・オキーフがオーケストラと一緒に重要なソロを務め、聴衆の反応は良かった。僕はやや緊張してステージに上がった。しかしエードリアン・ペフトゥが、彼は指揮していたが、僕に激励の微笑みを送ってくれ、何もかもうまくいくと告げた。問題は僕のソロの出番はすべて自分の楽譜にははっきりとA、B、C等と印がつけてあったけれども、その文字が主楽譜のどこにあるのかわからないことにあったのだ。僕は第一バイオリン奏者の肩越しに覗けるように座った。そのちょっとしたお陰で全く正しい瞬間にソロを入れることができた。僕ははるかに予想以上に楽しむことができた。エードリアンとデクランは演奏に喜んでいるようだった。

後で、大群衆が我がアパートに集まった。事態は上手く進んでいた。そしてついにポルターレスが、そんなに密集してもよいようには床が設計されていないと仄めかした。我々は客を静かに、望むらくはわずかずつ、移動させ始めた。その結果、部屋とパティオに重みが拡散し、我々皆の危険が下のレクレーションセンターに消え、ことなきを得たのだ。村長と彼の幾人かの友人達が踊り、歌い始めた。こうしてコンサートは素晴らしい夜で終わった。コークが以前より少しだけ身近に思われるのだった。

17. さようなら、バレンシア！　こんにちは、マドリード！

僕達の娘ウーナとニーアムが休暇中にベネトゥーセーに来ると、地元の若者達の間にとてもロマンチックな騒ぎが起きた。彼らは我がアパートの玄関に集まってきては、二人が出てくるのを待ったものだ。その中に英語が上手に話せるので、他の友人よりちょっと優れていると自惚《うぬぼ》れている青年がいた。彼らのノックに応じて、ヘレンが窓を開け、そこに誰がいるのか確かめるために見下ろした。今僕が言った若者が進み出て、何かヘレンに理解できないことを言った。ヘレンは彼女に可能な最高のスペイン語を絞り出して彼にこう言った。「ロ　シエントー、ノー　テンティエンドー」。その言葉に他の連中がどっと笑い転げた。なぜなら彼女は、まさしく彼の言っていることが理解できないとスペイン語で言ったから。こうして彼が英語を上手に話せるという評判は地に落ちてしまったのだ！

ベネトゥーセー滞在期間の最終週に僕の従兄弟のハリー・コイルと奥さんのウィニーがやって来

て、皆で楽しく過ごした。ヘレンが過度の水恐怖症のウィニーをクリェラの海に一緒に入りに行こうと説得した。ハリーが大いに驚いたことに、彼女は応じたのだ。その後、彼女を止めることができなくなり、皆で毎日地元のプールに通ったものだ。そこでウィニーは泳ぎを覚え、ヘレンに教えてやると請け合ったのだ。ベネトゥーセー最後の夜、地元の人達が一大屋外パエリア晩餐会を開いてくれた。そこにハリーもウィニーも招かれた。ヘレンはすでに前日コークに戻ることになっていたので、皆に残念がられた。晩餐会の後、即興合唱会が開かれ、ハリー、ウィニー、そして僕も仲間入りした。三人しかいなかったが、全員が歌ったので、ベネトゥーセーの友人達は、アイルランドでは誰でも僕達の様に歌えるのかどうか知りたがった。

　それから、僕自身の大きなスケッチをプレゼントされて驚いた。それは立派に表装されて額に入れられていた。確かに、僕は一ヶ月前に何マイルか離れた、その画家の家でモデルになってはいたが、嘘の口実の下にそこへ連れて行かれたのだ。話は、元はベネトゥーセー出身のこの画家は楽器を手にしたアイルランド人ミュージシャンを描きたがっているということだった。彼の願いに応えることは可能だったし、もちろんそうした。この贈り物の絵はその結果だったのだ。僕はその企てに感動したので、お礼のスピーチの中でその気持ちを表現し、ヘレンと僕自身に対する彼らの厚い友情に感謝した。僕が当地に滞在中彼らから何かを学んだことをちゃんと示すために、バレンシア語の数語で締めくくった！

　翌日、ハリーとウィニーを空港に見送った後で、僕はアスコナの頭を西に向け、次の新しい我がホーム——マドリードに向かった。ハリーは親切にも、あのとても大きな絵をデリーまで運んでいくことを買って出てくれた。後にそこで僕が受け取ることにした。旅行中、彼がこうむる不便さを思うと、少し罪悪感を抱いた。しかし、彼は何でもないと言ってくれたので、彼の好意を言葉通りに取った。再び、僕のすべての世俗的な物が車に詰め込まれていた。お陰でまた、マドリードがその中心にある中央高地平野を照らす日射しの中に向かって走りながら、車泥棒やその種のものについて心配し始めるのだった。ちょうどバレンシアにやって来たばかりの頃そうだったように、積み過ぎの車を地下の駐車場に置いた。そして手頃な値段のホスタルを探して大通り、グラン・ビアを歩いて行くと、間もなく見つかった。

グラン・ビアから入った横丁にあるそのホスタルは、ヘレンと自分のためのアパートを見つけるまでの根拠地になるものだった。最初の数日間、弟の友人であるスペイン人の住人ハビエル・エスクリバニーとその奥さんカルメンが助けてくれていたが、首尾はあまりうまくいっていなかった。ある日、家主ウルバーノに自分のかかえている問題を話した。彼とはとても親しくなっていたのだ。彼は、彼らが賃貸アパートをいくつか持っていること、そしてその一つがその日利用可能になったと教えてくれた。我々は契約をした。そして僕は売春宿地域のすぐそばで、プエルタ・デル・ソル(「太陽の門」の意)――地理的に見るとスペインのど真ん中だと考えられている――から数ヤードの所にあるモンテラ通りのアパートの三階の借家人になった。兵舎のすぐ外の歩道に、スペインのすべての道路がそこを起点にして測定される指標が設置されている。

ベネトゥーセーとマドリードの大きな違いは駐車場に関することだった。そのことについて僕の間違いを防いでくれる地元の警察署長はここにはいなかった。我がアパートから数分の所でさえ問題外だった。飢えた「グルア」、すなわち違法駐車車両を片づける大型トラックが絶えず通りを徘徊していた。

マドリードは明らかに、ベネトゥーセーで送っていた半田舎生活とは全く違った体験になりそうだった。新しいアパートはバレンシアの居住地の我が一区画とは違っていて、費用もうんと高かった。主なベッドルームはダブルベッドを備えた一室しかなかった。とうとう、カルメンが折りたたみ式ベッドを貸してくれたので、訪問客に役立てられた。そこの住人になった最初の晩、近くの劇場に出し物を観にいっている間、その建物が冷房されているため外の通りよりずっと涼しかったので、幕間にジャンパーを着に家に帰らなくてはならなかった。それから劇場までゆっくりぶらぶらと戻って行った。劇の第二幕まで時間がたっぷりあった。このぶらぶら歩きのおかげで、モンテラ通りにはいくつかの利点があることを知った。

ヘレンが再びコークから出てきた。そして僕達は新しいフラットでまた家庭生活を始めたのだ。夕方モンテラ通りを見下ろせるバルコニーからはスリ、他にあらゆる種類の客引きが眺められた。そして一組の地元には二人はしばしばそこにすわって、下でくり広げられる活動を眺めたものだ。そして一組の地元の輩に盗まれようとしている無警戒の旅行客に向かって警告の叫び声をあげてやりたいこともあったが、自分達の位置が遠すぎて残念だった。僕達のいる高い位置からは連中の意図が大変はっきりと見抜けたのに。またある時は、警察が麻薬容疑者を追うのが見られた。彼らは逃げながら何かを放り投げていたようだ。警察が彼、または彼女を捕まえた後、一人の警官が戻って来て、すべての車の下や、通りのすべての戸口で行方不明の証拠品を探していたものだ。

モンテラ通りはマドリードで最も騒々しい通りの一つだったに違いない。グラン・ビアの中心地で客を降ろした後、空で戻るタクシーがひっきりなしに流れていた。これは、昼も夜も自分達の玄関で素晴らしい個人的なタクシーサービスを享受できることを意味した。夜のことを話せば、新しいアパートで眠りにつくことは必ずしも容易ではなかった。最初、我がアパートの真下で群衆がレイト・ナイトショーから出てきて楽しげにお喋りしているのが聞こえてきた。それから小休止があった。が、やがて、清掃人達がやって来て、お互いに叫び合いながら瓶や箱やらを片づける音をがちゃがちゃとたてた。それから、通りの様々な店から不要なボール紙を集める特別のごみ収集人に再び目覚めさせられる前にしばらく眠る時間があった。が、ほとんど落ち着ける間もなく、道路清掃人が強力なホースを持って怒鳴り合っているような会話をし始めるのだった。そのようなあらゆる騒音にも間もなく慣らされ、ほとんど気づかなくなっていった。

大学では、制御工学学部で新しい上司、プエンテ教授に会った。彼は大学が翌月主催することになっている国際工学会議の準備に忙しくしていた。そして特に会議の言語が英語なので、僕が快く援助できるかどうか尋ねた。僕はすぐに承諾した。最初の仕事の一つは、学長がすることになっている会議の開催スピーチを書くことだった。僕は実際にはその人に直接対面しなかった。だから、一ヶ月後に、国際的な代表者達を歓迎するのに、彼が僕の言葉や言いまわしを話しているのを聴くのは実に奇妙だった。彼は全く何の恥もかくことなく拍手喝采を受けた。その時、政府のゴーストライターがどんな感覚を抱くのかを知ったのだ！

間もなく、プエルタ・デル・ソルから大学の入り口まで定期的に運行しているバスに乗ることができることを知った。バス代はそれほど高くはなかった。よって僕の車は余分なものになった。大学に駐車できる許可証をもらうと、その施設は駐車場だけではなく、僕のアカデミックホームになった。以後、アスコナはエスコリアル修道院やアランフェスのような有名な場所への特別な小旅行のためにだけ使うことにした。後者は豪華な庭園や、かつてスペイン王の夏の住まいだった宮廷のある大変美しい所だった。王族は自らのために最高の場所を選ぶことが得意のようだ。ずっとそうだったのだ。ホアキン・ロドリーゴ（Joaquín Rodrigo 一九〇一―一九九九）による有名な「アランフェス協奏曲」は見事な楽曲だが、それを鼓舞させた魅惑的な場所ほど美しくはない。

マドリードはヨーロッパのどこの首都よりも緑のスペースの多い大変魅力的な都市だ。僕達はその探索を楽しんだ。僕達はレティーロ公園から徒歩でほんのちょっとの所に住んでいた。そこでは、日曜日にあらゆる国籍の大道芸人、タロットカード読み（占い師）、ダンサーに会うことができたし、湖上をボートで遊覧することもできた。レティーロ公園の近くにはピカソの美術館がある。そこには、あの有名な画家の大きくて、最も話題にされるゲルニカの絵だけが展示されている。そしてもちろん、そこからわずか数百ヤードの所には世界的に有名なプラド美術館があり、何回か訪れた。

スペインの首都に滞在中、多くの演劇や催し物を観た。専門的な演劇だけではなく、時々銀行や主要な郵便局で見せ物が催された。入場料は取られなかった。僕達は時々、レコレートス通りを歩いて、コロン広場の地下のいくつかの劇場のある総合ビルに行ったものだ。そこには、ものすごく高く、勢いのある滝の下を通って入ることができた。そこで見事なフラメンコのショーを観たり、素晴らしいポエトリー・リーディングを聴いたりした。時々カフェ・ヒホンに立ち寄ったりもした。それはホセ・ルイスが話していたカフェで、スペインの一流作家たちの全てが内戦時の前後に頻繁に通った所だった。そのカフェは依然として、その重要性をとても意識しており、ウェイターは客を見定めて気さくにサービスしてくれた。絶対に入ってみるべきカフェだ！　ロペ・デ・ベガ劇場がすぐ近くにあったので、そこでいくつか素晴らしい中世演劇を観た。僕は特に超現実主義的に演じられた劇を思い出す。その舞台では、木々が人間で構成され、それが雨傘を掲げて、そこから雨を表現するぴかぴか光る金属片が吹き流しのように垂れ下がっていたのだ。同じ地区のそばには、大きなバラスアルテス（美術館）のビルがあった。そこでは、ちょっと余分に払うだけで、好きなだけいて、大変快適にコーヒーを飲むことができた。近くの劇場では、バルセロナで大当たりをしたショー、すなわち一種のミュージカル『キエロ　イ　マール』（空と海）を観て、傑出した舞台効果に感動した。同じ劇場で少し後に、大好きなスペインのシンガー、ジョアン・マヌエル・セラートの歌を聴いた。

　我がアパートからマヨール広場までぶらつくのは簡単だった。そこでは、多くのカフェや商店が立ち並んで中央の広場を囲んでいた。店々ではほとんどあらゆる物を見つけることができた。中には切手の専門店があれば、あらゆる色の布を専門的に扱う店もあった。それは様々な団体の用途に応じるためであった。マヨール広場そのものの下には、さらにカフェがあって洞窟のようになっていた。その一つには、正面ウィンドーに次のような大きな掲示があった。「ヘミングウェイはここでは食べなかった」！　ある晩、広場から戻る途中で、あるアートギャラリーに好奇心が湧いたので、後から思えばついて行くべきではなかった群衆について行ってしまった。結局、豪華なご馳走とワインをいただく羽目になってしまったのだ。僕達にはそんな資格などなかったのに。これらの物には「ふてぶてしさ」が求められるのだ。

マドリードである日、友人のリバプール・ケイリーバンドのドラマー、クルーキー（第五章参照）が亡くなったことを知らせる悲しい電話を受け取った。

「五つのランプ」のドラマー

コークからマドリードへの声が告げる。クルーキー、
ありえないこと――ドラムの皮は二度と
あなたの鼓動するスティックに応えないだろう、ドラムの皮は二度と喜ばないだろう
その震える皮の歌う振動を楽しまないだろうと。僕は思っていた、
ドラマーが死ぬなんてありえない、と。来る年来る年ぶらりとやって来ては行進し、
スティックをたたいて気まぐれなリバプール・バンドをジグやリールに導くことは
あなたを揺り動かし続けるだろう、我々のみじめな振動が、我々自身のように湿って土に埋もれて
しまって長く経ってから。僕は忌まわしい受話器をもっと早く置いて、ただ耳を傾けるだけにすべ
きだった。
虚ろな年月を経て再び、「ウォータールーの五つのランプ」(註)からの音楽を聞くために
ペギー（第五章参照）の引き締まったピアノの弦を左の耳の中に

そして右の耳に、クルーキーよ、僕の間違った指を調整してくれる
あなたの小太鼓の心臓の鼓動を。

註　ウォータールーの五つのランプとは、リバプールのウォータールー地区にある戦争記念碑。翼をもった女性が左手に月桂樹のリースを、右手にヤシの枝を持って五つのランプに囲まれて立っている。地元のランドマークになっている。

マドリードの最も知られた名所の一つは日曜日に開かれるラーストロ屋外「のみの市」だ。メインストリートや横丁に並ぶ露店では、人々が欲しいと思うだろう物ほとんど何でも揃っている。何が見られるか知りたくてそこに行ってみた。すると、我がアパートのあるモンテラ通りでの経験が非常に役だつことがわかった。ヘレンが、彼女は人混みの中を僕の後ろについて歩いていたのだが、腕にジャケットをかけた男が僕の方に近づいて来るのに気づいた。腕を覆ったジャケットはスペインのスリの主要な武器だった。ジャケットで隠された片方の手を使えるようにして、人目につかないように仕事を続けられるようにするのだった。ヘレンの警報装置がうまく作動していて、彼女は男の手を僕のお尻のポケットから払いのけた。男は彼女をちらっと見て、歩き去った。現場を押さえられるのは彼らを不当に妨害することではないのだ。モンテラ通りのお陰で、僕達はそういう現実にも備えていたのだ。

買い物はマドリードの楽しみの一つだった。コルテ・イングレスの地下での果物や野菜であろう

と、僕達のアパートから数百ヤード内にある多くの大きな商店の一つでの流行の洋服であろうと。訪問客に付き添って周囲を歩いていると、自分達が選んだ都市に誇りを抱き始めているのだった。学校時代の友人で、この時はイングランドで神父になっていたフランク・ディーニーが一週間我がアパートに泊まった。彼はアパートで僕達に毎日ミサを行ってくれたり、かつて見たことのない美しい教会に連れて行ってくれたりして、僕達の日課に変化をもたらしくれた。僕の従姉妹で名付け親カスリーン・コイルのお陰で美味しくて熱いチョコレートを作ってくれる場所を見つけることができた。温かい気分にし、懐かしい思いに浸らせてくれる素晴らしい飲み物だ。アルコール飲料も同様の力を持っているそうだが！　コークの友人、メアリー・マーフィーが訪ねて来た。彼女には地元のスイミングプールを探してくれるようにと強くせがまれた。それは、休日にスペインで泳いできたと友人に報告できるようにするためだった。すべてがとても楽しく、僕達の人生で将来忘れられない時期だった。しかし、スペイン滞在も情け容赦なく終わりに近づきつつあった。

サバティカルを振り返ってみると、ベネトゥーセーの村に住むことにした判断はたぶん、過ごした一年中で最高のことだっただろう。もちろん、マドリードは人が望みうるあらゆる娯楽設備を持った素敵な都市だ。しかし、そこでは、現地のスペイン人と知り合いになれる方法はベネトゥーセーでのようにはなかった。その村での六ヶ月に、僕達は独特の有益で豊かな交流を通して、その地域と人々の心そのものと鼓動に触れられた。他に的確な表現がない。

クリスマスが近づいていた。コルテ・イングレス（ヨーロッパ最大の百貨店）が建物の壁の高い位置に例年のドン・キホーテとサンチョ・パンサの肖像画を掲げた。主人の声に応じて頭を動かし、動物の声を出す馬も一緒だった。彼の上には、巨人達がおり、その下には巨大な小児用ベッドがあって、羊飼いと山羊飼いに囲まれていた。時計が時を打つと、ラウドスピーカーから流れる音楽と賛美歌に合わせてすべてが動き始めるのだった。

もちろん、クリスマスのお陰で故郷のことを思い出した。そして僕達はまた別の移動の準備にとりかかった。今度はアイルランドへ。ヘレンは僕より先にバレンシアを去っていた。そして僕はマドリードに移動した時と同様の計画を立てていた。しかし、サンタンデールからプリマスに向かうフェリーのスケジュールが後で変わったことにより、ヘレンより一日前にアスコナで出発することになったのだ。その結果、彼女は一人置き去りにされてマドリードで、つまりモンテラ通りに一人で最後の夜を過ごさざるをえなかった。彼女は最初、ちょっと心配していた。しかし、万事が申し分なく進んだ。僕はサンタンデールに向かう道路沿いにあるブルゴス大学にいる親友のイネース・プラガーに電話をして会った。その後、サンタンデールでプリマス行きのフェリーに乗った。その合間に、ヘレンは翌日、家に向かう飛行機に乗った。僕はゆっくりとイングランドとアナマー・ケリグ（アイルランド北東部モナハン州）経由でコークに、古き現実へと戻って行った！

18. 中東

中東との最初の接触はイスラエルとエジプトの六日間戦争（第三次中東戦争）の終結直後、一九六七年に開かれた国際制御工学学会に出席した時のことだった。このしばらく前には、戦争のせいで我々技術者達の会合が不可能になるかもしれないかのように見えた。しかし、そういうことはなかった。ハイファでの僕の仕事はＵＣＣで我々が行っている研究に関する論文を発表することだった。僕は現代のイスラエルを見る機会を喜んで受け入れた。当地の言語に対する僕の関心は、リバプールで二人のイスラエル人の研究生からヘブライ語のレッスンを受けたお陰で育まれていた。飛行機から降りると、会議の組織者の一人から大袈裟な挨拶を受けた。彼は、僕が長期間行方不明だったユダヤ人ではないかと思っていたのだ！　僕の名前、オ・カネンはイスラエル人の名前カナンに大変似ているので、僕が宗教上の兄弟だと確信していたのだ。彼がその点で感じたかもしれない落胆を償うために、僕は彼らの言語復活政策の賞讃者であると伝えた。僕はリバプール時代のレッスンの日々に習得した「マザートゥーヴ《おめでとう》」という挨拶を思い出しさえした。

　様々な高い地位の人々による前置きのスピーチの後、正式の学会が始まり、多様で専門的な論文が国際団体の出席者によって発表された。僕もその一員だった。学会の運営には、出席者によっては、極めて迷惑に思わされる局面があった。イスラエルの主催者が出席者全員に一定の政治的影響を及ぼそうとする意図が明らかだったのだ。我々はメディア制作のニュース映画を見せられた。映画の中では、エジプトの指導者ナセル（一九一八―一九七〇）が頻繁に登場し、地元の人々からの多くのブーイングが付き物だった。僕はこれだけでうんざりだった。しかし、彼らがいかに戦争に勝ったかについて話をするために陸軍大佐が招き入れられると、もう我慢できなかった。僕は立ち上がって、「科学学会はそんなプレゼンテーションをする場所ではない」と抗議した。すると直ちに、ＩＦＡＣ（国際自動制御連合）の会長であるイギリス人のコールズ教授が立ち上がって、連合はイスラエルの主催者にこのような困難な事情の中での会議開催に向けての協力に大変感謝している、と話した。その後、その教授は僕に対して人目を引くほどつれなくなったのだ！

僕はかねてより、イスラエルのキブツ（農業共同体）を訪れてみたかった。だから学会が終わるとすぐ、テルアビブに行った。そこにはキブツィズム・ボランティアのための一種の情報センターとして機能するホステルがあった。そこで一晩過ごし、翌日割り当てられていた特別なキブツに行く予定だった。それはアルマウトと呼ばれ、ジェネスレー湖岸沿いの丘の高いところにあった。僕は四つの小さなベッドつき寄宿舎で早く床についたのに、ちょうど寝入ったところに大変お喋りなイギルス人の若者が二人入ってきた。彼らは床についた後、その日に会った何人かの「ラブリーバーズ」（可愛い娘達）についてお喋りし始めたのだ。明らかに、彼らは女の子達と仲良くなりたくてたまらないようだった。やっと、彼らは静かになって眠りについた。随分時間がたって、ドアが開いて誰かが入ってくる音で眼を覚ました。薄明かりの中でさえ、新参者が女の子だということがはっきりわかった。彼女はすばやく服を脱いで反対側の開いたベッドに潜り込んだ。二人のイギリス人青年はただ鼾をかき続けるだけだった！

翌朝、僕が起きた時には、その女性はいなくなっていた。朝食時に宿の主人が、彼女は数週間前にそのホステルを使っており、その場合はその小さな寄宿舎は女性用だったと話してくれた。それで侵入者の存在の説明がついたわけだ。イギリス人の友人どもは最初のうち、夜の訪問者についての僕の話を信じられない様子だったが、やっと僕の話に納得すると、なぜ僕が彼らを起こさなかったのか知りたがった！

アルマウトで泊めてくれた夫婦はそのキブツで長い間暮らしていた。実際、女性の父親は元の創設者の一人で、まだそこに住んでいた。二人は毎日仕事に出かけた。彼女は牛を扱い、彼は畑でこつこつと働いていた。我々は皆、夕食を共同で食べた。キブツの子ども達は皆、食事時でさえ両親から離れて子どもどうし一緒に食べた。子ども達が家族と一緒になるのは週末だけだった。キブツの仕事は全部、委員会によって運営され、夫婦はその委員会のために働いていた。彼らは労働のスケジュールを組織すると同時に、セキュリティ——これはすべてのキブツで非常に繊細な領域——を扱い、誰が永久的なメンバーシップに許可されるのかの決定に携わった。かなりの長期間そこにいて、仲間入りすることに大変熱心なある訪問者がいた。しかし、彼女には健康問題があったので彼らは拒否し続けた。それがキブツに重荷になりうると考えたからだ。もし彼女の健康が悪化するなら財政的に過大な費用が予想されることは別としても、キブツのメンバーは皆、現実にはキブツ防衛軍の構成員であり、その部門では「お荷物」をかかえる余裕がなかったのだ。

僕は学会に出席していたアラブ人の技術者を訪ねてエルサレムに行く約束をしていた。現地に着くと、彼は「聖都」ツアーに連れて行ってくれた。そのツアーはユダヤ人の神殿で唯一残っている「嘆きの壁」と、黄金のドームを持つ大きなアラビック・モスク（「岩のドーム」）に案内してくれた。僕達は二人ともこのモスクに入る前に靴を脱いだ。友人は、ユダヤ人が勝利者然とした顔つきで履き物も脱がずにつめかけ、このイスラムの最も聖なる寺院に敬意を示していないことに大変怒っていた。最近の戦争でのエルサレムの陥落は、彼と彼の国の人々にとっては、イスラエル人にとっての勝利と裏返しに大敗北だったのだ。

僕はイスラエルに、その国民と彼らがそのために闘うすべてのものの確信的なサポーターとして行ったのだ。しかし、去る時には、彼らの不倶戴天の敵であるアラブ人の確信的なサポーターになっていた。僕には、アラブ人は頑固で執拗なイスラエル人より静かで、友好的で、アイルランド人との共通点が多いように見えたのだ。十年ぐらい後で、違った国での他のアラブ人達についてもっと多くのことを発見する機会に出合った。アイルランド外務省の文化関係委員会からバグダッドでのバビロン国際祭典で、アラブ人とアイルランド人の音楽の間の可能な関係について講義をするように依頼された時のことだった。微妙なタイミングで、祭典はイラン・イラク戦争（一九八〇―一九八八）の終結のちょうど数週間後に開かれた。僕はまともなことをしているのだろうか、と疑問に思わざるをえなかった。がとにかく出かけた。

外国の講師達全員がロンドンから午後遅くバグダッドに到着する特別チャーター便で出かけた。僕は手荷物引き渡し所でアイルランド大使館の第一書記官ジョン・ローワンに会って驚いた。彼は僕を誘導して、セキュリティと税関チェックを待っている長い行列を一緒に通過させてくれた。僕達はイギリスやアメリカからの仲間の講師が驚いて見ているところを頷くだけで通過させてもらうことができ、宿泊予定の一流ホテルまで速やかに移動した。他の代表者の中には、自分達の大使館職員が助けに来てくれなかった、特にアイルランドのような小さな国でもたった一人の代表者のために姿を現すことができる時に、と少々怒っている者がいた！　その夜遅く、アイルランド大使パット・マッケイブが僕の講演について議論するために、祭典業務を指揮している文化大臣のところへ僕を連れて行ってくれた。間もなく、論文を読む制限時間を主催者が十五分と考えていることがわかった。アイルランド大使は、僕が読むのに四十五分かかる論文を準備していて短縮不可能である、としっかり伝えてくれた。僕はこのことに間違いないかはっきりさせるように依頼されたので、そうだと答えた。それから、僕に言わせれば、政治的かつ文化的堂々巡りとしか呼べないことについての長い話し合いがあった。それは、両者がそれぞれの独自の立場に固執して結論に達しなかったと僕は思ったのだが。議論は全体的に声を張りあげることも怒りも表されることなく、とても洗練された雰囲気の中で進行した。しかし、何も得ることがないと僕が思った通りに、僕達はお休みを言い、その場を去った。大使が主張を通したことに何故満足しているように思われたのか、僕には理解できなかった。彼は僕に、朝、会議が開かれる前に自分に会うように要求し、何も心配しないようにと言った。

我々は翌日、会議のメインテーブルに向かって並んでかけた。それぞれの位置には、マイクとインターコムが備えられ、背後には一団のテレビカメラが控えていた。一連の進行には同時通訳がなされた。発言者はただヘッドホンをつけ、必要な言語が聞けるノブを回しさえすればよかった。別の大臣によって会議の開催宣言がなされた後、祭典の総監督が立ち上がって議事の規定を説明した。各々のスピーカーは論文発表に十五分が許される、そしてその後に質問が続けられる、と彼は言った。彼は、それぞれの発言が指示された時間内に収められることが大変重要であると強調した。僕は自分の講演のどの部分を切り捨てて、どの部分を維持するか決断しようとしていた。その時、彼がこのように言うのが聞こえてきた。「この時間制限を守っていただくことは極めて重要です。もちろん、アイルランドからのオ・カネン博士によるオープニング講演を除いて」パット・マッケイブは僕を見たが、何も言わなかった。僕は立ち上がって講演を始めた。彼は約十分後に、次のように読めるメモをそっと渡してくれた。「そのまま続けなさい。あなたは上手くやっている！」こうして国際外交についての最初の授業が終わったのだ！　僕は友好的な注目を集めた。特に核心部分を例証するのにパイプスを演奏したり、歌ったりした時に。最後に、総監督が僕を抱き寄せてくれ、皆も喜んでくれた。すべての側にとって名誉が満たされたのだ。そして、その小さな政治的対立の中で敗者は誰もいなかった。難局にあってはそれが重要だったのだ。

翌日の夕方、ベッドルームでテレビをつけると、パイプスを演奏している自分の姿が画面に写った。一カットが撮られていたことを知って嬉しかった。曲の終わりに到達した時、ニュースのアナウンサーが、あるいは誰がそのカットを提供していようとその人が、別の話題に変えるものと予想した。ところが、そんなことは起きなかった。代わりに、パイパーが立ち上がって、講演を続けたのだ。それには同時通訳のアラビア語がかぶせられたが。幸運なことに、講演のコピー全体を渡してあったのだが、文化的な話題に関する講演全体が普通のテレビ番組で放映され続けたのには驚いた！　大変残念だったのは、自分自身がアラビア語を勉強し始めていただけに、その時、そのビデオを録画しなかったことだ。もしこの時録画していれば、僕は今頃、アラビア語のネイティブスピーカーに近づいていただろう！

ジョン・ローワンは翌日、バグダッドの「スーク」、すなわち青空市場に僕を連れて行ってくれた。そこは、銅や木の職人がいっぱいいて、とても興味深い場所だった。僕達はある老人が銅にこみ入ったデザインを施しているのを観察した。ジョンは彼の作品について何か褒め言葉を口にした。

すると彼は顔を上げて僕に注目し、他の出店の主人に僕を指しながら興奮して話し始めた。ジョンの説明によれば、その店主は他の店主達に、僕がアイルランド人で、素敵なアイルランド楽器を演奏しているのを見たと話しているのそうだった。このアラブ人達は何と親しみのある人々だったことか。僕は有名人だったのだ！

バビロン・フェスティバルの野外舞台では、素晴らしい夕べの催し物、特にイラク自身の音楽を含めた演奏が楽しめた。そこには、特にリュートや一種の現地のバイオリンの極めて優れた演奏者達がいたからだ。コンサートに行く途中、頭上の空に歴史上の偉人——ネブカドネザルに付き添われたサダム・フセインを描いたホログラフ像を見ることができた。この天空のコンピューターショーからは、サダムの準不死身なるメッセージが極めて明確だった。人が判断できる限りでは、彼は自国の人々に人望のある指導者だった。というのも、大小含めて、バグダッドのすべての商店の壁にサダムのカラー写真が飾ってあったのだから。

何年か前に中東を訪れた時には、同じアラブ人でも違った側面を見た。アンマンでの工学学会に出席するためヨルダンに向かう途中、カイロに立ち寄った時のことだった。ホテルの窓から、一人の将校が一団の兵士達の技量を試しているところを見ることができた。腕立て伏せを要求された回数だけこなせない兵士が、将校が持っている鞭から一連の鞭打ちを受けていたのだ。反則者の一人が鞭打ちに耐えられなくなって逃げ出すと、将校が追っかけてしつこくその兵士を鞭打つのだった。

さらに、カイロ博物館を探そうとしていて、エジプト軍と接触したことがあった。大きな公の建物の外で警備勤務についている兵士に、博物館がどこにあるのか尋ねた。その兵士の反応には驚いた。僕にはいつもお金をジャケットの表のポケットに入れておく悪い癖があった。そしてちょっと前に、エジプト紙幣を何枚かそこに押し込んだばかりだった。その兵士は僕の博物館に関する問には答えずに、ライフルを持っていない手を伸ばして僕のお金を取ろうとしたのだ。彼がライフルを持っていても、いなくても、それに手を触れようとはしていないと僕は判断した。だから彼の腕を掴んだ。すると、彼は紙幣を握っている手を放した。職務上の警備勤務についている兵士がそんなことをするとは、ショックを受けたと言わざるをえない。僕の見解では、それは大変多くのアラブ人が低い生活水準に置かれたままになっていることを示す一つの指標にすぎなかった。カイロの通りを歩き回っていると、物乞いに取り囲まれた。彼らは皆、「施しを《バクシーシュ》」というたった一言でお金が欲しいことを伝えるのだ。それは僕が大嫌いになった言葉だ。なぜなら、その言葉はこれらの人々が奴隷の身分であることの証のようなものに思えたからだ。不運なことに、施しを求めることは職業的な乞食と見なされる者に限られてはいなかった。ナイル河の船旅に連れて行ってくれた船頭が十分な運賃を支払ってもらった後でさえ、客に向かってその不愉快な言葉を口から滑らしそうに感じられたのだ。結局、僕は、このすべての中に、「彼らを」や「我々を」を表す気質を構成するある要素があるのだろうかと疑問に思い始めた。つまり、彼らの低い社会的地位に対する開き直りや、境界線を設けるために余所者を寄せつけないという決まりごとが。

19. 無線電信とのロマンス

僕は絶えずあれこれと無線電信と関わってきた。それは十二歳頃にココアの箱の中に鉱石受信機を作り始めた時に始まったのだと思う。猫の頬髭を鉱石の上で動かしていて、遂に音楽か声のようなものがイヤホーンにパチパチと聞こえてきた時のスリルが忘れられなかった。しかし、音が耳の中よりむしろ咽の中で発生しているように思われたのは何故だったのか、未だに説明ができない。それが無線である神秘のすべてだった。同調コイルを巻くことは厳密な意味では科学ではなかった——もし先の実験で、小さな箱に五十巻きが正しかったとしても、大きな箱では何巻き必要なのかわからない場合には。無線電信遊びは実験的科学における素晴らしい訓練だった！　デリーの波止場に捨てられた機器が山と積まれていたが、中に使用可能なラジオ部品を時々見つけたものだった。イギリスやカナダの海軍駆逐艦がドックに並ぶ時代だった。それらは、いわゆる北西航路を監視して、護衛艦のために機雷を除去しておく艦隊だった。

当時でさえデリーに、自分の家で送信機から世界と連絡を取っているアマチュア無線通信士がいるのに気づいていた。そういう機器が僕にはとても不思議なものに思えた。その時、それを意識してはいなかったが、きっと僕の頭の中には、こうしてもう一つ別の小さな電信の種が蒔かれていたのだと思う。この種を発芽させるには十年ぐらいかかったが、自分自身の無線通信免許を取得して初めて通信できた時に、ついに実を結んだのだ。最初はモールス符号で、後に言葉で。モールス符号は今ではそれほど使わないものだが、僕の頭の中には常に存在し、気づくと貼り紙や標識をモールス符号に交換していることがある。朝早く、鳩のくーくー鳴く声をあたかも我々に対するモールス信号であるかのように自分が通訳しているのに気づくこともあるのだ！　最近、ある休日に、アテネの鳩がＡＲ《エイアール》、ＡＲ《エイアール》、ＡＲ《エイアール》（送信の終了符号）という文字をノンストップで送っていることを立証した。ある冬の朝六時、ギリシャの鳩にとってそのような心からの呟きが深い意味を持つに違いないと思うのだ！

　娘達が今でも、僕のアマチュア無線に対する興味がＲＴＴＹ（無線テレタイプ）に集中していた時のことを話題にする。それは、新米にはモールス符号に似ていなくはない信号が連続して僕の受信機に入ってくる一種の印刷電信機だ。僕の機器はこれらの信号を変換して古い型のテレプリンターに印刷させるもので、業界では「クリード７Ｂ」（フレデリック・クリード　一八七一—一九五七、カナダの発明家、印刷電信機を発明）として知られているものだ。当時は、小さな家の中で何と喧しい音を出したことか！　僕達はダグラス通りの、上に半階と呼べる階がついたバンガロー式住宅に住んでいた。ガツンという音を出すテレタイプライターは娘達の寝室のそばの屋根裏部屋にあり、長ったらしいメッセージを巻紙に印刷してどっと吐き出すのだった。当時、衰退に向かっているアメリカのピース・コープス（発展途上国を援助する米国政府派遣の民間団体）について文句を言うロシアからの宣伝用ＲＴＴＹ、そして次の通信で、ロイター通信社から同様に反ロシアの敵対的なプロパガンダを受け取るのは面白くてたまらなかった。しかし、他の世界中の自分のようなアマチュアと、彼らの機材を懸命に働かせながら、個々の個人的通信を交わすことが何よりも楽しいことだった。ある時、コリンズ陸軍兵舎でコーク無線電信クラブが会合をもった。僕はそこでＲＴＴＹについて話をすることになっていた。僕のクリード７Ｂをそこまで無事に持ち出して、操作できた時はかなり得意な気分になれた。

初めの頃、家でメッセージを受け取っている時、家が振動して誰も眠れないことがあり、僕は受けが良くなかった。三センチの厚さの泡状物質の魔法を発見するまでのことだった！　それをテレプリンターの下に置くと、振動が完璧に止まった。お陰で危機を脱し、家族の絆を復活させるのに役だった！

アマチュア無線を趣味の仕事にできたお陰で、外国の人々との交際ができ、友人が作れて嬉しかった。マイケル・ライアン神父がペルーのコーク教会に異動させられた時に、このようなことが起きた。彼が我々のメイフィールドのレディー・クラウンド教会の教区の補助司祭だった時、つまり、僕がそこの聖歌隊を担当している時期には、僕はマイケルを知っていた。だから、再び繋がりを持とうと心に決めた。ある日曜日、リマのアマチュア無線通信士と連絡をとると、伝導本部のあるトルヒーヨのもう一人別の通信士と次の日曜日に同時に頻繁に連絡が取れるようにすると約束してくれた。僕はちゃんと連絡を取った。すると、トルヒーヨの男性がマイケル神父を翌日彼の所に連れて来られるようにやってみると言った。驚くマイケルと連絡を取れたことによる興奮は別として、このもくろみは僕の南アメリカのスペイン語に良い練習となった。僕達はその後、定期的に連絡を取り、コークのニュースを伝え、トルヒーヨの最近のニュースを教えてもらった。僕達はある時、そこに派遣されている神父について、ある緊急のメッセージを受け取って右往左往した。彼は病気になり、コークに戻されるとのことだった。

僕はマイケルと連絡を取ることになっているある夕方、彼の両親――彼らのことは以前からよく知っていたが――を、ウォーターグラスヒルの家から我が家に連れてくることにした。二人は「第七天」（最上天。無情の喜びが得られるとされる場所）に運んでくれる、送信機のある小さな部屋に座った。そこで彼らは愛する息子の声を大変久しぶりに聞いたのだ。マイケルと僕はこういう場合は普通ならアイルランド語で話した。なぜなら、ペルーの地元の人々が布教の仕事について細かいことを知るのを彼が望まなかったからだ。しかしながら、この場合は英語に変えた。マイケルの両親がジム・サーズフィールドという友人を連れて来た時のことを思い出させられる。彼はコーク州議会に選出されたばかりで、マイケルをとてもよく知っている、親譲りのおどけ者だった。彼はペルーからのマイケルの声を聞くや、僕からマイクを取ってそれに叫びかけた。「ハロー、マイケル坊や。僕は議会に選ばれたところだ。だからもし、君のペルーの友人が議会に道路を舗装してもらいたかったり、雌鶏小屋を造ってほしければ、僕ジム・サーズフィールドに連絡するように言いたまえ。彼らが困っているのを見たくないから！」

僕はどうしていいかわからなかった。というのは、もし当局の誰かが聴いていたら、これは極めて違法なことであり、僕の免許証を取り上げられることになるだろうから。でも、もっぱら楽しむ価値のあることだった。

またある時、僕達がすっかり話を終えた直後、ニューヨークのアマチュア無線士から通信があった。彼はアイルランド系人物で、僕達の会話をずっと聴いていたと言った。彼はたとえ理解できなくても、それがアイルランド語であることはわかったのだ。だから、僕達がアイルランド、言語、イーリアンパイプス、そして伝統音楽について喋り終えると、彼はそのことに大変興味を抱いたというのだ。彼はアイルランド語のテープに含まれているある歌の歌詞を訳してくれと頼んだ。僕は難なくやってやった。それは僕がよく歌う歌だったから。彼はそれからそのテープを丁寧に読み上げた。そしてそのレコードのグループ「ナ・フィリー」がコーク出身であり、僕がその歌手であり、パイパーであると聞いて驚いていた。僕達はその後連絡を取り続け、後のニューヨーク訪問の際、彼と会った。彼が二人の無線交信の後、ニューヨークのアイルランド語クラスに参加し、息子さんが当地の僕の親友のパイパー、ビル・オックスからパイプスを習っていることを聞いて、少なからず驚いてしまった。この世は大変、大変小さな、小さな世界だ。スペイン人がよく、「エル　ムンド　エス　ウン　パニュアロ」と言うように、世界は一枚のハンカチーフなのだ！

僕はある時、アマチュア無線でバチカン宮殿と連絡を取っていた。そこのアマチュア無線局はイエズス会に運営されていて、コールサインに反映されていた。すべての局は独自のコールサインを持っている。僕のサインはＥＩ７ＡＶであり、ＥＩで他のアマチュア無線士がアイルランド人と話していることがわかるのだ。７ＡＶは郵便局から発行された僕の身分証明である。人は普通、通信の最初と最後に自分のコールサインを告げる。僕は通常、「エコ　インディア　セブン　アルファ　ヴィクター」のようなことを言う。だから各々の語の最初の文字が僕の局を確定するのだ。僕が話しかけたバチカン局はＨＶ３ＳＪだったと思う。ＳＪはイエズス会の公的な名前である「ササイアティ・オブ・ジーザス」を表し、ＨＶはバチカンを特定する文字だった。マイクロフォンに登場したイエズス会修道士は皮肉たっぷりのユーモアセンスの持ち主だったに違いない。というのは、彼は何か冷笑的に「HV3、ストロベリージャム」と呼びかけたから。僕は彼と連絡をとり、素敵な長話をした。

また別の場合、熱心なアマチュア無線士、ヨルダン王ともう一歩のところで連絡をとり損ねてしまった。しかし、しばしば登場するバーニー・オサリバンと新鮮なお喋りをして満足した。バーニーはベラ半島（アイルランド南西部）に住んでおり、どこの王でも自分の王国を知っている以上にその地域のことを知っているのだ！　かつて僕が自分の著書『コークの歌（Songs of Cork）』（一九七八）のために歌を収集している時、その地域を案内してくれたのはバーニーだった。彼が僕に紹介してくれた歌手の一人がジョー・マーフィーだった。彼はその歌の一つを自分で書いていたのだ。それは地元のアーハン・フットボールチームについてだったと思う。ジョーが以前そこでプレーしていたから。彼がそれを歌い終わった後で、それは地元の歌か尋ねてみた。「そうだ」が彼の返事だった。僕が彼に、それが本当にその地方に限られたものなのかどうか訊くと、彼は笑って、間違いなくその土地特有の歌だ、と恥ずかしそうに認めたのだ！

僕は長年にわたって、ラジオの多くの宣伝番組と関わってきた。そしてＲＴＥの「日曜日何もかも　生きた言葉」で語ってきた。そして他の番組にもゲスト出演してきた。例えばキアラン・マックマフーナの「私の音楽をあなたに」のような番組に。僕はそれら全部を楽しんだし、一つ一つが様々な挑戦であった。ＢＢＣはロンドンであろうと、ベルファストであろうと、デリーであろうと、いつも新鮮に感じられた。どこでも僕が話題にしてきたアイルランド語の番組を放送している。同様に、９６ＦＭやＲＴＥでのアイリッシュ・ゲーリーとの、またラジオ・ケリーでのダン・コリンズとのお喋りは新鮮だった。特に、ラジオ・ゲールタハトの様々な番組は楽しかった。この番組では、僕が知っているどの番組よりもリスナーに親密になれているように思えた。

　最も長きにわたったラジオとの関わりは、数年間の毎土曜日朝のコークからの番組だった。それは、僕が出演していた時は他の名前だったが、たいてい、『モーラ・イーブ《こんにちは》』として知られていた。僕は、地方の放送局長、エイシャン・マックグラークに出演を依頼されていた。というのも以前、彼のために多くのインタビューを録音していたからだ。音楽部門の担当者のためにレコードのリストを時系列に提供するのが僕の仕事の一部だった。しかし、それとは別に、全体の業務が自由で簡単であったことが、台本のないライブラジオが好きな僕にとって大きな喜びだったのだ。この番組は、ほとんどの場合、と言っても排他的ではなかったが、アイルランド伝統音楽を扱い、土曜日の朝七時半に始まり、八時のニュースを挟んで九時に終わった。それは、緊急時に備えてニュースにも耳を傾けながら朝食もとる時間だった。この番組では、特に僕自身のグランディグ・レコーダーを使って大抵は前もって録音しておいた一連のインタビューを始めると、いつも良い反響があった。当時は一ヶ月契約制だったので、ディアドリュ・ダヴィットが暫く隔月に交替してくれた。

　エイシャンは局長を辞め、ＲＴＥを完全に辞めて弁護士に、そして結局は裁判官になる前のしばらくの間、ラジオ・ゲールタハトの指導者になった。次の新局長はモイラ・ニ・ワラクーだった。彼女はコーク局で長期間過ごしていた。番組の二人の新しいプロデューサーにエイダン・スタンリーとダン・コリンズを迎えた。僕は彼らの情熱が気に入った。お互いに仲良くやった。モイラ・ニ・

ワラクーが月の最後の週のある午後、僕を彼女のオフィスに呼んだ。その時、僕は同じ建物にいて、その週の土曜日の番組の準備にレコードを選んでいるところだった。用件は翌月の契約に関係があることかと推測した。が、違っていた。彼女は、僕がもう必要とされていないと通告したのだ。ダブリンが、僕の北のアクセントがコーク局の番組には不適切だと考えているという理由だった。数年間一緒に仕事をしてきたあげくに、こんなことを言われるのは初耳だった。その決定は、その日にやって来ていた彼女のダブリンの上司マイケル・オキャロルによって彼女に伝えられた、と彼女は言ったのだ。

僕は即座にモイラに手紙を書き、自分のアクセントが彼女や局をこれ以上辱めないように直ちに辞職すると知らせた。同様の手紙をダブリンに送って、自分のアクセントを謝り、居残ることによってこれ以上彼に恥ずかしい思いをさせることはしないと宣言した。僕には、求められていない所にぐずぐず居座ろうとはしない習癖があった。それに当時、他にやっていることが沢山あったのだ。先日、古い資料に目を通していて、一九七八年八月四日付けのダブリン宛ての手紙に出くわした。それをここに引用する価値があると思う。

親愛なるマイケルへ

モイラ・ニ・ワラクーがあなた自身と「ダブリン」(!)が僕のデリーアクセントが『モーラ・イーブ』に不適切であり、よって当番組の出場者としての僕の日々が打ち止めにされるべきだと僕に伝えました。そういうことならそうしましょう。

誤解のないように言わせていただきます。僕はこのアクセントを一定期間使ってきたし、これからも神のご加護の下で使い続けるつもりであることを。いままでの数年間にわたって、それが『モーラ・イーブ』に出演する上で不都合だと思ったことがあると僕は言うことができません。こういう状況では、そして、『モーラ・イーブ』に関してあなたにこれ以上恥をかかせないために、以後二回の八月の番組（八月十二日と二十六日）に出演しないことに決めました。いかなる誤解も避けるために、この手紙のコピーを『モーラ・イーブ』の他の関係者に送ります。

この機会を『モーラ・イーブ』のスタッフに過去数年にわたる彼らの親切と協力に感謝の意を伝える機会とさせていただきます。

僕がラジオで仕事をすることをどんなにか楽しませていただいてきたか、わざわざ言うまでもありません。そして違った環境で再開できることを楽しみにしています。

敬具

トマース・オ・カネン

僕はプロデューサー宛てのメモを局に残して去った。彼らは僕を辞めることに追い込んだ事態の展開に大変驚き、落胆した。彼らは僕の事例に同情したと思う。しばらくして、マイケル・オキャロルから手紙を受け取った。そこには、契約の非更新の理由と僕が告げられた北のアクセント問題については全く言及されていなかった。僕は彼の手紙から、例の特殊なストーリーを作文したのは彼ではなく、ダブリンかコークにいる他の誰かだと読み取ろうとした。僕自身の見解では、モイラが僕のひどい北のアクセントを理由にあげることによって誤魔化したのかもしれない。他に何であろうと、とりわけ当時は、それが政治的に正しいことではなかった。だから、RTE内の何人かの人々から、異議申し立てを望むなら僕に理がある、と示唆された。しかし、僕は努力の価値がないと思った。番組に戻っても、始めたばかりの頃の無頓着な喜びは得られないだろう。例えば、夜明けの屋外の奏者席にブラーニー通り出身のパット・トゥーミーが席につき、パディー・オレイリー、イーモン・ガルヴィン、ケン・オカラハン、ミック・フィッツギボンが音響席で指揮したり元気づけたりし、一方ではエイシャン、エイダン、ダンが背後でストップウォッチを点検し、そして九時のニュースのピッピッピッと鳴る音が我々の最後の音楽の調べの直後――早くも遅くもなく――に入り込む前に僕を最後の集合に招き入れるというような緊張感に満ちた歓喜が。その時は、全ての所で緊張感からの突然の解放感、実況ラジオ放送に対するやりがいが凝集し、そして別の小さな勝利感が得られたのだ。

20. 必ずしもちんぷんかんぷんではなかった

（原題：It's not all Greek to me）

最近数年にわたって、ギリシャ語が僕の人生において大切な場所を占めるようになった。ヘレンと僕がギリシャの二つの島、シフノス島とパロス島で過ごした休暇がことの始まりだった。アイルランドで予約してきてなかったので、僕達はそこで宿泊施設を探して動き回った。ギリシャはこのような状況でも宿泊施設を見つけるのは簡単な国で、部屋代も比較的安い。それはともかく、夜泊まる場所をどこで見つけるか、またそれがどんな所になりそうなのかがわからないと、ギリシャで過ごす休日はいつであっても冒険心を募らせてくれる。

しかし、最初の訪問前に現代のギリシャを知らなかったとしても、僕にはデリーのセント・コルンバズ・カレッジでの学生時代以来古代ギリシャについてのかなりの知識があったと主張してもいいと思う。五年間の古代言語の勉強は別として、僕達は大変面白い本『古代ギリシャの日常生活(Everyday Life in Ancient Greece)』を読んだ。そこにはギリシャという国、その記念碑、伝説、政府のシステムについて書かれていた。それ以来たぶん、自分では意識していなかったが、心の奥のどこかにギリシャという国を見たり、その言語を耳にしたいという憧れを抱いてきたのだろう。僕が現代のギリシャ語が話されるのを初めて聞いたのは何年も前、キプロス島でだった。「ナ・フィリー」のメンバーと共にそこでコンサートを開いた時のことだった。古代ギリシャ語を学んだ者にとって現代言語はそれほど難しくはないかもしれない、と僕は予想していた。しかし、それは間違っていた――大いに間違っていたのだ!

僕はコークで、UCCにソーシャルワークの研究に来ていたリーディア・サープナというギリシャの女の子に紹介された。彼女は僕に現代ギリシャ語の授業をすることを承諾してくれた。このしばらく前に、以前の同僚パディー・マーフィがテオドラキスの歌のレコードを貸してくれていた。その僕にとってそれがお気に入りだったので、リーディアはそれを語学授業に取り入れてくれた。その時から、歌手が歌っている言葉を理解しようとして、そのテープを出かけるたびに車で鳴らしていた。リーディアが授業で説明してくれていた歌を聴くときは満足を覚えることもあった。でも大抵は、挫折感を感じた。というのは、ギリシャ人は歌の中では言葉を同時に発するからだ。スペイン人以上でさえあった。我々もたぶん歌の中では、気づかずに外国人ならするように同様な歌い方をするのだろう。ギリシャ語のアルファアベットを知っていることだけが古代ギリシャ語を勉強していた利点だった。しかし、そうであっても、文字の実際の発音は多くの事情の中で変化しているのだ。我々はアルファ、ベータなどの発音と共にアルファベットを勉強し始めたのに、現代のギリシャ人はライファ、ヴィータと言い、「B《ビー》」と発音する一文字を持たないのだ。「ビー」という発音に対応するのに、彼らは「mp」と書く。最初はちょっと混乱させられる。

ヘレンと僕は初めて「ギリシャ」での休日を過ごすのに、実際にはキプロスに行くつもりだった。しかし、リーディアに幾つかの島について教わると心変わりした。そして結局シフノスとパロスの探検に決めた。僕達は初めてアテネを訪れた時にタクシー運転手に行きたい所を告げられる程度まで、リーディアから二、三ヶ月で教えてもらった。シフノスで休暇を過ごすように勧めてくれたのはリーディアだった。それは壮麗な夕陽、黄金色の砂浜、伝統的な漁村を楽しめる大変美しくて素朴な島だ。シフノスで一週間過ごした後、ピレウスから来る時に乗った大きなフェリーではなく、もっと小さな船に乗って、パロスという隣島に行った。僕達はそこでキャプテン・マノリスホテルのマネージャー、アポストリースと友達になった。そして退職船長の彼の父親の名をとった彼のホテルで大変楽しい時間を過ごした。アポストリースと彼の従兄弟のニコがホテルを経営しており、入ってくるフェリーすべてで客探しをした。そこは僕達が初めて彼らに会った所ではなかったが。フェリーは各々の島の社会生活の大切な役割を果たしており、生計のために旅行者を当てにするあらゆる種類の島民を惹きつけていた。フェリーは我々を毎日ドックに惹きつける磁石のようなものだった。そこでは、新しくやって来た客を見たり、ホテル経営者の仲介者が、たまたまその日に客引きを引き受けているホテルどこにでも競い合って彼ら新顔を誘い込む様子を見物できた。『世界のニュース』が新聞広告でうたっているように、「すべての人の生活がそこにある」のだ。

大きなフェリーが回転し、乗客を上陸させ、新しい荷を乗せるスピードと効率は驚くばかりだった。一瞬たりとも時間が無駄にされることなく、フェリーがまだ埠頭に向けてバックしている間にドアが開き、最後の乗客が乗り込むと閉まり始めた。そして再び船体は海淵へと旋回して出て行った。全く、ギリシャ人はオデュッセウスの時代から老練な船乗りだったのだ！

休暇の最終日に、僕達は比較的大きなフェリーの一つに乗ってピレウスに戻った。そこで、バスは夜には運行していないと言い続けるタクシー運転手に抵抗しながら、夜の遅い時間に空港に向かうバスを待った。もちろん、タクシー運転手の言うことは嘘で、無難な商売上の策略だったと思う。僕達はそれにひっかけられないで、小さなグループと一緒に確信ありげに待ち続けた。一方、タクシー運転手は餌食の周りを旋回するハゲワシのように我々を観察していた！　そこに個人の車が近づき、一人の娘が出て来て我々に仲間入りした。その若い男が運転する車は走り去って行った。突然、その娘がパニックに陥って叫んだ。「きっぷとお金の入った財布を車の中に忘れてしまったわ。どうしましょう」

彼女がピレウスから空港に行くバスに乗らなくてはならないことを聞いた若いギリシャ人が渡船場から彼女を車で送ってくれたこと、そして彼女がその車の後部座席に財布を忘れたことが知れ渡った。我々は彼女を慰めようとした。そして僕はこう言ってやった。「ギリシャ人はとても誠実だと僕は信じている。もし、あの青年が財布を見つければどんな手段を講じてでもあなたに届けてくれるだろう」と。彼女が空港からイギリスに戻る飛行機に乗ることを彼が知っていることが助けになる、とも言ってやった。皆がほぼ諦めかけているところに、彼の車がスピードを出してやって来て急ブレーキをかけて彼女の前で止まった。まさに、サー・ガラハッド（アーサー王伝説に登場する高潔な騎士）が戦利品を持って戻ってきたのだ。彼女は喜びと安堵でいっぱいだった。我々皆も同じ気持ちだった。真実が知れれば誰だって同じだろうが。僕は彼女に、このことが起きたのが、このようなことが今なお起こりうる数少ない観光国の一つギリシャでだったことを決して忘れないようにと話した。ギリシャでは決まって車が鍵をかけないまま放置されているが、そのことが珍しいとは誰も思わないのだ。ああありがたい、ギリシャはまだイタリア、スペイン、敢えて言わせてもらえば、アイルランドでもないのだ！

コークに戻ると、ギリシャ語のさらなる上達を決意してリーディアによる授業を再開した。今までのところ、自分の進歩に驚いていると喜んで認めてもいいだろう。ヘレンと僕の次の目標はクレタ島だった。決まったようにそこで休暇を過ごして、大いに褒めるアイルランド人をたくさん知っていたからだ。彼らは皆、クレタ島が言いようのないほどに、ギリシャそのものよりギリシャ的だと説明するガイドブックに納得した。以前ＵＣＣの同僚だったポール・ブリントがイラクリオン大学にいるクレタ島出身の彼の研究生仲間と連絡できるようにしてくれた。彼はとても親切で、島の最初の夜に泊まれる市内のホテルを予約してくれた。その夜、クラブである優れた音楽に出合った。そして翌日、ハニアに出発した。旧ベネチア時代の港と風景が見られるからとリーディアに強く勧められていた町だ。ギリシャのバスは島内の素晴らしい様式の交通機関だ。車よりはるかに良い眺めを楽しめるし、切り立った崖のてっぺんでバランスを保ちながらヘアピンカーブをうまく切り抜けなくてはならない恐さを感じなくてもすむからだ。島の北海岸の旅は素晴らしく、ハニアの美しさは評判通りだった。僕達は海辺から離れた所に、ホストが大変親しみやすい古風な家の宿を見つけた。そこに滞在中、ギリシャ正教会のイースター行事に出席した。イースター前日の土曜日の夜、宿に戻ると、ホストに彼らのパーティーと祝宴に招き入れられた。だから自分達自身もコミュニティの一員の気がした。イースターの日曜日の朝には、どこでも串に刺したラムが焼かれていた。串は子ども達が回し続けた。このラムの串焼きは日曜日の夕食に間に合わされた。ハニアの楽しい朝だった。愉快そうなクレタ島民が三々五々に通りをぶらついて、友人の家を訪問するのだ。

僕にとって、ハニアで最も胸をわくわくさせることは波止場にある小さなカフェバー、カフェ・クリーティに行くことだった。ここでは毎晩音楽とダンスが催された。オーナーのガンドレアースはミュージシャンで、おまけに一流のダンサーだった。そこに滞在中、僕はほぼ毎夜、彼のダンスクラスに通って、ギリシャのダンスをいくつか学んだ。そして地元の人達と一緒にイーヴニングセッションに加われるほどになった。そもそもダンスのレッスンは火曜日と木曜日の夜に行われると聞いていたが、ガンドレアースは僕が大変熱心なのに気づくと、いつでも七時に来るようにと言ってくれた。その後、八時頃に他のミュージシャンが演奏と歌のセッションに到着した。彼らの水準は大変高く、ほとんどがセミプロだった。その夜は彼ら自身の出番がなかった。コーヒーや酒を飲みながらただ座って彼らの話を聴くだけで全く楽しかった。催しものについての宣伝は何もなかった。ただ本物のクレタ島の音楽がそれを愛する人々によって演奏され、歌われるだけだった。夜遅く、人々が集まってくると、ダンスが始まり、ガンドレアースが僕をフロアーに引っ張り出し、本物のダンサーと一緒に僕のステップを練習させてくれるのだった。

ギリシャ語の勉強に可能な限りどんな方法ででも真剣に奮発しようと決意して、クレタ島での休暇後にコークに戻った。パディ・マーフィーからの手紙で、ギリシャのテレビを衛星放送で受信できると知ると、近くで受信機を買い、パディに助けてもらって政府のテレビ局エット・エナに電波を合わせた。ギリシャのニュースキャスターはニュースを猛スピードで読んだ。だから僕は、彼らが登場するとテレビを切りがちだった。心理的に全く役立たなかったからだ！　通常の番組はずっと良かったので、多くを学んでいる気がした。多くの点で最高のものはサブタイトル付きのアメリカまたはイギリスの映画だった。ギリシャ語のサブタイトルを読みながら英語で話されていることを聞き取れたからだ。言語学習の道具として使うことはともかくとして、エット・エナ局は高水準の番組を放映するので良い仕事をしている。僕の好みからすると、国会の議論を多く放映しすぎるとしても。

最近、予想外にも、リーディアの故郷ヴォロスでの彼女の結婚式に招かれたお陰でギリシャ本土に戻る機会を得た。彼女はウォータフォード（アイルランド南東地方の町）出身のマーティン・ホッジと結婚することになっていた。僕はレセプションでパイプスを演奏するように頼まれたのだ。ギリシャ正教の結婚式では、専属の聖歌隊先唱者による詠唱はたくさん歌われるけれど、我々が実際の結婚式そのもので理解しているようには音楽が演奏されないのだ。驚いたことに、新郎新婦は式の最中いかなる時も話をしない。話すのはすべて神父だけだ。もっとも、詠唱隊は花嫁の側の要求なら何でも従う約束をするのだが！　リーディアはそのような自分のための約束を遠慮したのかもしれないと僕は感じている。式は小さな美しい教会で行われた。実は、それはヴォロスの郊外にある山腹に掘られた洞窟だった。神父が式の間にカップルの頭に載せた繋ぎ合わされた冠、幸せなカップルに投げるために途中で参列者の皆に渡されたお米の入った小さな袋、そして最後に受け取った砂糖をまぶしたアーモンドが入った個々の袋はみな結婚式に独特の趣を添えた。我々の中には、タベルナ（ギリシャのレストラン）での夜のレセプションに繰り出す前に、リーディアの家に行く人達もいた。タベルナでは、数え切れないコース料理のご馳走がふるまわれ、大勢の人々が夜遅くまでダンスを楽しんだ。翌日、僕達はリーディアの両親アレコース、ペイリーと一緒にピリオン山のツアーに出かけた。この山はヴォロスの郊外から半島まで裾野がのびている。一行は山の高い中腹にある魅惑的な古い村、マークニツァを訪れ、ヴォロスとその周辺の平原の見事な景観を楽しめるレストランで食事をした。

翌日、僕達はギリシャの友人ヤーニスと会うためにアテネに戻った。彼とは、彼がコークで英語を勉強していた時に会っていた。ヤーニスと一緒に彼の妹のアパートで数日を過ごし、アクロポリスとデルフィに観光に出かけた。僕達は初めてのギリシャでの休暇の際にアクロポリスを訪れていた。再度そこを見られて嬉しかったが、アポロンの神殿、古代の競技場、劇場そして素晴らしい博物館のある有名なデルフィの地を訪れられると思うとそれ以上に胸が躍った。謎めいた予言と共にデルフィでの神託は学校で習っていたことだった。しかし、ギリシャ中からのアポロンへの奉納物を収容した小さな祠が点在する、山腹のあのような大規模な地域だとは想像外だった。

ヤーニス、ヘレン、そして僕自身はアテネでの最後の一日中を買い物で過ごすことに決めた。しばらく中心部を回った後、あるテレビカメラに気づいた。それは町の全体的な写真を撮っているように思われた。僕達はその晩、ギリシャのテレビに映るかもしれないとヤーニスは笑って仄めかした。さらに少し買い物をした後で再び、違った場所でまだ撮影しているカメラチームに出くわした。しかし、ぎりぎりの時間まで土産物を探すのに忙しくて、彼らに注意を向けられなかった。コークに戻る前に、アテネ中をいくぶん無目的にぶらつくことは、ギリシャの休暇の最終日を過ごすのにとてもリラックスできるもう一つ別の良い方法だった。

家に帰っておよそ一週間経った時、パディ・マーフィーが電話をかけてきて、ダブリンにいる彼の弟が、パパンドレウ首相の病気と重なったギリシャ危機について放映されたイギリスのテレビのチャンネル4で僕達を見たと知らせてくれた。明らかに、僕達は政治危機にもかかわらず自分のことにかまけている平均的アテネ人についてのテレビ放映の大きな部分を占めていたのだ！　数日後にリーディアがギリシャから帰ってきて、やはり僕達がギリシャのテレビで目立った行動をしていたと話してくれた。彼女がテレビに登場することなく今までギリシャで生きてきたのに、僕達は彼女の結婚式に出席して一週間そこに滞在するだけでテレビのゴールデンアワーを操縦できたなんてあんまりだ、と彼女は思ったのだ。公平さが欠けていたのだろうか。

21．音楽批評と作曲

ある人が僕にこう提案した。これらの回想記を「亡き人々の後釜にすわる」と題したらどうかと。それは、僕がUCCでアイルランド音楽の教師ショーン・オ・リアダの死後、その後を継ぎ、コーク音楽学校でイーリアンパイプスの教師ミーホール・オ・リーヴィの後を継ぎ、それから一九八〇年には、『コーク・イグザミナー』の音楽評論家ジェラルディン・ニースンの後を継いだからだ。

ジェラルディンをそれ以前に、UCCの音楽学部で教えていたショーン・ニースンの妻として知っていた。また、ピアニスト、ピアノ教師としての彼女の名声を承知していた。彼女自身とショーンはコークラジオに、それが女性刑務所にあった初期から深く関わっていた。彼女は「ナ・フィリー」がコークで演奏していた多くのコンサートを批評していたが、実に好意的だった。一九八〇年のこと、彼女は僕に自分では扱いきれないいくつかのクラシック・コンサートの批評を頼んできた。後に彼女のお嬢さんのアンが「母の体調が深刻なので、母が契約している他の多くのコンサートの批評も引き受けてもらえないだろうか」と電話をかけてきた。ジェラルディンはそのすぐ後に亡くなった。僕は『コーク・イグザミナー』に、音楽評論家として続けて仕事をしてくれるようにと依頼されたのだ。その時には、十五年後にまだそれを続けているなどとはほとんど想像もしなかった。『アイリッシュタイムズ』――ここでもジェラルディンは仕事をしていたが――にコークの通信員として彼女の仕事を継承してくれと頼まれた。『アイリッシュタイムズ』の音楽評論家チャールズ・アクトンと芸術部門の編集長ファーガス・ラインハンの二人は僕が最も親密に関わった人物だった。彼らはいつも大変頼りになった。チャールズは新聞に批評をどのように掲載すべきかについて大変慎重な人物だった。例えば、「オーパス《作品》」という語を大文字で書くべきか否かといった一連の規則や、もう忘れてしまったが、モーツァルト作品のためのケッヘル番号やバッハの作品番号についての厳格な指示に関して。彼は「ナンバー」という語の短縮形の後にフルストップを続けるべきか否かについてさえ基準を持っていた。僕はむしろ、『コーク・イグザミナー』に書く自分の批評の中のそのような事柄については、自分自身で規則を定めて楽しんだ。ダブリンに行って、コンサートでチャールズと彼の妻キャロルに会ったり、彼らが稀にコークにやって来る時に友情を蘇らせることがいつも喜びだった。

ある時、ファーガス・ラインハンが全国からのレビューで忙殺されていると僕が思っていた時、僕が『アイリッシュタイムズ』に書いたレビューが『コーク・イグザミナー』に僕が提供したものと似ている、と彼が手紙で指摘してきた。彼は僕が話すまで、ジェラルディンの時にもいつもそうだったことに気づいていないようだった。そのことは二度と話題にならなかった。僕は自分の愉快なやり方で続けた。実際には、ダブリンレポートをコークのものとは違ったやり方で始めて終わるように努めたと思ってはいるが。しかし、そのちょっとした妨害は何年か前にジェラルディンに降りかかったものほど深刻ではなかった。それは、コークで演奏した弦楽四重奏楽団のレビューを彼女が書いて『アイリッシュタイムズ』に提出した後のことだった。彼女は他ならぬ編集長からある返事を受け取って驚いた。その内容は、この楽団についてのレビューはすでにチャールズ・アクトンがダブリンで書いたので必要がないというものだったのだ。ジェラルディンが、二つのコンサートは同じものではないし、二人の批評家は別人であると最終的に納得させた。そして彼女の記事が公表された。コーク側の小さな勝利だった！

音楽評論というものは、たいていの人は正式の訓練を受けない仕事だ。僕もそうだった。過去に約五十年にわたって音楽を聴き続けたこと、音楽そのものが大好きであること、UCCから受領した音楽学士、そしてプロ、アマ両方のミュージシャンが人前での演奏の問題にどのようにして向き合うのかについてのいくらかの知識があったことを除けば。僕の最初の教訓の一つは「ナ・フィリー」と共に活動していた時に学んだものだった。それは歌い手としての弱点を持っていることと関係していた。僕達はイタリア・ツアーに向けて練習していた。そして一つの曲の中で僕は歌いもしたし、演奏もしていた。マットが僕の歌が以前ほど上手ではないと仄めかすようなことを言った。僕は彼の言葉に傷ついたのを覚えている。自分が十分に納得できないまま、その批判を個人的に受け入れたからだ。もし彼が僕のパイプス演奏を批判していたなら、そんなことは決してなかっただろう。演奏についての批評ならどんなことにも困らなかっただろう――たとえ些細なことでも。僕の手は単に、どんな調べを演奏するかについて指示されるがままに従う独立した機械装置にすぎないが、「自分の」声は「自分の」口から出る、まさに自分なのだ。人前で演奏する歌い手がいかに傷つきやすいか、突然理解した。僕はその教訓を決して忘れなかったと思う。だから、歌い手についてどうしてもやや否定的なことを言わねばならない時には、慎重に言うように努めた。

もちろん、批評家はアマチュアとプロフェショナルの間に引くべき厳格な線を意識していた。それは特別な演奏のための適格な聴力を身につけているかに関わる問題だった！　コークには、外国から多くのパフォーマーが単独のコンサートにやって来るので、いつも広範囲なパフォーマーがいた。たぶん我々は一流のプロより多くのアマチュアの批評をしたが。

ピアニストのチャールズ・リンチの日々の批評をし続けることができたのは嬉しかった。もっとも僕が彼の演奏を聞いた時には、彼は最盛期を過ぎていたと聞いているが。音楽について何度も彼と話すのは楽しかった。彼はいつも広い知識を共有することに熱心だった。ピアノ音楽だけではなく、オペラを含めてあらゆる種類の音楽についての彼のレパートリーは並はずれていた。近くにピアノがあれば、彼は要点を証明するために長いオペラ的な改訂版を演奏するだろう。彼の相対的にゆっくりした動きと輝かしい音色の鍵盤技術の違いについて、詩でコメントしてみた。

チャールズ・リンチ

あなたはいつも惑わした
重苦しいステップを
鍵盤にたたきつけて。
我々は心配した
あなたはたどり着けないのではないかと。

ピアノの椅子が抗議した
あなたがゆっくり重々しく腰を落ち着かせ
そしてうずくまった時に、
最後の咳払いと
沈黙を待って……

すると、子どものように
あなたは不意打ちをくらわした。
ドビュッシーにさざ波をたてさせ、
ショパンをちらちら光らせて
あなたの指から。

UCCで行われたランチタイムコンサートの一つで歌ったソリストの批評をしたのを覚えている。彼は国立交響楽団のパートリーダーで、ダブリンから連れてきた優秀なピアニストが伴奏をした。僕はコンサートを楽しんだ。そしてその通りのことを僕は言った。しかし、ソリストと伴奏者が動きの速い部分でばらばらになったある章について少しばかり批判も加えた。そのことを批評の中でこんなふうに述べた。「……継ぎ目が露骨に見えている」と。実際に起きたことが、そんなふうに写実的に印象づけられたと僕は感じたのだ。

当のソリストが僕に手紙を書いてきて、その場にいた何人かのプロのミュージシャンに僕が言ったことに同意するかどうか尋ねたことを明らかにした。彼らは同意しないと彼に伝えたとのことだった。彼は曲のホトコピーを同封し、この「ばらばらになった」と僕が言う箇所がどこなのかを指摘するようにと要求した。明らかに批評家の鼻を折ろうとしていたのだ。幸運なことに、全体の楽章の中で一箇所だけそんな場所、つまりクライマックスへの助走部分を指摘できた。僕はそこに印を付けて手紙で送り返した。その中で、批評家のコメントを深刻に受け取りすぎて彼らを尊大に感じさせないように、自分の優れた音楽活動を続けられるようにと書き添えた。そのことについては、彼から他に何も聞かなかった。そして、僕達は今なお、会うときには良き関係が続いている。

時にはあることだが、演奏者に批評家宛てに直接手紙を書かせることは普通にはない。彼らが編集者に不満を書いてくることはあるようだ。僕は、演奏者の手紙と同じページに返事を書く機会を何回か、編集長に与えられたことはある。しかし、そうすることを断ってきた。もし演奏者がそのように願うなら、僕に彼らに直接手紙を書くチャンスはあったし、彼または彼女も同様だった気がするから。返事が本当に必要な時には、むしろ後になってそうするだろう。そうすれば、批評を感じ取ってもらうのに必要な時間が持てるから。念を押すが、猫を殺す方法はバターで窒息させる以外に沢山あるのだ。ある新聞の記者が電話をよこして、オペラの人気者の長いコンサートの終わる前に僕が立ち去ったことに誰かが不平を言っていたと伝えてくれたことを覚えている。僕の見解では、本当の問題は僕がスターの一人に対してやや強すぎる批評をしてきたことにあると思っている。もちろん、締め切りに間に合わせるためには、終了前に立ち去るのは全く普通のことである。出演者が好意的な批評を書いてもらうことにお礼を言う一方で、好意的ではない批評に感謝しないのは人間的なことだと僕は思う。論理学によれば、批評家は多分、真面目な意見を提示するので出演者はお礼を言うべきだろうが。彼らの見解は、批評家が良い批評を書けば、その批評家は疑いようもなく正しい、そしてかなりの洞察力の持ち主でさえある、しかし、批評家が悪いものを書けば、その人は耳が聞こえないと同様に間違っていると思われるのだ！

プロに関する音楽批評は普通ではない仕事だ。自分の娘が、それは誰にでもできうる最も無意味な仕事だと思う、と僕に言ったことがある！　問題の一つはもちろん、演奏者は普通、批評家よりよく知っているのに、批評家はその演奏を評価しなくてはならない点にある。理想的な世界でなら、彼または彼女は独立した基準で演奏を評価するだろう。その基準はすべての人に認められるものであり、演奏者に優りうるなど考えられないだろう。僕自身の見解は、もし持っているとしたらだが、彼らの基準と博識ある聴衆の代弁者であろうとする試みとの中間的位置にあった。何故なら、あまり認められていないことだが、批評は往々にして、コンサートの席にいなかった人々に読まれるからだ。コンサートを聴いていない人々が定期的に批評を読むなら、彼らはある特定の演奏についての批評家が思ったことを知りたがる。その結果、彼らの中には、そのことによって、別のコンサートでも彼らが採用するであろう基準を確立する人達もいるのだ。それは正道からはずれていることだが。

この仕事の重要な点は非常に思慮分別のあるコミュニケーションなのだ。それにもかかわらず、特に地方では、音楽についての良きニュースを広げることに本当に関心があるなら、批評は教育の要素を持っていなくてはならない。もちろん、僕は誇大宣伝について語っているのではない。それは誰か他の人の仕事だ。もし批評に、音楽学士コースで学ぶよりいっそう難解な語が使われ過ぎるなら、読者を失うだろう。そんなことは批評家にとっての心配事ではないかもしれない——本来なら、批評家が心配すべきことだとは思うが。あらゆるタイプの音楽演奏について長年間書き続けていると、歴史家としての重要な役割を担っていることがわかる。新聞はそのことを認めないかもしれない。しかし研究者は、市民仲間が前世紀に現実にどんな種類の音楽を聴いたか解明しようとするので、今から百年後にはこのことを認めるだろう。

批評家が味わえる最も大きな誘惑は自分がいかに知っているかを示せることだ。問題が単なる見せびらかしに終わりさえしなければ、明らかに、ある演奏を他と比較することによって文脈に組み込むことは有益かもしれない。ある種の批評家たちには、一つの演奏をばらばらにすることによって、僕には理解できない何かつむじ曲がりの方法で、演奏者より、そしてコンサートを聴いていてその演奏が優れていると思った聴衆よりもずっとよく知っていることを示せると感じられるのだ。そのような批評家の態度が往往にして、全体的に批評することについての劣等感から来ていることは理解するだけの価値がある。たとえ燃えつくした演奏家に何の慰めにもならないとしても。僕の意見では、批評家が最初に身につけるべきことは誠実であることだ。音楽に関する能力と知識が要求されるのは明らかなことだが、誠実さがなければ評論家は全く存在し得ない。

もはや『コーク・イグザミナー』の音楽評論家としてのポストを退いたので、こんなふうにくつろいで音楽批評を眺めるのは簡単だ。僕は十五年間コンサートを楽しんだ。もちろん、他の人より長期間だった。専属のルーマニア人から成るアカデミア・カルテットのようなアンサンブルが神を讃える音楽を合奏するのを、また彼らの後継者ヴァンブルグ・カルテットがその伝統を継承するのを聴く特権が与えられた。他に何が？　ベートーベンを演奏するマリアーナ・サーヴとジャン・キャップ、コーク合唱祭、国立交響楽団の訪問、バラ・オ・トゥーマのオペラふうのコンサート、ジョン・オフリンのＩＯＲＣ（アイルランド歌劇レパートリー劇団）との共演の成功、ジオフリー・スプラットの合唱作品、ＵＣＣでのブリジット・ドーランの第一回ランチタイムコンサート、ロバート・ベアの「僕のチームは耕しているかい」の記憶すべき歌、シューベルトの「鱒」を演奏するジュピター五重奏団、その他にもたくさん。しかし、大切な音楽のひと時はいつも公のコンサートのためにあるわけではない。ある時、あるパーティーで、ある婦人が友人のためのラブソングを歌うのを聴いた。その友人の中には、彼女の幾人かの孫も含まれていた。彼女の名前はネリー・シャノン。彼女の歌は僕にとっては、他の誰もしたことのない方法で、世界を彼女の声を超越した所に留め置いた。僕はその夜、家に帰るのを待ちきれずに自分の思いを詩で表現した。

歌う人　ネリー・シャノン

あなたの歌の島の傍らに私をさっと運んでおくれ。
渦巻くスリップストリームに私を放り投げてもらっておくれ、
あの岸辺まで。そこでは回転する世界がとてもゆっくり

呼吸の速度を緩め、そして止める。「あなたと私」、
それは囁く、「聴いて、私たちは決して死なないわ」。

私は見守る、まさに初めて、
はかない空気とその詩歌の奇蹟が
この球体の回転する翼を引き止め、
違った意味で動かし始めるのを、
穏やかに私たちの過去時制を整理し直すのを

手垢のついた目録――
―そこには純潔という名の因習が並んでいる
―それは貞節な愛なる大義にもとづくもの
―そこにはあらゆるときめきが欠けている
―その目録を満たす無風の世界が周囲で終わりを告げる。
「本を閉じなさい、女性よ、あなたの歌は終わった。
聴いて、回転はすでに始まったわ」。

これと異なってはいるが、何年か前、コークの市庁舎で、アニア・ニク・ガヴァンの歌が「メサ

イア」（ヘンデル作曲の宗教的音楽劇）の中で、大変巧みに、僕の過ぎし日々の心の中に大変多くの感情をどっともたらしてくれた、少し忘れてしまっていた感情も。

パストラル《田園詩》

市庁舎で「メサイア」を
一人のアルト歌手が歌った、
主は主の羊の群れを養って下さるだろう
羊飼いの如く、そして集めて下さるだろう
仔羊たちを主の腕で
そして彼らを主の胸に
そして優しく導いて下さるだろう
子ども達と一緒にいる羊たちを。
そして彼女の歌は僕からはがしてくれた
保護されていた年月を。

僕はミサのために起きあがっていた
ある（註）初金曜日の朝、

断食中だった。自転車のランプが
僕の暗い冬の道案内、
ストランド通りに沿って。すると
RUCの警官が消した
僕のカトリックの光を
ドイツ人に見つかるのを恐れて。

僕はかき回していた
復活祭の手桶の中を
家に持ち帰る灰を求めて。
次に僕は浸していた
僕の瓶を聖なる樽の中に
早めに復活祭の水を求めて、
そして僕は手に入れていた
パーガトリー《煉獄》にいる聖なる魂のための免罪符を
十一月に。するとオロッフリン神父が
涙ぐんだ目で言っていた
すべての涙がぬぐい去られるだろうと。

註　初金曜日とは月の最初の金曜日。カトリック教会では、九ヶ月間続けてミサにあずかり聖体拝領をすれば、罪の中に死ぬことはないとされている。マルガリータ・マリア・アラコックにイエス・キリストが約束したことに始まると伝えられている。

一九八〇年代と一九九〇年代の初期、新聞には音楽評論を歓迎するスポットと、そのような寄稿をページ全体を普通に構成する部分として受け入れる気質があると人はいつも感じていた。当時、音楽批評はバラエティー欄の目立つ位置にその場所を誇らしげに獲得していた。僕はここ一、二年以上にわたってそのような気質を示す証拠を探したが無駄だった。たぶん、僕の記事を新聞社のコンピューターに直接我が家のコンピューターからモデムで送ることの責任の幾分かは僕にある。いつも自分のタイプ原稿で送り続ける方が良いと忠告されていたかもしれない。しかし僕はそう思わない。

仕事の中でも一番厄介なことはコンサートに実際に出席することでも、評論を書くことでもなかった。どちらも時間を使うことではあったが。最もいらいらさせられることは、新聞紙上に数インチを獲得するために奮闘しなければならないことだった。もし裏ページに死亡記事や広告で埋まっていないスペースが残っていれば、その時がチャンスなのだ。しかし、僕は記事が掲載される前にしばしば、一週間か二週間、毎晩副編集長に電話をかけ続けた。その間に僕は、アーティストやそのサポーター達から記事が出ないことについての質問攻めにあっていた。言うのも変だが、音楽評論家は長期間契約された音楽欄に評論を書くことなど決して認められなかった。やっと数年前に登場するようになったのだ。その威厳のある超空間に配分されるのにどんな高級新聞を人は必要とするのか、僕は決してわからなかった。間違った印象を与えないようにはっきりさせておきたいが、僕はいつも全てのスタッフとの最高の関係を楽しんだし、今もそうだと思ってはいる。

僕は編集長に手紙を書いて、音楽評論の仕事を辞めようと思っていることを知らせた。そして全般的な批評について、特に音楽批評についての提案をいくらかしようとした。自分の意見として、新聞は実際には真の批評に関心がない、単なるごまかしに過ぎない、ともの申したことを認めなくてはならない。その返事を二週間待った。返事にはわずか二文書いてあるだけだった。その一文には、僕の手紙は受領されており、その内容が記録されているとあった。それだけのことだった、十五年間仕事をしたのに。

音楽を批評することと、音楽を作ることとは全く別ものだ！　僕は自分のことを作曲家と呼ぼうとはしなかった。しかし、多くのオーケストラ作品、いくつかのミサ曲、多くの合唱曲、そしていろいろな楽器合奏のための曲をわずかばかり作ってきた。たとえ歌を作曲したくても、芸術のその側面にはほとんど手をつけてこなかった。振り返ってみると、音楽学士の勉強をしている時、疑いなく卒業後には作曲の道に進もうと思っていた。実際、この点でショーン・オ・リアダからいくぶん激励さえ受け、『音楽の詩学』という本をプレゼントされた。その著者はイーゴリ・ストラヴィンスキー（ロシアの作曲家、一八八二―一九七一）。彼の崇拝者の一人だった。そこには、ストラヴィンスキーがアメリカで行った一連の講義形式で音楽の役割と音楽制作が議論されていた。音楽を作るにあたって僕がかかえている低レベルの問題を議論する時、ショーンはいつも大いに助けてくれたのだが、全く恩着せがましくなかった。しかし、当時の音楽学士の勉強が終わった後、作曲に費やそうと考えていた暇な時間は音楽学部で教える職務で飲み込まれてしまった。
ショーン・オ・リアダについて話せば、彼についてというよりむしろ彼の死後、彼の後を引き継ごうとした人々について書いた詩が思い出される。あるコークの有名な詩人がそのとても短い詩に異を唱えたが、ここに繰り返すだけの価値は十分にある！

ショーン・オ・リアダ

詩人達が競い合って解剖する
沈黙したナイチンゲールの骨を、
広げたまま こわばってしまった翼を受け入れながら。

彼を分析せよ、一篇の詩を作るために
今や彼はもう歌えないのだから。

作曲するには、どこかからインスピレーションを得なくてはならない。頭脳の中で何かが閃くことを言っているのではなく、作曲を容易にする状況を言っているのだ。新しい題材を求める一人の演奏者あるいは演奏者たちの存在は、互いに正式の委託関係にあろうとなかろうと大変励みになる出発点だ。音楽学士の勉強をしている時、コーク交響楽団を思い通りにできたお陰で創造する意欲に拍車がかけられた。そこで僕は、弦楽器と木管楽器のための曲「ギャントリー」(笑いを誘う愉快な曲)を書いた。後にある金管楽器を加えた。すると自分が本当の作曲家になれる気がした。最近、物事が振り出しに戻ったと言えることが起きた。というのは、僕が弦楽合奏団用に書いたその改訂版をアイルランド青年交響楽団の元指揮者ヒュー・マグワイアが地方の音楽講座で使ってくれたのだ。つまり、僕は作曲家になったのだ。もちろん、フレイシュマン教授の下で学士の勉強中、管弦楽法について多くを学んだ。しかし、人に教えられて学ぶより、むしろ実践に依ることこそが優れた学習体験であることを知ったというわけだ。

音楽学士コースの最後の年、少しばかりモダンな、おそらく向こう見ずでさえあるフルオーケストラ用の作品を作ってみることにした。僕は音列に基づく作曲に大変興味を抱いていた。それはコークでは、「ダ カミング ティング(最新の流行)」と言われているものだ! ("the coming thing" をコーク流の発音に従って表記すると、"da coming t'ing" になる。) フレイシュマン教授はそれをおおよそのところ認可したが、僕がその作品名を書かなかったことに気づいた。それが下品な付帯的意味を持つ侮辱的なアイルランド語で表現されていたので、僕が演奏の夜まで題名を伏せておこうとしていたのを彼は知らなかった。僕の最初の考えでは、それを単に「(十二音音楽の) 音列」と呼ぶつもりだった。しかしその時、「私の」のアイルランド語を題名の前につけて、「モ ホーン ロー」、すなわち「私の音列」とすることに決めた。僕はそれには満足できず、いつものゲームプレーを言葉で始め、結局は「ポグ モ ホーン ロー」(「勝手にしやがれ」の意) に落ち着いた。それは一見正当に見えても少し下品に響くのだ。教授は最初は受け入れてくれそうだった。そしてその時、僕は二重の意味を仄めかした。すると彼は、そのような題名がオーケストラ付きのイブニング・コンサートのプログラムに載せられることに耳を傾けようとしなかった。学友達とショーン・オ・リアダがその題名が面白い、賢明でさえある、と思ってくれたのに！　ショーンは楽譜を見せてもらいたいと言って、二つのホルンが演奏するオープニングについて好意的にコメントしてくれた。オーケストラを指揮するのは実に楽しいことだった。僕の新しい、やや理知に訴える作曲が直ちに魅力的に感じられるかという点では幾分欠点はあったが。

そのすぐ後のこと、メイフィールドにあるレディ・クラウンド教会の教区神父ショーン・マク・カーフィにそこの聖歌隊を引き継いでくれるようにと頼まれた。助任司祭は後に親しい仲になるマイケル・ライアンだった。その聖歌隊には友好的な雰囲気があった。その中の何人かとは、聖歌隊仲間ではなくなって何年も経つが、今でも友人である。聖歌隊に関わっているうちに合唱曲の作曲を思いつくようになった。そこで、国民文化大会のコンペティションに数曲を応募したところ、アイルランド語詩の作曲で賞を獲得した。その一つは「デウス・メウス（私の神）」という男性聖歌隊のための作曲だった。これはミーホール・オ・スールワインがUCCの大ホールでの合唱協会コンサートで指揮したし、フィンタン・オ・マラクーもコークのポープス・キーにある聖メアリー・ドミニカン教会でしばしば彼の素晴らしい聖歌隊と一緒に使ってくれた。もう一つの受賞作品は「イム　エイーナ　シャール（私だけで）」。それは僕が「グラシャ・ヴィ聖歌隊」と呼ばれた短命のグランマイアの聖歌隊と一緒に演奏した。我々は国民文学大会に出かけた。そして、僕が間違っていなければ、僕のもう一つの曲、「リンカ　ファダ（長い踊り）」を同じコンペティションで歌った。

僕はアマチュア作曲家として、聖メアリーズ・ドミニカン教会聖歌隊から刺激を受けた。一九七八年に、アイルランド教会音楽協会から、ダンガーバン（南東部ウォーターフォード州の町）でのサマースクールのために新しいミサ曲「アフラン　コラムキル（聖コラムキルのミサ）」をアイルランド語で書くように依頼された。フィンタン・オ・マラクーがその年のサマースクールのディレクターだったが、聖メアリーズ・ドミニカン教会聖歌隊がそこで初めて、そのミサ曲演奏を行うことを企画したのだ。「ナ・フィリー」のメンバーであるトム、マットそして僕と共に我が娘のヌアラとウーナが伴奏をした。僕達はコークで、そのミサ曲のそれぞれのパートの練習を大いに楽しんだ。僕はその曲を書き、次にダンガーバンでのサマースクール参加者にそれを教えた。僕はそれが生の入場交唱聖歌（左右の聖歌隊が交互に歌う聖歌）「キャネギ・ド・イア（神に歌う）」に伴われて満足のいくミサ曲になるものと確信していた。その結果、うまくできた。コネマラでは何世代にもわたって一般的で、「アン・ファジャ・ギャール（汚れなき祈り）」として知られている祈りは、僕が聖体拝領賛歌に使ったものだった。僕は祈りの最初の詩をシンプルなメロディーにして反復コーラスにした。その祈りはまた「ザ　ホワイト　パターノスター（主の祈り）」としてイギリスで何世紀も前に知られていた。「あなたの左手の上に乗っているのは何ですか。キリストの体です。／あなたの右手にのっているそれは何ですか。安息日の水三滴です」僕はある時、それをある講習の参加者に教えたのを覚えている。その講習のもう一人の講師は有名なアメリカの礼拝式作曲家だった。彼は次のような、彼が解放の哲学と見なしたものに驚いていた。「あなたは夕べどこで眠りましたか／神の御子の足元で。／今夜はどこで眠るのですか／貧しき人々の足元で。」また、彼は次のように訳される詩がとても気に入った。「神の母なる聖母マリア様、豊饒のドアの中に私を入れて下さい、食べ物も衣服も求める必要のない所へ。」RTEがやって来て、開会式のミサだけではなく、人々が躊躇せずに話したり冗談を言ったりしている予備リハーサルも録音した。僕は後でその録音をラジオで聞いて初めて、最初のミサがどんなに満足のいくものだったかわかった。

コーク音楽学校から、創立百周年祝賀会で演奏される聖歌隊と金管楽器のための曲を書くように依頼された。そして、僕の「あなたの喜びよ　響け」がホーリー・トリニティ教会で催された百周年ミサで演奏された。僕はいつも同じコンビネーションのために何か他のものを書こうと思っていた。しかしまだその機会に恵まれていないし、おそらくこれからもないだろう。人が将来するかもしれないし、しないかもしれないことについて語ることは、かつておなじみだった格言「もし神を笑わせたければ、将来の計画を神に話しなさい！」を思い起こさせられる。

二、三年前に、もう一つ別のミサ曲「アフラン　ニーヴ　フィンバーラ（聖フィンバーズ・ミサ）」をオ・リアダン（第七章参照）の詩祭りの主催者に依頼されて書いた。それはエグシャヤ（詩）祭の週末に放送され、後にUCC百五十回感謝祭ミサのために大学によってラフ教会で使われた。僕はコミュニオン賛歌に伝統的な祈りを使うことに決めたが、幸運なことにウォータフォードのディーシーズ地区からとても美しい「イサ・イェル・ナ・コミナフ（聖体拝領を施される輝けるイエス）」が送られてきた。「聖体拝領を施される輝かしきイエスよ、あなたは我々に永遠なる食物、すなわち不滅の肉と血を約束して下さった。さ、私の家の屋根の下に来られよ。我が主の魂と神格よ」僕はシヨーン・オ・リアダンによる詩「クロー（出現）」を退場賛美歌に使った。それは一見したところでは、礼拝式には適切だと思われないかも知れない。しかし、人生の広義と僕が考えることにおいて、精神的に重要なことを表現していると僕は思う。「来て、去り、そして再び戻って来るすべて。我々の最初の誉れは戻って来る。」

最近、コークの大きな聖歌隊の一つから四部合唱のミサ曲を書くように依頼された。そこで、ギリシャでの東方正教会の礼拝についての経験を作曲に投影させようという考えに戯れているところだ。戦に間に合うように聖母マリアの助けを乞う、彼女への賛歌を僕は知っている。それは特に正真正銘の東方正教会の様式で総譜が書かれれば、素晴らしい始まりの礼拝となるだろう。この宗教的な側面と、またある場合には、愛国的な側面をもつ聖歌はギリシャ人によって歴史的に危機的な時点で歌われた。トルコ人に侵略された時にも、貴重な自由を奪還した時にも。ここには希望があるのだ！

初めに自分が作曲家ではないと言ったにもかかわらず、もしこのまま書き続ければ、僕は礼拝曲作家の身分に向かって進んでいるように思われる。亡くなったミーホール・オ・キャラハインを思い出す。彼はいくつかのミサ曲を書いたが、ある時僕に、もしアイルランド語でミサ曲を書けば絶えずどこかで演奏されるだろうと言った。その通りだ！　最近、彼が言おうとしたことがアメリカ旅行中にわかり始めた。旅行中、あるコンサートの後でアイリッシュ・アメリカンの小さなグループが僕のところにやって来て、僕の「アフラン　コラムキル」から「アー　ナフィール（我らが父）」を歌ってくれたのだ。その歌が彼らに大きな意味を持っていることを知って感動した次第だ。

もっと立派な音楽友達は僕のダンス・ミュージックを本来の作曲と見なしてくれないかもしれないが、伝統的なスタイルの曲を集めた本『古いものに替わる新しい調べ（New Tunes for Old）』を出版したところだ。ここに登場するジグ、リール、そしてホーンパイプ舞曲の歴史はパイプスを学ぶ僕の学生たちのための練習に使い始めたものだ。そしてその題名を関係学生からか、他の特定の曲が好きな音楽友達から取った。故フランシー・マックピークがコークを訪れた時、僕のクラスにやって来て、僕が新しいリールを若いパイパーに教えているのを聴いた。彼はその曲が気に入り、題名を尋ねた。その曲にはまだ名前がついていなかった。彼が住んでいたベルファストの地名を記念してセオドア・ストリートと名付けよう、と僕は彼に言った。僕は今でもその曲を演奏すると、フランシーのことを思い出す。伝統音楽の演奏家でなければ、すべての曲が場所や人々についての記憶で重みが付加されていることが十分にわからないかもしれない。時には幸せな、時には悲しみを負ったさまざまな場所、さまざまな人々の記憶で。おそらく、伝統音楽はそのお陰で生命が吹き込まれ、楽譜に表されている総体以上のものにされているのだ。船を止めよう――僕はたった今何か素晴らしいことを学んだようだ！

22. フィナーレ

アイルランド語には、短い期間しか続かない事柄についての諺がたくさんある。だから、もしあなたがアイリッシュ・スピーカーなら、物事は変わらないものだと思いこむことはない。それにしても、自分自身の人生の中でもその変化がいかに大きいか驚き続けている。それが起きる時には、実際には意識しすぎることはなかった。というのは変化というものは回想してみると明らかになるもので、自分の人生のどの局面をとっても変化を避けてはこなかった。

電気工学部を卒業した時、工学の全分野は主に三つ――市民生活、機械部門、電気部門――に区分けされていた。僕は次第に新しい制御工学の分野に引き込まれていった。一つにはリバプールでの研究を通して、また一つには、その主題が他の工学分野では見られない知的で人間的要素を持っているように思われたからだ。もちろん、リバプール大学での最後の年、制御工学の教師がオーストラリアで新しいポストに就くことになり、彼の制御工学の講義を引き受けるようにとミーク教授に頼まれた、という純粋に偶発的な事情はあったが、このようにして、電力技術者としてリバプールに行った後、遂にこの新しい学問分野に対する情熱に満ちてコークに制御工学技術者としてやって来た。

多分、マイクロ電子工学や電力電子工学と関連する他の学問分野の出現のせいで、大学の講座の専門的科目としての制御工学の相対的衰退をその後何年にもわたって見守るのは興味深かった。基本的な制御原則は今では大変多くの他の主題に同化されてしまったため、主題を絶えずそれ自身のために大変魅力的にした優雅な理論を切り離すことは難しい、と僕には思われる。魅力の一つは、制御理論は解剖学、経済学、人間の行動の諸相、ロボット工学、あらゆるタイプの機械類などをほぼ無制限に包括する広範囲の問題に応用されることである。

コンピューター技術ほど大変化を生んだ技術分野はないと思う。一九六〇年代に商店の棚から買収した宣伝用アナログコンピューターを通して、リバプールで僕自身のアナログコンピューターを組み立てることから、最も初期の大型デジタルコンピューターで使った驚異のパンチカードへの進歩はそれ自体において小さな奇蹟だった。ＵＣＣの我々の建物の中に、デジタルコンピューターを収容する目的で特別に設計された部屋を思い出す。そのコンピューターはスピード、機能ともに今僕がこの物語を書いている小さなラップトップ型コンピューターとはとても比較できなかった！

情報蓄積に使われるディスケットのサイズ縮小でさえ驚異的だ。今なら８インチのディスクをモンスターと呼ぶような代物を操作していた時からほんの数年しか経っていない。胸のポケットにこじんまりと収まるモダンな小さいコンピューターは何と便利なことか！

毎年十月になると、大学に新しい世代の学生がやって来る。これを絶え間ない変化と呼べるだろう。しかし、僕がＵＣＣで過ごした期間に変わらないものがあった。それは電気工学部に入ってくる学生の一定の高い知的水準だ。概して電気工学部の卒業生に占める優等生の率は他のどの分野よりも高いのは当然とみなされている。予期しない贈り物は、最優秀生たちはいつも自らの成績に最も謙虚であることだ。単純に言えば、最も優れた学究的な学生達は学部の中で最も立派な人々でもあった、と僕はいつも認識してきた。これこそ忘れてはならない大事だ！

音楽学部の学生であって、続けてそこのスタッフであったことは何と楽しいことであったかを思い出すのは素晴らしい。ともかくも、実際に音楽を創ることにいつも積極的に関わったせいか、学生達と親しく交われた。多くの忘れがたい思い出がある。フレイシュマン教授のことを思う時、心に浮かぶその一つを明らかにすることによって告解の封印を破らなければいいが、と願う。

音楽学部の最終学年の口頭試問を行っていた時のことだ。覚えている限りでは、面接委員会はフレイシュマン教授、外部試験官のデニス・アーノルド教授、クリストファー・ステムブリッジ、そして僕で構成されていた。ケリー出身の女子学生に、オペラ『ドン ジョバンニ』の序曲が、オペラの多くのテーマを含んでいることを意味する「ポウプリ（混成曲）」の序曲と思うか、それとも独立した曲と思うかという質問がされた。彼女は答える前に多くの考えについて質問した。彼女の応答によれば、彼女は「ポウプリ」というフランス語がわかっていなかったのだ。しかし、彼女は独創的な考え故にある程度得点できると確信していたのだ！「いいえ」と彼女は言った。「それにはどんな宗教的な含みもないと思います」。僕はどっと笑ってしまいそうなのをこらえるのが大変だった。彼女が部屋を出ると、フレイシュマン教授とアーノルド教授が彼女のオペラについての答えが何を意味するのか推測し始めた。しかし二人とも、彼女は「ポウパリ（ローマカトリック教）」序曲かどうか訊かれていると思ったのだと僕が説明するまで理解できなかったのだ！

もう一つ、電気工学部の試験事件が思い出にはっきり蘇ってくる。学生が答えを書く用紙の先頭に、「合格か優等かを意味する「パース ノー オノーラハ？」」と題された空白があった。それは実際には、合格か優等かを分離したコースはなかったから、電気工学部には当てはまらなかった。評価は試験における成績次第だったのだ。マンスターのアイルランド語を話す地域から来ていた学生が、その空白を田舎のアイルランド語で冷笑的なコメントで埋めた。「あなた次第だ」を意味する「スアース ホグトーサ」と！ しかし、UCCの歴史学者ペンダー教授と地理学者チャーリー・オコンネル教授の二人が、ミサカードを修道女学生の答案に同封されて受け取ることについて常に話題にしていた事例とは比べようもなかった。僕は、このような努力を「積極的信仰に基づく行為」と呼んでいいと思う。

今述べた二人の男性は、僕が一九六〇年代に体験した初期のＵＣＣを示す一例であった。彼らが後のＵＣＣにどうやって溶け込んでいったのかわからない。そこでは、お金と研究助成金が大学の全体的目的を汚すことが時にあった。お金のことを話すと、僕の大学生活の初期に大学の事務官だったジム・ハーリーのことを思い出す。彼は大学のハーリングチームの熱心なサポーターで、その情熱には僕自身も含めて他の多くの人が感化された。ジムは間違いなく、僕が大学チームをサポートすることに大いに責任を持っていた。チームは当時、州ハーリング決勝戦で有名なグレンチームと対戦した。そのチームで力と能力の砦は後に大学の学長になった人、マイケル・モーテルだった。ジム・ハーリーは大学のお金を一ペニーたりとも厳しく監視していることで知られていた。だから誰も浪費できなかった。彼がクォーラフト、つまり大学ゲーリック協会の内容概要にサインするように、と僕に電話をよこしたことを覚えている。僕はそこの代表者だったのだ。明らかに、ジムの学生達にする信頼度は僕のそれより薄かった。だから、お金が全て文化的目的のために使われるとは言えないと疑い、悪魔の飲み物が含まれていると示唆さえした。彼は学生のことを僕よりよく知っていたので、おそらく彼が正しかったのだろう。たぶん、文化の意味について僕の方がわずかに広く解釈していたのかもしれない！

言うまでもなく、コーク市は変わった。町の中心地に駐車スペースを見つけることは今では、実に大変なことなのだ。僕達がここに来て最初の年、最初に入った店の外に駐車し、続いて次の店に移動して、その外に新しく駐車スペースを見つけた等々だったのに。楽しい日々だった！

そんな土曜日のある朝、僕は新しいぴかぴかの白いコルティーナで町に出かけ、サヴォイ映画館の反対側の道路の真ん中に停めた。パトリック通りにあるイースン書店で二、三の物を買いたかったからだ。その後、グランド・パレード沿いのフィッツジェラルド店に電気関係の品物を買いに行った。そこで、さらに次に市立図書館でしばらく過ごした。フィッツジェラルド店に戻ると、僕のピカピカの車はなくなっていた、盗まれたのだ！　僕はパトロールカーを引き止めて、事情を話した。彼らは僕の伝言を他の署に無線で伝えよう、そして僕の愛車を探しましょう、と請け合ってくれた。僕はその時どうしたらよいかわからなかった。車についての嫌な知らせをヘレンに伝えたくなかったから。そこで友人のブライアン・オニールを訪ねて行った。彼はノース・モールの蒸留ハウスに住んでいた。そこでお喋りしたり、コーヒーを飲んだりして一時間ぐらい経った時、突然はっとひらめいた。車をパトリック通りの真ん中に停めてから動かしていなかったことを思い出したのだ。つまり、警察に誤った情報を伝えていたわけだ。僕は文字通りパトリック通りをずっと走り続けた。そしてパトリック橋を渡ると自分のピカピカの白い車に出合った。我がコルティーナは、僕がまさに立ち去った所で我慢強く待っていてくれたのだ。車に飛び乗って、オニールの家まで運転し、警察に行方不明の車を発見したと電話で知らせ、何事もなかったかのように家まで運転して帰った。あの一時間以内にパトロールカーが何回「盗難車」の横を通過したのだろう、と僕は時々不思議に思ったものだ！

一九七〇年代の一時期、市の中心地では凄まじい渋滞がほぼ日常的だった。ある夕方、バス停からグランマイア・バスに乗ったところ、マーチャント・キーからパトリック橋へと曲がった時に動きがとれなくなってしまったことを覚えている。二十分待ってから、僕はバスを断念し、近くのオールドブリッジ・レストランで夕食をとることに決めた。中に入り、スクランブルエッグがのったトーストを注文し、大変美味しい食事を味わった。都合の良い折に勘定を済ませて外に出ると、同じグランマイア・バスがまだ待っていたのだ。僕は良い気分で再びそのバスに乗ったのだ。バスがすぐさま走り始めると、いっそう良い気分になった。新しいコークの一方通行システムがすべてを変えた。ありがたいことだ。

コークではいつも、「くつろいだ気分で」過ごしてきた。三十五年ぐらい経った今ではなく、ここに到着したまさに最初の瞬間から。間違いなく、当地ではどこか創造的な雰囲気がある。でもうまく説明できないのだ。過去に何度もあるインスピレーションがもたらされてきた、としか言えない。他の人々がコーク社会に溶けこめないと不満を言うのを聞いたことがある。僕達はそんなふうに感じたことは決してない。何処に行こうが、地元の人々がその場所の実際の人々であり、あなたではないということを受け入れることが大切なのは明らかだ。もし何か変化が必要なら、その場合は、変わるべきは来訪者でなくてはならないのであって、そこに長く住んできた住人ではないのだ。来訪者の中には、このことを自明のことと納得しない人がいるように思われる。特定の場所に住み、その伝統を確立するのに役だってきた人々にとって重要なことが何かを、理解することは魅力的な経験である。

北アイルランドの「トラブルズ（紛争）」は南での僕達の境遇にさえ影響を及ぼした。一九六〇年代の初期、僕達はこの地で「別居していた同胞」として多くの人々に受け入れられた。そして北の人々が南で生きる幸せが一般的にあった、と僕は思っている。しかし、一九六九年の後では、事情が少し変わった。最初に警察が少しばかり友好的でなくなり、北の人々の鼻にかかった話し方を聞くと、ちょっと疑い深くなったのだ。素敵なアクセントだと言われる時代は終わった。もちろん、人はいつも「どうして出て来た所に戻っていかないのか」という返答不可能な系統のモータリング・ディスカッションを打ち負かす人物は絶えずいるものだ。カーロー（アイルランド南東部の町）にしばらく住んでいた北の友人が、しょっちゅうその町で地元の強盗の話を聞かされていた。彼女の情報提供者が、犯人は皆ＩＲＡのアクセントを持っていると打ち明けたのだ！それは妙だと僕は思ったが、友人は絶対にそうは思わなかったのだ。

我が娘達、ヌアラ、ウーナ、ニーアムは皆異なった道で音楽に携わっている。ヌアラはゴールウェイの「マクナス」でフィドルを、ウーナはダブリンの国立交響楽団でチェロを、ニーアムはロンドンのウェストエンド・ミュージカルでビオラを弾いている。三人とも時々伝統音楽を演奏してきた。今のところ、他の二人に比べるとヌアラが一番伝統音楽に関わっている。職業としての音楽はもちろん、親が押しつけたのではなく、彼女ら自身が選択した。もっとも、幼い時からずっと周囲で耳にしていた音楽が影響したに違いないと想定せざるをえないが。職業として全時間を音楽に費やすとはどんなものなのだろうかと思いを馳せることがある。僕ならそうはしないと思う。そして実際に、自分の時代にそういう選択をしなかったことを良かったと思っている！

また、子ども達の曾祖父なら実際に音楽で食べている人々のことをどう思うだろうか、とも思いを馳せる。時代は確実に変わる。

我が人生で最も満足できる変化の一つは、常時、英語を話す人間から大方の時間はアイルランド語を話す人間に変わったことだ。一九五〇年代の初期にメトロヴィックの上級数学の教師が考えたのとは反対に、世界共通の言語は英語であってスペイン語ではない。だから自分が英語のネイティブスピーカーであることをありがたく思っている。全ての人のバックアップとなる言語が、ロシアに住んでいようがティンブクトゥ（アフリカのマリ共和国にある町）に住んでいようが、英語であることを実感するにはアマチュア無線送信機に登場しさえすればよい。自分が実に大いなる特権を与えられた人間であることを認識するところだ。しかし、そのことは、僕がまたアイルランド語の美しさとその文化、とりわけたくさんの重要な財産を有する歌を解く鍵を口にできる特権を持っているという事実と相反するのではないことは明らかである。歌は僕にとっては、ここで説明しきれない多くのことを意味する。アイルランド語を学ぶ道——ドニゴール、コネマラ、ケリー、コーク、ウォータフォード、そしてミースというゲールタハト地域に案内してくれた道——を巡る旅は、僕の人生の中でも最も心が満たされた側面の一つであった。それはストーリー・テラーのミキー・シャイン・イール、フィドラーのニーリ・ボイル、歌手のショーサ・オ・ヒーニー、ショーン・アクゴナカ、ニオクラス・トイビーン、ダラフ・オ・カハイン、そしてディアモイド・オ・スールワインのような人々との出会いを可能にしてくれた。彼らは皆、計りしれないほど僕の人生を豊かにしてくれた。僕はそのことに大変感謝している。

もし、むしろ回想記より標準的な自伝を書いてきたなら、この本は家族についてもっと多くのページを割いただろう。しかし、ヘレンと我が子達から人生と愛についてどんなに多くを学んできたかという点で感謝しないでは終われない。彼女たちにとっては、もっと感情を自由に表現する父親の方がよかったのだろう。ヘレンにとっても、もっとお喋りな夫の方がよかったかもしれない。でも、今日にいたるまで、包みこんで外に露わに出さない僕の愛情、愛着、彼らに対する誇りを彼女たちは感じ取ってくれていることと願っている。

ある時、ウーナにクリスマスプレゼントとしてレッドセッターを買ってやった。僕はその犬を家の中ではなく、外で飼うように要求した。カーナンバンの母親の実家ではそれがずっとしきたりだったのだ。そこでは犬は働く動物であって、本当はペットではなかったから。もちろん、僕の厳格なルールは僕がいる時にだけ守られていることをいつも知っていた。だから両者が幸せだった。可哀相にオスカーが死にかけている時、娘のニーアムの彼を思う気持ちは悲愴だった。僕は彼を庭に埋める仕事を引き受けた。そうしながら多くのことを学んだ。それが何であったか、「レッドセッター」という題名の詩に表現しようとした。

ツタやエルムの
もつれあった根の中で
僕の鋤がキーンと音をたて、青い火花を散らす、
おまえに地中の場所を譲るのを
渋る石から。

僕はいつもおまえに与えるのを惜しんだ
台所の熱を。
無情にも決まりを定めて、
おまえの十二年間の生命が
雨にさらされるべきだと。

おまえの頭を覆う、オスカーよ
この愛に満ちた重い石で。
敵が掘って見つけないように、
とうとう無防備になってしまったおまえを。

そして滑らかな顔を引き裂かないように、
昨晩我が娘のキスを招き寄せたその顔を。
もう一つ別の授業では
僕は学ぶには年を取りすぎていた。

僕は今や鋤の音に弱音器をつける

彼女に聞こえないように。
おまえを猫の傍に埋めるのを。
そして忘れられていたハムスターとも一緒に
涙でいっぱいの土の中に。

この回想記を書いていると、とっくの昔に知っているべきだったことがわかるようになった。母がただ一人、僕の人生に最も大きな影響を及ぼした存在だったことを。四歳で父親が亡くなったこと、母が五人の子どもを育てなくてはならなくなった責任を考えれば、それは避けられないことだったとは思う。彼女の献身はいつも自信に満ちてはいたが、決して度を超えた影響力を及ぼしたわけではなかった。ある意味では、僕達は彼女の人生となり、彼女は自分自身の人生を僕達を育てる仕事に委ねた。そのことに細かいところまで立ち入れば、涙もろくなるだろう。だから、自粛して多くの友人や親類が何年にもわたって口に出してきた見解に留めておこう。「彼女がどんなふうに苦労して子育てをしたかはちゃんとはわからない。しかし、彼女はともかくやりとげたのだ」。たぶん、数年前に彼女がドラムサーンの墓地に父親のヒューの傍らに埋められた時に書いた詩が僕にとっての最後の言葉になるだろう。

我が母に

あなたを待つこと五十年、彼は土になった。
彼は三十五歳の一月にそこに入った
僕はその時四歳だった。あなたは五番目の子どもをお腹にかかえていた。

墓掘り人が放り上げたこの土はヒューだ
ドラムサーンのこの湿った粘土質の土は――あなたは言った
――ダンギブンの砕けやすい土とは比べものにならない、と。

あの土はフィドラーだったあなたのお父さん、フランシー、
彼がカーナンバンに連れてきたスチュアート家のビディー・ジェーン、
そしてあなたのお兄さんパトリック、彼の娘のローズとドンナだった。
でも、このドラムサーンの土は僕の父親。

僕のぼんやりした目はあなたが行くのを見守る、僕が後に続かない所へ。
ロープが手のひらをすべる、僕たちがあなたを降ろす時に
ブライディーをドラムサーンの暗い子宮の中へと。

もし全ての土が繋がっていなければ、これが最後

僕達の関係の。僕達が離れ離れになって以来六十年、
デリーで、へその緒が結ばれて切り離されて以来。

あなたがたの再婚を粗野なシャベルが祝う、
そしてヒューは鋤であなたの周りに軽くなでて収められる。
バラを投げよう、二人のハネームーンを祝って、こんなに遅くなったけれど。

お母さん、姉妹と一緒に（左からマーガレット、ブライディ、お母さん、ジョジー）

おわりに

　ここで、トマース・オ・カネンの人物像を私なりにまとめてみたい。『アイリッシュタイムズ』（二〇一三年九月二一日付）には、彼の死亡記事がひときわ大きく取り上げられた。その見出しは「博学なパイパーで多才な教師」。具体的に、電気工学博士、いくつもの楽器を演奏したミュージシャンでシンガー、かつ作曲家、音楽評論家、詩人、著述家、アイルランド語の他にも多数の言語を話したリングウィスト、さらに国際的に知られた無線通信士といったエネルギッシュなマルチタレントぶりが紹介されている。のみならず、ユーモアセンスの持ち主であり、学生達に常に心を開いた近づきやすい教師であった、「会う人誰をも微笑ませ、心を高揚させてくれた」（あるバイオリニストの言葉）という人物評は私自身が初対面で得た第一印象とも合致する。以上のことは、本書を読んでいただいた方も納得のことと思う。

　それでは、彼にこのようなマルチタレントな人生を可能にした根幹には何があったのだろうか、主として二つの点から考えてみたい。その一つをトマースの生いたちに探ってみる。彼は一九三〇年、北アイルランドのデリー市の郊外でそれぞれカトリックの農民出身の両親の下に生まれ、育った。不運なことに、幼くして父親を亡くし、彼を含む五人兄弟姉妹は気丈夫な母親一人の手で育てあげられたものの、一家は貧しかったに違いない。本人はその貧しさをいたずらに強調してはいないが、自伝的小説『故郷デリー』を読めば十分に窺える。しかし、トマースはいたずら好きな一方で、学ぶことが大好きな少年だった。生まれつきの素質もあったのだろうが、貧しさ故に学ぶことで得られる心の豊かさを求める欲求がことのほか強かったのではないだろうか。お陰で、ベルファストのクイーンズ大学に奨学生として入学できた。彼の学ぶ意欲は留まることなく、そこで専攻した電気工学の分野で研究者の道を歩むこととなった。リヴァプール大学で博士号を取得した後、コーク大学で教職についたのは三十一歳のことだった。以後、亡くなるまでの五十年以上をアイルランド共和国の市民として生きた。

ここで注目したいのは、本人が一生を振り返って「いつも科学と人文科学の両方に興味を抱いていた」（第3章参照）と言及しているように、学びの対象が一つに限られていないことだった。彼はこれをデリーで受けた学校教育のお陰でもある、と語っている点は今日の日本の中等教育を顧みるときに大変教訓的だと言わざるをえない。人文科学と言えば、トマースにとっては、幼い時から空気を吸う如く親しんできた音楽であった。こうして、余裕のない奨学生生活の中で、工学研究と音楽からなる「二重生活」が彼の人生を彩っていったのである。彼の「学ぶ喜び」はこれだけに留まらず、さまざまな分野に好奇心の翼を広げていったことは本書で明らかである。まさに、オ・カネンにとって学ぶことは「人生の第一のスキル」（第10章参照）、「進歩の推進力」（第8章参照）として、人生を広く支える大きなバネになっていたのだ。

さらに付け加えたいのは、「大学生活の最大の恩恵は若い心が持つ新鮮さと率直さに触れ続けられること」（第7章参照）、「教師は絶えず自分が不要な存在になるように努力しなくてはならない。……教師として優れた学生を生み出しても、いかなるスポットライトをも求めるべきではない…… 彼らは自由に飛ぶことが許されねばならない。」（第8章参照）と本人が吐露しているように、彼の学ぶ意欲は一貫して人間的な謙虚さと結びついていたことだ。生まれて間もない彼の赤ん坊が初めて這いだした姿に、親離れして自らの人生に向かって一歩を踏み出した「人」の姿を重ねるところにも（第12章参照）、彼の本質的で深い謙虚さが窺われる。

一昨年の秋、ジョン・ポール・コッター[註]に、コークの街をオコナーの作品に沿って一緒にフィールドワークをしてもらった時のこと、トマースのことを話題にすると、「とてもつつましやかな人だった」と呟いた彼の一言が非常に強く印象に残っている。

次に第二の点、トマース・オ・カネンの人生の重要なバックボーンであったアイリッシュネスについて触れなくてはならない。彼は本書の冒頭で、幼少期を過ごしたデリーを大いなる魂を育んだ素晴らしい所だったと懐かしく振り返っている。同時に、北アイルランド・ユニオニスト政府による偏狭な反カトリック施政の下、二級市民、即ちアウトサイダーとして生きざるを得ないことを幼いながらも無意識に感じ取っていた。そして、人間的充足感が得られるもっと広い世界を夢見るようになっていった。このような思いが自らのアイデンティティと結合し、アイリッシュネスを表象するアイルランド語の習得、もともと慣れ親しんでいた伝統音楽へと一層彼を駆り立てていった。そしてアイルランド語と伝統音楽を日常的に経験できるゲールタハトを頻繁に訪れるだけではなく、コーク市郊外のグランマイアにアイルランド語を話すコミュニティーを共同で築いたのである。まさに彼の人生そのものがアイリッシュネスだったと言えるのではないか。

トマースの人物像について、敢えてもう一点つけ加えるとすれば、正義感の強さである。ベルファストで、見ず知らずの男性が目前でRUCにあらぬ嫌疑をかけられて連れ去られようとしているところを目撃した時のこと。抗議をすると自らも逮捕されて投獄されてしまった、という事件は彼の人柄を示す象徴的な事件だと思う（第11章参照）。

以上のように、自由な魂を持って濃厚な人生を謳歌したトマース・オ・カネンに心から拍手を送りたい。今、グラシマイアを流れるグラシャボーイ川の畔に、彼を偲ぶ石造りの長椅子が設置されている。彼の死後、ヘロンズ・パーチ（第8章参照）の仲間達が贈ったものだ。そこには、本人の名前の上に、「デリーからグランマイアへ」、その下に「ミュージシャン、詩人、賢者」と刻まれている。さらに、彼がよく口ずさんだ歌の楽譜、一羽のヘロンの絵も描かれ、心を和ませてくれる。六年前の夏の夕べ、夫が彼らのセッションに仲間入りして、「荒城の月」を歌い、心温まる一時を過ごしたことは彼にとって忘れられない思い出になっている。私もいつか、そんな機会を願っていたが、叶わなかった。せめて、その椅子に腰を下ろしてグラシャボーイ川のゆったりした流れを見ながら、口ずさんでみたいと思う。「うさぎ　おーいし　かのやま～　こぶな　つーりし　かのかわー……」と。トマースが十一年前に電話の向こうで歌ってくれたように。

最後に、この本の出版を可能にしてくれた多くの人々に心から謝辞を贈りたい。第一に、彼の妻ヘレン、長女のヌアラの存在なくしてトマースの回想記は翻訳できなかっただろう。ヘレンはあの居間でぴったり私の横に座って様々な質問に答え、とりわけ人物名やら地名やらのアイリッシュ・ネイムを一つ、一つ根気よく発音しては、カタカナ表記をするのを助けてくれた。ヌアラは何度となく私が質問メールを送るごとに丁寧に返してくれた。一体何回、彼女にメールを送ったことだろう！　二人にはどんなに感謝してもしきれない。

次に、トマースと出会わせてくださった大野光子先生に、この場を借りて改めてお礼の言葉を述べたい。伊藤範子先生、マイルズ・オブライエン先生ご夫妻にも何かにつけて励ましていただき、アイルランド語の発音表記についても助けていただいたことに感謝申し上げたい。

さらに新聞を読んでいるトーマスの写真（口絵の一枚。撮影者はアンドリュー・ブラッドリー）の使用を、コーク大学が親切にも許可して下さったことに深く感謝する。

風媒社の編集長、劉永昇さんには、拙い文章を根気よく読んで、適切な助言をして下さったことに心より感謝申し上げる次第である。

註　ジョン・ポール・コッター　コーク市在住。もと高校の英語教師。フランク・オコナーを研究中。

資料　―トマース・オ・カネンの主な著書など―

・「ナ・フィリー」としての共同レコード

The West Wind (1969)
Farewell To Connacht. Traditional Music of Ireland (1971)
Na Filí 3 (1972)
A Kindly Welcome (1974)
Chanter's Tune (1977)

・ソロレコード

With Pipe and Song (1980)
The Pennyburn Piper Presents: Uilleann Pipes

・著書

Songs of Cork (1978)
Traditional Music in Ireland (1978)
New Tunes for Old, 50 original Irish dance tunes for most instruments (1985)
Home to Derry (*Autobiographical novel*) (1986)
Melos a book of Tomás' poetry in English (1987)
A Lifetime of Notes - *The Memoirs of Tomás Ó Canainn* (1996)
Tomás' Tunebook (1997)
Seán Ó Riada: His Life and Work (2004)
Traditional Slow Airs of Ireland (2005)

他に、Youtubeで本人の演奏、歌声、インタビュー番組など様々な番組を視聴できる。

[著者略歴]

トマース・オ・カネン（Tomás Ó Cannain）

1930年、北アイルランドのデリー市郊外生まれ。1961年以後、2013年に亡くなるまでコーク（アイルランド共和国）に在住。

クイーンズ大学（ベルファスト）で電気工学専攻。FBNIに就職（1953同時にクイーンズ大学で研究生活を送る）。リヴァプール大学で博士号取得（1960）。

コーク大学工学部で教鞭を執る（学部長も務める）かたわら、音楽学士号を取得（1971）、ショーン・オ・リアダの後を継いで音楽の教師も務める。

音楽評論家、作曲家、詩人、他言語話者、アマチュア無線士。

アイルランド伝統音楽家として、リヴァプール・ケイリーバンド（アコーディオン）、ナ・フィリー（イーリアンパイプス）の一員として国際的に活躍。

コーク大学退官後はコーク音楽学校でイーリアンパイプスを教える。

アルバム、著書多数。

[訳者略歴]
大井 佐代子
1947年、愛知県生まれ。名古屋大学文学部卒業。
高校教師（32年間）を退職後、愛知淑徳大学大学院後期課程を単位取得満期退学（アイルランド文学専攻）。
著書（共著）に『〈ポストコロニアル〉と〈ジェンダー〉で読む　20世紀アイルランド文学』（2009・ユニテ）、『ショーン・オフェイロン短編小説全集』第1巻（2011）、第2巻（2013）、第3巻（2014）（いずれも新水社）。

カバーイラスト◎azusa
装 幀◎三矢　千穂

風よ吹け、西の国から　トマース・オ・カネン回想記

2017年9月22日　第1刷発行
（定価はカバーに表示してあります）

著　者　トマース・オ・カネン
訳　者　大井　佐代子
発行者　山口　章

発行所　名古屋市中区大須 1-16-29
振替 00880-5-5616 電話 052-218-7808　風媒社
http://www.fubaisha.com/

＊印刷・製本／モリモト印刷　乱丁本・落丁本はお取り替えいたします。
ISBN978-4-8331-5338-6